KB036200

【데이트 어 크루즈 2ndDay case-1 댄스】

우아한 선율이 댄스홀에 울려 퍼졌다.

다양한 현악기가 자아내는 선율에 맞춰, 화려한 옷을 입은 사람들이 가벼운 스텝을 밟고 있다.

그 모습은 마치 궁전에서의 무도회를 연상케 했다. 영화 속으로 들어온 듯한 느낌마저 드는, 그런 몽환적인 광경이었다.

호화 여객선 『마리 세이렌호』. 그곳에서의 밤을 아름답게 채색하는 한 장면이었다.

하지만, 그런 눈부신 공간에서…….

"하아…… 하아…….'"

정장 차림의 시도는 비틀거리며 댄스홀에서 테이블이 있는 공간으로 걸어 나왔다.

아까부터 총 열한 명이나 되는 정령들과 차례차례 댄스를 춘 것이다.

"피, 피곤해…….'"

시도는 비틀거리며 의자에 걸터앉았다. 그러자 눈앞의 테이블에 요리가 잔뜩 담긴 접시가 놓였다.

"지쳤을 때는 밥을 먹으면 기운이 난다! 자, 먹어라!"

토카가 환한 미소를 지으며 접시를 가리켰다. 아무래도 이 댄스홀 한편에 차려져 있는 간단한 식사거리를 가져온 것 같았다. ……뭐, 이렇게 잔뜩 담아서야 간단한 식사거리라고 할 수 없을 것 같지만 말이다.

하지만 거듭된 전신운동으로 인해 에너지가 바닥난 것은 사실이다. 시도는 가볍게 고개를 끄덕이며 그 호의를 받아들였다.

"그래. 잘 먹을게."

"음! 그럼 시도, 아~ 해봐라!"

그렇게 말한 토카가 비엔나 소시지가 꽂힌 포크를 쑥 내밀었다.

"아하하…….'"

약간 부끄럽지만, 거절하는 것도 좀 그랬다. 시도는 볼을 붉히며 입을 벌렸다.

"기다려."

하지만 바로 그때, 오리가미가 입을 열었다.

"이 요리는 어디까지나 토카가 준비한 거지만, 시도에게 『아~』를 할 권리는 우리에게도 있어."

"뭐?"

시도가 눈을 동그랗게 뜨자, 다른 정령들이 오리가미의 뒤를 이어 입을 열었다.

"크큭, 듣고 보니 맞는 말이구나."

"수긍. 그럼 차례대로 『아~』를 하죠."

"어이, 어이…….'"

차례대로 『아~』를 한다는 건, 적어도 요리를 열 번은 먹어야 한다는 의미였다. 그렇게 많이 먹을 수 있을 만큼 속이 빈 상태는 아니다. 시도는 난처한 표정을 지으며 볼을 긁적였다.

하지만 이야기는 그것으로 끝이 아니었다.

"키히히, 이의는 없지만, 순서는 어떻게 정하죠?"

"확실히 그게 문제야."

"아, 그럼 달링이 같이 춤추며 가장 즐거웠던 상대부터 하는 건 어떨까요~?"

미쿠의 말에 정령들의 시선이 시도에게 몰렸다.

"그, 그게, 전부 즐거웠거든……?"

시도가 애매모호하게 대답하자, 정령은 다시 이야기를 시작했다.

"뭐, 그럼 어쩔 수 없네. 다시 한 번 우리 모두와 춤을 추며 순위를 매겨달라고 해야겠어."

"흐음. 나리와 또 춤을 출 수 있다는 건 기쁜 일이다만…… 그 순서는 어떻게 정할 게냐?"

"그것도 문제야. 그럼 춤추는 순서는 시도와 2인 3각을 해서 빠른 사람 순서로 하는 게 어떨까?"

"……그럼 2인3각을 하는 순서는 어떻게 정할 건데?"

"그것도 문제야. 그럼 시도와 커다란 외투에 팔을 하나씩 넣고, 눈을 가린 채 얼굴 그리기를 잘한 순서대로…….'"

"나만 혹사당하는 거 아냐?!"

시도가 무심코 소리를 질렀지만, 정령들은 들은 척도 하지 않았다.

시도는 이제부터 시작될 지옥의 순번 정하기를 버텨내기 위해, 토카가 내민 비엔나 소시지를 먹어치웠다.

【데이트 어 크루즈 2ndDay case-2 카지노】

"크루즈 여행에서는 카지노를 즐겨줘야지, 소년~!"

시도가 라운지에서 느긋하게 시간을 보내고 있을 때, 느닷없이 나타난 니아가 그렇게 말하며 그의 어깨를 두드렸다.

"카지노…… 가는 건 좋지만, 나는 룰 같은 건 잘 몰라."

"걱정 마~. 이 니아 님만 믿어."

크루즈 내부의 복도를 따라 이동해 카지노에 들어선 순간, 니아는 입을 다물었다.

왜냐하면 그곳에는……

"오오! 시도와 니아가 왔구나!"

"어서 와."

"어머, 어머, 손님이 오셨군요."

"후후, 재미있게 즐기도록 해."

낯익은 이들이 바니걸 복장으로 줄지어 있었던 것이다.

"토카, 오리가미, 쿠루미, 나츠미?! 너희 그런 복장을 하고 있는 거야?!"

"아하하, 사고를 쳤거든. 그래서 한동안 여기서 일하게 됐어."

나츠미가 과장스레 어깨를 으쓱이며 그렇게 말했다. 어쩌면 전지 나츠미는 어른 버전으로 변신한 상태였다.

"호음…… 아하, 카지노에서 왕창 깨져서 빚을 지고 만 거 아냐~? 에헤헤, 재미있으니 어디 한번 승부를 해볼까!"

"자, 잠깐만, 니아……."

시도가 말렸지만, 니아는 의욕을 불태우며 그러자 나츠미가 빙그레 웃으면서 다른 이들

소개하듯 두 손을 펼쳤다.
좋아. 뭐로 승부하겠어? 블랙잭이라면 〈위
...리〉로 카드 숫자의 합계를 21로 만들 수
는 내가, 포커라면 [다섯 번째 탄환]으로
! 초 후의 미래를 볼 수 있는 쿠루미 양이,
렛이라면 정교한 기술로 원하는 곳에 볼을
을 수 있는 오리가미 양이, 그리고 다른 기
이라면 운이 너무 좋아서 웬만해선 질 리가
는 토카 양이 상대해 줄 거야."
렌장~!"
아는 나츠미의 설명에 울상을 지으며 테이
을 내리쳤다. 사실상의 패배 선언이었다.
쪄다. 다들 그렇게 치트급 능력을 지녔는
, 왜 바니걸 차림으로 일을 하고 있는 거야~?
히라면 질 리가 없잖아~."

"아무도 졌다고 말한 적 없거든? 연전연승을
한 바람에 특별대우로 스카우트됐어."
"아…… 그렇구나. 그런데, 몇 만 엔 받고 일하
고 있는 거야?"
"으음, 한 이 정도?"
나츠미가 손가락 몇 개를 세우며 그렇게 말한
순간, 나츠미의 눈이 반짝이기 시작했다.
"정말이야?! 나도 할래! 바니걸 복장 한 벌
플리즈~!"
"아…… 니아 양의 치향을 생각하면 바니걸
보다는 딜러 옷이 나을지도 모르겠네."
"겐장~!"
나츠미의 말에 니아는 또다시 테이블을 내리
쳤다.

【데이트 어 크루즈
2ndDay case-3 풀장】

배 안에 있는 온수 풀장에서는 평온한 시간이 흐르고 있었다.

따뜻한 햇살, 첨벙거리는 물소리, 물놀이를 즐기고 있는 무쿠로, 비치베드에 엎드려 있는 쿠루미, 풀장에서 놀고 있는 마리아…….

"……어? 좀 이상하지 않아?!"

눈앞에 펼쳐진 광경에서 위화감을 느낀 니아는 용수철 인형처럼 벌떡 일어섰다.

"흐음? 니아, 왜 그러느냐?"

"어머나, 무슨 일이죠?"

"정말 시끄러운 사람이군요. 나잇값 좀 하는 게 어떨까요? 아무리 오래

살았어도, 정신이 성숙되지 않아선 어른이라 할 수 없어요. 겉모습은 어른이지만 두뇌는 어린애라닛, 참 안 됐군요."

"한 사람만 대사가 너무 긴 거 아냐? 엣?! 마리아가 왜 여기 있는 거야? 이상하잖아! 이 시기의 마리아는 아직 리얼 보디를 손에 넣지 못했거든?!"

"그런 메타 발언은 자제해 주세요. 그리고 작품 세계를 좀 더 소중히 여겨줬으면 좋겠군요."

"가장 앞장서서 엉망진창으로 만드는 녀석한테 그런 소리를 듣고 싶지

겨든?!"
아가 소리를 지르자, 마리아는 고개를
레절레 저으며 어깨를 으쓱였다.
어쩔 수 없군요. 진실을 이야기해드리죠.
은 이 호화 여객선은 제가 만든 전뇌공
이에요."

믹, 뭐어~?! ……누, 누가 그딴 허황된 소
를 믿을 것 같아?! 대충 둘러대지만 \!"

호오, 그럼 몸으로 직접 깨닫게 해드리죠. 자,
뇌공간 특유의 적당주의가 자아낸, 수영복
· 녹이는 물 공격. 첨벙~ ＂

냥! 독자 서비스ㅇㅇㅇㅇ으~⁂ "
믹, 물론 거짓말이지만요. "

……결국 거짓말이냐!"

"그것보다 니아. 방금 마리아 양이 뿌린 물을
맞고도 전혀 차갑지 않았을 텐데요?"
쿠루미의 말에, 마리아가 박수를 쳤다.
"쿠루미는 니아와 다르게 눈치가 빠르군요.
저만 참가 못하는 게 아니꼬워서, 입체 영상
을 만들어 봤어요. 그리고 진짜로 수영복만
녹이는 물이 있다면 니아한테 뿌리지 않을
거예요. 저는 수요에 민감하니까요."
"방금 그 말, 무슨 뜻이냐!"
마리아의 말에 니아는 보디프레스를 날리는
듯한 자세로 풀장에 뛰어들었다.
그 순간, 마리아의 모습이 사라졌다. 니아의
복부는 수면과 그대로 충돌했다. 엄청 아팠다.

DATE A LIVE ENCORE 9

ParentsITSUKA,HouseNIA,ChallengeNATSUMI,TrainingORIGAMI,
ScandalMIKU,CruisingSPIRIT

CONTENTS

DATE
데이트

A
어

LIVE
라이브

ENCORE
앙코르 9

글 : **타치바나 코우시**
그림 : **츠나코**
옮긴이 : **이승원**

THE SPIRIT

령(精靈)

에(隣界)에 존재하는 특수 재해 지정 생명체, 발생 요인, 존재 이유 둘 다 불명.
쪽 세계에 모습을 드러낼 때, 공간진(空間震)을 발생시켜 주위에 심각한 피해를 끼친다.
한, 엄청난 전투 능력을 보유하고 있음.

'S OF COPING1

처법1

켜을 통한 섬멸.
위에서 말했듯 매우 강대한 전투 능력을 보유하고 있기 때문에 달성 가능성이 극도로 낮음.

'S OF COPING2

처법2

―데이트를 해서, 반하게 만든다.

데이트 어 라이브
앙코르 9

DATE A LIVE ENCORE 9

SpiritNo.2
Height 168 Three size B76/W59/H80

이츠카 페어런츠

ParentsITSUKA

DATE A LIVE ENCORE 9

"……우와, 사람이 정말 많네."

겨울의 어느 날. 시도는 혼자 시내에 있는 백화점에 왔다.

시도가 있는 11층 특별 전시장에서는 기간 한정으로 홋카이도 특산물 전시회를 열고 있어, 평소에는 흔히 볼 수 없는 식재료와 맛있어 보이는 홋카이도 디저트들이 잔뜩 진열되어 있었다. 때문에 그것을 사러 온 사람들이 많이 몰려 11층은 쇼핑객들로 북적였다.

시도 또한 그들과 같은 목적으로 이곳에 왔다. 신문 전단지로 전시회를 한다는 것을 알게 된 시도는 볼일을 보고 저녁 식사용 식재료를 사기 위해 이 백화점에 들른 것이다.

"신선한 어패류가 잔뜩 있으니까…… 해산물 덮밥도 괜찮겠네. 오늘은 다들 우리 집에 와 있으니까 말이야."

시도는 손가락을 꼽으며 머릿속으로 저녁 식사 인원을 셌다.

그렇다. 오늘은 휴일이기 때문에 모든 정령들이 시도의 집에 모여 있었다.

현재 시도의 집에는 토카, 요시노, 카구야, 유즈루, 미쿠, 나츠미, 오리가미, 이렇게 일곱 명이 있었다. 그리고 일 때문에 〈프락시너스〉에 간 코토리도 저녁 식사 전에는 돌아올 것이다.

"아무래도 양이 꽤 필요하겠는걸. 9인분…… 아냐, 토카는 적어도 3인분은 먹으니까 11인분을……."

항상 겪는 일이지만, 식재료의 무게가 상당할 것 같았다. 도와줄 사람을 한 명 정도 데려오는 편이 좋았을지도 모른다. ……뭐, 한 명만 데려오려고 했다간 다른 사람들도 줄줄 따라올 게 뻔하기에 그럴 수도 없지만 말이다.

시도는 쓴웃음을 지은 후, 쇼핑 바구니를 들고 신선식품 코너를 향해 걸음을 옮겼다.

바로 그때였다.

"어……?"

시도는 갑자기 걸음을 멈췄다. 호주머니 안에 넣어둔 핸드폰이 울린 것이다.

집에 있는 정령들 중 누군가에게서 전화가 온 것이라 생각하며 확인해보니…… 그렇지 않았다. 화면에는 『발신자 표시제한』이라는 문구가 표시되고 있었다.

"……대체 누구지?"

시도는 의아하게 생각하면서도 통화 버튼을 누르며 전화를 받았다.

"예, 여보세요?"

그러자 핸드폰에서 우물거리는 듯한 목소리가 흘러나왔다.

『—딸을 데리고 있다. 돌려받고 싶다면 내일까지 1억을 준비해라.』

"……어?"

시도는 뜻밖의 말에 눈을 동그랗게 떴다.

"저, 저기……."

『농담이 아니다. 지금 목소리를 들려주지.』

『꺄아~! 아빠, 살려줘~!』

좀 떨어진 곳에서 새된 비명소리가 들려왔다.

"……."

시도는 그 목소리를 듣더니, 손으로 이마를 짚으며 땅이 꺼져라 한숨을 내쉬었다.

"……일부러 발신자 표시제한으로 전화까지 걸면서 뭐하는 거야? 아빠, 엄마."

『어머, 벌써 들킨 거니?』

시도의 말에 아까보다 선명한 목소리가 들렸다.

그렇다. 전화 상대는 바로 해외출장 중인 시도의 부모님, 이츠카 타츠오와 이츠카 하루코였다. 참고로 유괴범 역할은 하루코가 맡았고, 딸 역할은 타츠오가 맡았다. 아무리 생각해도 무리수를 둔 배역이었다.

"오랜만에 전화해서 뭐하는 거냐고……."

『미안해. 일이 너무 바빴거든. 이야~, 그래도 시~ 군은 대단하네. 바로 눈치챘잖아.』

"시~ 군이라고 부르지 마. ……그런데, 대체 무슨 일이야?"

『응? 이유도 없이 아들한테 전화를 하면 안 되는 거야?』

『슬프네. 너무 슬퍼서 이 아버지는 눈물이 다 날 것 같구나. 우에에엥.』

『어머나, 시~ 군이 탓군을 울렸네~. 참 나쁜 애야~.』

"……끊을게."

『아~, 잠깐, 끊지 마. 여전히 농담이 안 통한다니깐.』

『맞아. 코토리였다면 순진하게 놀란 척을 했을 거라고.』

전화 너머의 두 사람은 한목소리로 『그렇지~?』라고 말했다. 여전히 텐션이 하늘을 찌르는 부부였다.

"그래서……?"

『아, 맞다. 깜빡했다. 지금 우리가 어디 있을 것 같니?』

"그야 미국이잖아. 본사에 출장을……."

『땡~! 틀렸습니다! 대답할 기회는 다른 분에게 넘어가겠습니다! 자, 탓군!』

『도쿄도 텐구시 동(東) 텐구, 반갑고 그리운 우리 집 앞에 있습니다!』

『딩동댕~! 탓군에게 1억 점을 드립니다!』

『만세! 1억 점이면 새 컴퓨터를 장만하는 걸 허락해주나요?!』

『그러려면 100억 점이 필요해요.』

『젠장!』

"뭐……?"

노도와 같이 쏟아진 정보에 시도는 눈이 콩알만 해졌다. 하지만 전화 상대는 딱히 개의치 않으며 이야기를 이어갔다.

『즉, 귀국했습니다! 뭐, 임시 휴가를 받은 거니까 곧 돌아가 봐야 하지만 말이야.』

『이야~, 시도와 코토리를 만나는 것도 참 오랜만이군. 잘 지내고 있지?』

"자…… 잠깐만!"

시도가 비명에 가까운 목소리로 그렇게 외치자, 주위에서 쇼핑 중이던 손님들이 의아한 표정으로 그를 쳐다보았다. 하지만 시도는 그들을 신경 쓸 여유가 없었다.

그럴 만도 했다. 방금, 아버지와 어머니가 말했다. 집 앞에 있다고 말이다.

—정령들이 모여 있는 시도의 집 앞에, 있다고 말이다.

『응? 왜 그러니?』

"그, 그게…… 나, 지금 장보러 왔거든! 코토리도 외출 중……!"

『어머, 그래? 마침 잘 됐네. 그럼 엄마와 아빠 몫의 식재료도 사와 줄래? 오랜만에 시~ 군이 해주는 요리가 먹고 싫어~.』

"그, 그게 아니라……! 저기, 우리가 돌아갈 때까지 밖에서 시간을 보내주면 안 될까?!"

『어라라~, 왜? 집에서 기다리면 되잖니?』

"큭…… 아, 아무튼 그렇게 해줘! 부탁이야……!"

시도가 절박한 목소리로 그렇게 말하자, 하루코는 『아하~』하고 음흉한 웃음소리를 흘렸다.

『탓군~. 시~ 군이 우리가 없는 사이에 집에 뭔가를 숨겨둔 것 같아. 돌아올 때까지 집안을 샅샅이 뒤져보자~.』

『좋아.』

"안 돼애애애애애애애애애애애애!"

상황이 악화되자, 시도는 새된 비명을 질렀다.

『그럼 저녁은 잘 부탁해. 어떤 메뉴인지에 따라 시~ 군의 보물을 찾았을 때의 반응이 완화될지도 몰라. 참고로 엄마는 지금 게가 먹고 싶답니다~.』

『아, 아빠는 성게가 먹고 싶네.』

마치 시도가 홋카이도 특산물 전시회에 왔다는 것을 알고 있는 듯한 요구사항을 전달한 후, 부모님은 전화를 끊었다.

얼굴이 새파랗게 질린 시도는 집에 있을 토카 일행에게 허둥지둥 전화를 걸려고 했다.

하지만 어젯밤에 충전을 깜빡한 탓에, 시도가 통화 버튼을 누르려던 순간 배터리가 바닥나며 화면이 까맣게 변했다.

"하, 하필이면……!"

이대로 있을 수는 없다. 매우 위험한 상황인 것이다. 믿고 집을 맡겼던 아들이 부모 몰래 여자아이들을 집으로 불러서 하렘을 차렸다는 건, 가족회의 정도로 해결될 사태가 아니다. 아무리 쾌활한 부모님일지라도 좋아하는 음식을 사갔다고 봐주지는 않을 것이다. 게와 성게를 사가더라도, 껍질째 입에 우겨넣어서 입을 막는 이용법밖에 생각나지 않았다.

"아무튼, 서둘러 돌아가야 해……!"

시간이 지날수록 상황은 악화되기만 할 것이다. 부모님과 정령들의 접촉은 막을 수 없을지도 모르지만, 그들이 치명적인 대화를 나누기 전에 한시라도 빨리 집에 돌아가야만 한다. 시도는 쇼핑 중인 손님들을 밀어 헤치면서 내달렸다.

도움이 안 될 거라는 걸 뻔히 알면서도, 혹시나 싶어 게와 성게를 쇼핑 바구니에 넣은 후에 말이다.

◇

"으으…… 한 번 더 하자, 오리가미!"

시도의 집 거실에서 게임 컨트롤러를 쥐고 있던 토카가 외쳤다.

칠흑빛 장발과 수정 같은 눈동자가 인상적인 소녀의 단정한 얼굴은 현재 분해 죽겠다는 듯이 일그러져 있었다.

이유는 단순했다. 토카가 쳐다보고 있는 화면에는 쓰러진 캐릭터와 『KO!』라는 문자가 표시되고 있었기 때문이다.

"몇 번을 해도 결과는 같아."

대답을 한 사람은 토카의 옆에 앉아있는 소녀, 토비이치 오리가미였다. 토카와는 정반대로 차분한 표정으로 화면을 쳐다보고 있었다.

통산 성적, 5전 5패. 야마이 자매가 플레이하는 게임이 재미있어 보여서 시켜달라고 했던 토카는 아까부터 오리가미의 초절정 테크닉에 농락당하며 1승도 거두지 못했다.

토카와 오리가미의 뒤에서 그 광경을 본 카구야가 입을 열었다.

"크큭. 대단하구나, 오리가미. 하지만 내 권속을 괴롭히는 걸 두고 볼 수는 없지. 이제 이 몸이 직접 상대해 주마."

"지적. 카구야는 우선 유즈루에게 이기고 그런 소리를 하세요."

카구야의 옆에 앉아있던 유즈루가 하아~ 하고 한숨을 내쉬며 그렇게 말했다. 그러자 카구야는 쩔쩔매며 말을 더듬거렸다.

"그, 그런 약아 빠진 방식으로 이기는 건 인정 못해! 하나도 아름답지 않거든?!"

"부정. 그래도 승리는 승리예요. 카구야는 초필살기만 노리며 화면 구석에서 껑충껑충 뛰기만 하니까, 샌드백이나 다름없어요."

"으, 으으으윽……!"

카구야는 분통을 터뜨렸다. 실제로 그녀는 시합을 유리하게 이끌어가다가도 화려한 필살기로 KO승을 노리다 역전패를 당하는 경우가 많았다.

"여, 여러분, 사이좋게……."

『맞아~. 게임은 즐겁게 해야지~.』

그런 카구야와 유즈루의 뒤에서 요시노, 그리고 그녀가 왼손에 낀 토끼 모양 퍼핏인형 『요시농』의 목소리가 들려왔다. 거실 뒤편에서는 요시노, 나츠미, 미쿠, 이렇게 세 사람이 다른 정령들의 게임 시합을 관전하며 우아하게 홍차를 마시고 있었다.

"맞아요~. 다들 사이좋게 지내야죠~. 저와 나츠미 양처럼요~."

"……아니, 딱히 친하지는 않거든? 그리고 왜 살금살금 다가오는 거야? 무섭거든?"

"예? 다가간 적 없는데요? 만약 그렇게 보였다면 그건 착각일 거예요~. 나츠미 양의 마음속에서 저라는 존재가 커져가고 있는 거예요~."

"……으음, 저기, 일단, 내 무릎 위에 올린 손 좀 치워 줄래? 그리고 손가락 좀 꼼지락거리지 말아 줄래?"

미쿠와 나츠미 사이에서 공방전이 시작됐다.

저쪽도 신경이 쓰이지만, 지금 우선해야 할 것은 자신의 싸움이다. 토카는 고개를 세차게 저으며 입을 열었다.

"아무튼! 이렇게 지고 끝낼 수는 없다! 승부다! 오리—."

하지만 토카는 말을 이으려다 갑자기 멈췄다.

미심쩍은 소리를 포착했기 때문이다.

"……음?"

이내 오리가미를 비롯한 다른 이들도 그 소리를 들었는지 다들 입을 다물더니, 소리에 집중했다.

"……이 소리는……."

"현관 쪽……이에요. 시도 씨나 코토리 씨가 돌아온 걸까요……?"

"아니다. 시도나 코토리와는 발소리가 다른 것 같구나."

"으음~, 그럼 손님이 온 걸까요~?"

"그렇다면 초인종을 누르지 않을까?"

"동의. 맞아요. 그렇다면—."

"빈집털이."

오리가미가 그렇게 말한 순간, 정령들은 일제히 숨을 삼켰다.

"서, 설마, 이런 백주대낮에……."

"그럼 강도일지도 몰라. 아무튼, 이 집에, 시도와 코토리 이외의 누군가가, 벨도 누르지 않고 침입했어. 그건 엄연한 사실이야."

"어, 어쩌면 좋죠……?"

요시노는 허둥대며 작은 목소리로 그렇게 말했다.

그러자 오리가미는 아무 말 없이 현관으로 이어지는 문을 쳐다보았다.

"뭔가, 내 집에 돌아온 건데 반가운 느낌이 드네."

"아~, 동감이야."

집 앞에 나란히 선 하루코와 타츠오는 감개무량한 어조로 그렇게 중얼거렸다.

단발머리에 드세어 보이는 눈매, 그리고 항상 가슴을 쫙 펴고 당당하게 행동하는 아내인 하루코와 달리, 남편인 타츠오는 검은색 뿔테 안경 너머에서 항상 웃고 있는 눈과 새우등처럼 구부정한 자세가 인상적인 남성이었다.

오랫동안 함께해 온 부부는 점점 서로를 닮아간다……는 말이 있지만, 이츠카 부부는 거기에 해당되지 않았다. 나란히 선 두 사람은 부부라기보다 여걸과 문관, 혹은 말괄량이 상류층 아가씨와 노집사 같다고 결혼식에 초대받았던 지인이 말했다.

"자, 그럼 들어가자."

"응, 그래. ……어? 우왓!"

바로 그때, 타츠오가 문턱에 발이 걸리며 하루코 쪽으로 쓰러졌다.

"잠깐…… 꺄앗!"

그리고 깜짝 놀라 뒤를 돌아본 하루코의 가슴에 그대로 얼굴을 묻었다.

마치 만화에서나 나올 법한 움직임이었다. 하루코는 한숨을 내쉬며 어깨를 으쓱했다.

"……하아, 여전하다니깐~."

"미, 미안……."

"괜찮아. 익숙하거든. 옛날 같았으면 때렸겠지만 말이야."

"응……. 자주 두들겨 맞았지."

타츠오는 미안하다는 말투로 그렇게 말하며 몸을 일으켰다. ……그는 옛날부터 툭하면 이랬다. 하루코는 쓴웃음을 지으면서 현관 손잡이를 향해 손을 뻗었다.

"자, 빨리…… 어? 어머?"

그때, 하루코가 의아하다는 듯이 고개를 갸웃했다.

"왜 그래?"

"아까 시~ 군은 집에 아무도 없다고 했지? 그런데 문이 열려 있네."

"흐음…… 조심성 많은 시도답지 않은걸."

"맞아. 아무리 일본은 치안이 좋다고 해도 이건 너무 무방비하네. 한소리 해야겠어."

하루코는 그렇게 말하며 현관 안으로 들어갔다.

하지만 거기서 하루코는 또다시 미간을 찌푸렸다. 현관에 여성용 신발이 잔뜩 있었던 것이다.

"코토도 참~. 우리가 없다고 신발을 이렇게 함부로…… 게다가 하나같이 처음 보는 신발이네."

"아하하! 어쩌면 시도가 우리를 집에 들이지 않으려고 했던 이유가 이것 아닐까?"

"아~, 그럴지도 몰라. 시~ 군은 여전히 여동생한테 물러 터졌다니깐."

하루코는 어깨를 으쓱이며 신발을 벗은 후, 집 안으로 들어갔다. 그러자 옆에 있던 타츠오가 기지개를 켜며 입을 열었다.

"으음…… 역시 집에 오니 좋네. 미국에서 지내는 사원용 주택도 나쁘지는 않지만, 집 안의 공기 자체가 다른 것 같아."

"맞아. 이럴 때는 우리가 일본인이라는 걸 실감한다니깐."

아하하, 하고 가볍게 웃으면서 복도를 나아간 두 사람은 거실의 문을 열었다.

바로 그때였다.

"응?"

"어?"

하루코와 타츠오는 동시에 얼빠진 목소리를 냈다.

두 사람이 거실에 들어선 순간, 좌우에서 튀어나온 인영이 그들을 바닥에 쓰러뜨리며 그대로 꼼짝 못하게 제압한 것이다.

"뭐, 뭐야?! 뭐가 어떻게 된 거야?!"

"하, 하루! 괜찮아?!"

두 사람은 버둥거리며 저항했지만, 양손을 꼼짝 못하게 붙잡힌 탓에 벗어날 수가 없었다. 겨우겨우 고개를 돌려서 범인의 얼굴을 본 하루코는 또 한 번 놀랐다. 하루코와 타츠오를 제압한 이는 앳된 외모의 두 소녀— 그것도 판박이처럼 똑같이 생긴 쌍둥이였다.

"흥. 저항은 권하지 않느니라."

"경고. 얌전히 있어요."

"무, 무슨……."

하루코가 갑작스러운 상황에 당황하고 있는 사이, 소파 뒤편에서 소녀들이 몇 명 더 모습을 드러냈다. 그리고 미심쩍은 표정으로 하루코와 타츠오를 쳐다보았다.

"으음…… 뭔가 이상하구나."

"나, 나쁜 사람처럼 보이지는 않는데요……."

"……요시노는 물러. 진짜 악당은 악당처럼 생기지 않았거든."

소녀들은 영문 모를 대화를 나누고 있었다.

한순간 『강도』라는 단어가 하루코의 머릿속을 스쳤지만, 소녀들의 모습을 보니 그런 건 아닌 것 같았다. 왼편에 서 있는 눈매가 험악한 소녀가 방금 말했다시피, 진짜 악당은 악당처럼 생기지 않았다고 하니 저들이 강도일 가능성도 있기는 하겠지만 말이다.

바로 그때였다.

"―끄윽!"

하루코가 혼란에 빠져 있을 때, 갑자기 타츠오의 비명소리가 들렸다.

고개를 돌려보니, 어느새 모습을 드러낸 새로운 소녀가 타츠오의 목덜미에 손에 쥔 나이프를 대고 있었다.

"타, 탓군!"

"―당신들은 누구야?"

인형처럼 단정한 외모를 지닌 소녀가 무표정한 얼굴로 담담하게 물었다. 그 무기질적인 모습을 본 하루코는 무심코 숨을 삼켰다. 본능적으로 공포를 느낀 것이다. 그녀의 손놀림은 나이프를 『협박』이외의 용도로 쓰는 데 익숙해 보였다.

"대답하지 않는다면, 이 남자의 손가락을 하나씩 자르겠어."

"히익……?!"

"어, 어이, 오리가미……."

소녀의 동료가 눈썹을 찌푸리며 그녀를 말렸다.

"걱정하지 마. 진부한 방법이지만 효과는 절대적이야. 단순히 고통을 줄 뿐만 아니라, 손가락이라는 중요한 기관을 잃을지도 모른다는 공포는 사람의 마음을 꺾는 데 유효해."

"오, 오리가미……?"

"게다가 상대방이 두 명이라는 점도 좋아. 그들이 깊은 관계일 경우, 고통을 겪고 있는 상대방을 보다 못해 입을 열 가능성도 있어. 만약 두 사람 사이에 신뢰관계가 없더라도, 동료의 비명을 실컷 들려준 후에 같은 협박을 하면 그 효과는……."

"히, 히이이이익!"

소녀가 담담한 목소리로 한 말만으로도 효과는 충분해 보였다. 타츠오는 겁에 질린 신음을 흘렸다.

"내, 내 말은 그런 의미가 아니다! 네 행동이 지나친 것 같다는 말이다!"

검은 머리카락의 소녀가 그렇게 말하자, 나이프를 쥔 소녀는 흐음…… 하고 낮은 신음을 흘리며 생각에 잠겼다.

"네 말도 일리가 있어."

"이, 이해해 준 것이냐."

"확실히 처음부터 손가락을 잘라버리는 것보다는 우선 손톱부터 뽑는 편이 낫겠지. 깜빡했네."

"하나도 이해 못했지 않느냐!"

검은 머리카락의 소녀가 고함을 지르자, 나이프를 쥔 소녀는 영문을 모르겠다는 듯이 고개를 갸웃거렸다.

"……그럼 자백제를 쓸까?"

다른 소녀들이 일제히 고개를 저었다.

아무래도 다른 소녀들은 이 사태를 원만하게 수습하고 싶은 것 같았다. 적어도 다짜고짜 하루코와 타츠오를 죽이거나, 통장이 있는 곳을 알아낼 생각은 없어 보였다. 하루코는 몸을 비틀면서 떨리는 목소리로 입을 열었다.

"너, 너희는 대체 누구니……?! 여기서 뭘 하고 있는 거야?!"

"응……? 집을 보고 있다만……."

검은 머리카락의 소녀는 왜 당연한 걸 묻느냐는 듯한 표정으로 고개를 갸웃거렸다.

하루코는 순간 저 소녀가 자신을 놀리고 있다고 생각했지만…… 아무래도 그렇지 않은 것 같았다. 소녀의 표정을 보아하니, 거짓말을 하고 있는 것 같지는 않았다.

그렇다면 대체 뭐가 어떻게 된 걸까. 설마 하루코와 타츠오가 집을 잘못 찾아온 건가……? 그런 생각이 머릿속을 스쳤지만, 이내 부정했다. 지금 두 사람이 있는 곳은 자신들의 집 거실이 틀림없다. 타츠오와 하루코가 30년 대출을 받아서 산, 사랑하는 마이 홈이었다.

물론 두 사람의 집 옆에 내부구조가 똑같은 집이 존재한다면 이야기가 달라지겠지만…… 게임도 아니고 그런 일이 있을 리가 없다.

"집을 보고 있다니…… 그런 부탁을 한 적은 없거든?"

"음? 무슨 소리를 하는 게냐."

"의아. 우리들도 당신에게 그런 부탁을 받은 적이 없어요."

하루코와 타츠오를 제압한 쌍둥이가 그렇게 말했다. 그 말도 안 되는 소리에 하루코가 새된 목소리로 외쳤다.

"남의 집에 멋대로 들어와서 아까부터 무슨 소리를 하는 거야……?!"

하루코가 그렇게 외친 순간, 타츠오의 목에 나이프를 대고 있던 소녀가 뭔가를 눈치챈 것처럼 눈을 치켜떴다.

"음……? 오리가미, 왜 그러느냐?"

"설마……."

오리가미라 불린 소녀는 나이프를 집어넣더니, 호주머니에서 핸드폰을 꺼내 조작하기 시작했다.

그리고 하루코와 타츠오의 앞으로 이동해 핸드폰 화면과 두 사람의 얼굴을 번갈아 바라보았다. 그 뒤 몸을 일으키더니, 두 사람을 제압하고 있던 쌍둥이의 손을 치웠다.

"뭐, 뭐하는 것이냐?"

"의문. 마스터 오리가미, 왜 이러는 거죠?"

쌍둥이가 의아한 표정을 지으며 그렇게 물었지만, 오리가미는 들은 척도 하지 않으며 타츠오와 하루코에게 상냥한 목소리로 말을 건넸다.

"괜찮으세요? 이제 안심하셔도 돼요. —아버님, 어머님."

"뭐……?"

"지금, 뭐라고……?"

하루코와 타츠오는 얼이 나갔다. 적어도 초면인 사람에게 손가락을 자른다느니, 손톱을 뽑아버리겠다느니, 그런 흉흉한 소리를 하는 딸을 둔 기억이 없었다.

게다가 하루코와 타츠오만 당황한 게 아니었다. 이 자리에 있는 다른 소녀들도 뭐가 어떻게 된 것인지 모르겠다는 표정을 짓고 있었다.

"음? 오리가미의 부모님이냐……?"

"어라? 하지만 오리가미 양의 부모님은……."

"아냐."

오리가미는 천천히 고개를 저었다.

"이분들은 이츠카 타츠오, 하루코 부부. —시도와 코토리의 부모님이셔."

"""……뭐?!"""

오리가미가 그렇게 말한 순간, 다른 소녀들의 얼굴이 일제히 경악으로 물들었다.

◇

"아아, 정말! 젠장! 왜 하필 이럴 때 길이 막히는 거냐고 오오오오!"

시도는 무거운 장바구니를 손에 든 채 길을 내달리고 있었다.

처음에는 버스로 돌아가려 했지만, 운이 나쁘게도 교통사고로 도로가 막히는 바람에 버스가 나아가지를 않았다. 이래서는 집에 언제 도착할지 알 수 없었다. 결국 시도는 버스에서 내린 후, 냅다 뛰기 시작했다.

아마 정령들과 부모님의 만남은 저지할 수 없을 것이다. 하지만 지금 집에 있는 정령들은 하나같이 마음씨 착한 소녀들이다. 분명 사이좋게 담소를 나누고 있으리라. 시도의 부모님을 제압한 후에 협박을 하는 사태 같은 것은 벌어지지 않았으리라.

부모님이 정령들을 코토리의 친구라 여기면 가장 좋겠지만…… 그것은 어디까지나 희망사항일 뿐이었다.

지금 시도가 할 수 있는 건 한시라도 빨리 집으로 돌아가서 정령들과 부모님을 감시하는 것이었다. 정령들의 입에서 치명적인 말이 나오기 전이라면 어찌어찌 얼버무릴 수 있으리라. 아무튼, 서둘러야―.

"……윽?!"

시도는 갑자기 멈춰 섰다.

어쩔 수 없었다. 쓰러져 있는 여성을 발견한다면, 시도가 아니라 그 누구라도 멈춰 설 것이다.

"괘, 괜찮으세요?!"

"으, 으으으, 죄송해요. 발을 삐끗…… 어? 이츠카 군?"

"타마…… 선생님?!"

여성의 얼굴을 본 시도는 눈을 치켜떴다. 그 사람은 시도의 담임인 오카미네 타마에, 일명 타마 선생님이었다. 게다가 옷도 꽤 반듯하게 차려 입었으며, 평소보다 화장도 두꺼웠다. 발을 삐끗한 것도 부자연스러울 정도로 높은 힐을 신은 탓 같았다.

"이런 데서 뭐하시는 거예요. 게다가 옷차림이……."

"이츠카 군!"

시도가 말을 이으려던 순간, 타마 선생님이 시도의 손을 움켜쥐었다.

"우왓! 왜, 왜 이러세요?"

"부, 부탁이에요! 저를 2번가에 있는 유니온 빌딩까지 데려다주세요!"

"예?"

시도는 그 갑작스러운 요청에 얼이 나갔다.

"거, 거기서, 무슨 행사라도 있나요?"

"맞선 파티가 열려요!"

"그, 그런가요……."

타마 선생님에게 압도당한 시도는 뒷걸음질을 쳤다. 하지만 타마 선생님은 시도의 손을 놓아주지 않았다.

"이번에는 남성 연봉 800만 이상 한정의 하이클래스 파티라서 경쟁률이 엄청 높았어요! 20대 여성 한정 기획이라, 제가 참가할 수 있는 건 다음 생일 때까지예요! 이대로 제가 쓰러져 버린다면! 희생된 동포들을 볼 면목이 없어요……!"

타마 선생님이 울먹거리며 그렇게 말하자, 시도의 볼을 타고 땀방울이 흘러내렸다.

"죄송한데, 저는 지금 바빠……."

"……데려다주지 않는다면, 이츠카 군한테 확 시집을 갈 거예요……."

"으……."

타마 선생님이 무시무시한 목소리로 그렇게 말하자, 시도의 등을 타고 식은땀이 흘러내렸다.

유니온 빌딩은 시도의 집과 반대방향으로 약 10분가량 걸어가야 하는 위치에 있었다. 현재 정령들과 부모님이 집에서 맞닥뜨렸을 상황을 고려하면, 어마어마한 시간 낭비였다.

하지만 타마 선생님을 내버려둘 수도 없었다. 결국 시도는 「이익……!」 하고 외치며 타마 선생님을 등에 업었다.

◇

"……연옥에서 망자가 부르는 목소리가 들리는구나."

카구야가 식은땀을 삐질삐질 흘리면서 중얼거렸다. 잘은 모르겠지만, 아무래도 『큰일 났다』라는 의미 같았다.

참고로 이 자리에 있는 정령들 전원이 같은 생각을 하고 있었다.

카운터 테이블 뒤편에 숨듯이 모인 토카 일행은 소곤소곤 회의를 하고 있었지만, 그녀들의 표정은 하나같이 어두웠다.

하지만 그것도 당연했다. 몰랐다고는 해도, 시도와 코토리의 부모님에게 난폭한 짓을 한 것이다.

"시도의 부모님이 돌아오실 줄이야……."

"분명…… 해외출장 중……이라고 들었던 것 같아요."

『그래그래~. 두 사람 다 일렉트로닉스 회사? 라는 곳에 다닌다는 이야기를 들었던 것 같아~.』

토카의 말에 답하듯 요시노와 『요시농』이 고개를 끄덕이며 입을 열었다.

"으음~, 다짜고짜 제압했던 건 문제네요~."

미쿠가 턱에 손가락 하나를 대며 그렇게 말했다. 그러자 두 사람을 직접 제압했던 야마이 자매가 불안한 표정을 지었다.

"여, 역시 제대로 사고 친 거지? ……큰일이네. 기회다 싶어서 이번에 익힌 CQC를 써먹었어……."

"수긍. 권총을 쥔 상대에게 대처하는 방식으로 제압했어요."

그렇게 말한 카구야와 유즈루는 풀이 죽은 것처럼 고개를 숙였다. 어쩐지 동작이 매끄럽다 했더니, 이 두 사람은 그런 것까지 연습한 것 같았다. ……혹시 포박술 승부라도 하려는 걸까.

오리가미는 두 사람의 말을 듣고 눈을 내리깔며 고개를 저었다.

"카구야와 유즈루는 엄청난 문제를 일으켰어. 이츠카 부부는 마음에 깊은 상처를 입었을 거야."

"마, 맙소사……."

"침울. 어쩌면 좋을까요……."

"……저기, 가장 깊은 트라우마를 심어준 사람은 오리가미일 것 같은데……."

나츠미가 오리가미를 흘겨보며 그렇게 말했다. 다른 정령들도 그 말에 동의한다는 듯이 고개를 끄덕였다.

"지금은 책임을 떠넘길 때가 아냐."

"아니, 책임을 떠넘기는 게 아니라……."

나츠미는 뭔가 할 말이 있는 눈치였지만, 이럴 때가 아니라고 생각한 건지 입을 다물었다.

"그, 그런데…… 우리는 이제 어떻게 되는 것이냐……?"

토카가 불안한 목소리로 그렇게 말하자, 나츠미는 난처한 표정을 지으며 대답했다.

"……시도와 코토리의 부모님이라면, 이 집의 주인이잖아? 그 두 사람에게 찍힌다면, 이제 이 집에 드나들 수 없을 거야……."

"저, 정말이냐?!"

"……아니, 그 정도로 끝나면 다행일 거야. 저 부모님이 시도와 코토리에게 『저렇게 난폭한 애들과 어울려 다니지 마!』 같은 말을 한다면……."

"……윽!"

"『다들, 미안해……. 나, 우리 부모님에게 폭력을 휘두르는 애들과는 친하게 지낼 수 없어』."

"아…… 아아……."

나츠미가 그런 부정적인 말을 입에 담자, 다른 정령들의 표정이 비장해졌다.

"그, 그런 건 싫다! 어떻게 하면 되겠느냐?!"

토카의 외침에 미쿠가 의기양양한 표정을 지으며 팔짱을 꼈다.

"저한테 좋은 생각이 있어요~."

"그, 그게 뭐지?!"

미쿠는 고개를 끄덕이며 말을 이었다.

"유감스럽게도 달링의 부모님의 저희에 대한 첫인상은 최악이라 해도 과언이 아니에요. 하지만, 그것을 능가할 정도로 좋은 인상을 심어드리면 된다고 생각해요~."

"좋은 인상……인가요."

『구체적으로 어쩌자는 거야~?』

요시노와 『요시농』이 고개를 갸웃거리며 묻자, 미쿠는 손가락 하나를 꼽았다.

"즉, 재패니즈 환대예요!"

"화, 환대?!"

"예. 저 두 분은 긴 여행으로 피곤하실 거예요. 그러니 저희가 진심어린 환대를 해드린다면, 저희에게 호감을 가지게 될 거랍니다~!"

미쿠의 말에 정령들의 눈이 반짝였다.

"좋다……. 나, 나는 하겠다!"

"저, 저도 할게요……!"

『요시농도 할래~!』

"크큭…… 좋다. 지옥의 컨시어지라 불린 이 몸의 솜씨를 보여주겠노라."

"수긍. 유즈루에게 맡겨 주세요."

"……뭐, 나는 아무래도 상관없지만…… 너희가 한다면야……."

"이의는 없어."

미쿠는 다른 정령들의 대답을 들은 후, 고개를 끄덕였다.

"결정됐네요~. 그럼, 작전 개시예요~!"

"……타, 탓군, 괜찮아……?"

"하루야말로 다친 데 없어? 팔이 아프지는 않아?"

하루코와 타츠오는 속삭이듯 작은 목소리로 이야기를 나눴다.

풀려난 두 사람은 거실 소파에 앉아 있었지만…… 긴장을 완전히 풀지는 못했다.

자신들의 집을 점거한 정체불명의 소녀들이 카운터 테이블 뒤편에 모여서 소곤거리고 있었던 것이다.

"저 애들은…… 대체 누구지?"

타츠오가 의아해하면서 그렇게 말하자, 하루코는 「글쎄……」 하고 작은 목소리로 대꾸했다.

 "시도와 코토리를 아는 것 같던데…… 어떤 사이일까?"

 "평범한 친구 사이 아닐까? 시도나 코토리에게 집을 봐달라는 부탁을 받았는데, 모르는 사람인 우리를 도둑으로 착각해서 제압한 게……."

 "……요즘 여자애들은 군대격투술을 익히거나, 나이프를 능숙하게 다루거나, 고문술에 조예가 깊기라도 한 거야? 저 애들, 평범한 애들이 아냐."

 "그런가……. 나쁜 애들 같지는 않은데 말이야."

 타츠오가 태평한 소리를 하자, 하루코는 아무 말 없이 고개를 저었다.

 여전히 위기감이 없었다. 그는 매우 우수한 엔지니어지만 사회생활에 익숙하지 않다고나 할까, 타인의 악의에 어둡다고나 할까…… 한마디로 말해 너무 선량했다. 실제로 하루코가 막지 않았다면 사기를 당했을 뻔한 적도 한두 번이 아니었다. 뭐, 하루코는 타츠오의 그런 면도 엄청 귀엽다고 생각하지만 말이다.

 "……아무튼, 여기 있으면 위험해. 기회를 봐서 도망치자."

 "으음…… 뭐, 하루가 그렇다면야……."

 타츠오는 내키지 않는 표정을 지으며 고개를 끄덕였다.

 "좋아. 그럼 가능한 한 소리를 내지 않고 이동하자."

하루코와 타츠오는 천천히 몸을 일으킨 뒤, 그대로 발소리를 죽인 채 복도를 향해 걸어갔다.

　하지만, 바로 그때였다.

　"다 됐다!"

　카운터 테이블 너머— 주방 쪽에서 그런 외침이 들리더니, 한 소녀가 커다란 접시를 들고 거실로 걸어왔다.

　그리고 문을 향해 손을 뻗는 하루코와 타츠오를 보고 의아하다는 표정을 지으며 고개를 갸웃거렸다.

　"음? 무슨 일이냐, 시도의 부모여. 외출하는 것이냐?"

　"아, 응. 기회를 봐서 도망치려고……."

　"윽! 아, 아, 아무것도 아니란다! 운동을 하고 있었을 뿐이야!"

　하루코는 솔직하게 대답하려고 하는 타츠오의 말을 끊고 크게 외쳤다. 솔직한 면은 타츠오의 매력 포인트지만, 지금은 타이밍이 너무 나쁘다. 도망치려 했다는 것을 들킨다면, 어떤 짓을 당할지 모르는 것이다.

　"음, 그런 것이냐?"

　하지만 상대도 타츠오에 버금갈 만큼 순박한 것 같았다. 하루코의 어설픈 변명을 순순히 믿은 것 같았다.

　"그런데, 저기……."

　"토카다. 야토가미 토카."

　"토카 양. 우리한테 볼일이 있니?"

　하루코가 그렇게 묻자, 토카는 「음!」 하고 고개를 끄덕였다. 그리고 손에 쥔 커다란 접시를 테이블 위에 뒀다.

"환대라는 건, 타인이 자신에게 해줬을 때 가장 기쁜 일이라고 들었다. 두 사람 다 오랫동안 여행을 하느라 배가 고플 것이다! 사양 말고 먹어라!"

토카는 그렇게 말하며 접시 위에 놓인 것을 가리켰다. 하루코와 타츠오는 미심쩍은 표정을 지으며 그것을 쳐다보았다.

"이건…… 주먹밥?"

그랬다. 다소 형태가 이상하기는 하지만, 그것은 틀림없는 주먹밥이었다. 따끈따끈한 밥이 삼각형(이라고도 할 수 있을 듯한 형태)로 뭉쳐진 후, 김에 쌓여 있었다.

하지만, 하루코의 볼을 타고 식은땀 한 줄기가 흘러내렸다. 이유는 단순했다. 그 주먹밥 하나하나가 한 손으로 움켜쥐지 못할 만큼 어마어마하게 컸던 것이다.

"자! 어서 들어라!"

토카가 환한 미소를 지으며 그렇게 말하자, 볼에 경련이 일어난 하루코가 쓴웃음을 지었다.

하지만 그런 하루코와 달리, 타츠오는 환한 목소리로 감사 인사를 했다.

"아, 고맙구나. 그럼 잘 먹을―."

"잠깐만, 탓군."

"응? 하루, 왜 그래?"

타츠오가 어리둥절한 표정을 지으며 물었다. 이 사람은

진짜 귀엽다니깐. 하루코는 문득 그렇게 생각했지만, 지금
은 그럴 때가 아니다. 하루코는 토카에게 들리지 않도록 타
츠오의 귓가에 대고 속삭였다.

"아직 이 애들이 누구인지 모르잖아? 이 주먹밥에도 이상
한 게 들어 있을지도 몰라. 함부로 입을 대선 안 돼."

"에이……. 그건 지나친 생각 아닐까? 나쁜 애들처럼 보이
지는 않잖아. 게다가 우리를 위해 준비해 준 걸 먹지 않는
것도 실례야."

"아니, 저기…… 응. 그것도 그래."

반박을 하려던 하루코는 이내 생각을 바꿨다. 두 사람은
오랫동안 함께해 온 부부다. 이럴 때 타츠오가 얼마나 고집
이 센지 잘 알고 있는 것이다.

"알았어. 하지만 내가 먼저 맛볼게. 그래도 되지?"

하루코는 진지한 표정으로 그렇게 말했다. 독이라도 들어
있는 건 아닌지 체크해 보려는 건 아니지만, 타츠오라면 주
먹밥을 먹다 위화감을 느껴도 계속 먹을지도 모른다는 생
각이 들었다.

하지만 타츠오는 그런 하루코의 생각을 눈치채지 못한 건
지 빙그레 웃었다.

"뭐야, 먼저 고르고 싶었던 거야? 하루도 귀여운 구석이
있네. 그렇게 해."

"……응. 고마워, 탓군."

약간의 탈력감, 그리고 귀엽다는 말을 듣고 그 탈력감의 몇 배나 되는 기쁨을 느낀 하루코는 복잡한 감정이 어린 미소를 지었다.

그렇게 하루코는 마음을 다잡으려는 듯이 헛기침을 한 후, 토카를 향해 고개를 돌렸다.

"그럼 잘 먹을게, 토카 양."

"음! 마음에 드는 걸 맛봐라!"

토카는 힘찬 목소리로 그렇게 말했다. 하루코는 식욕이 아닌 긴장감에 마른 침을 한번 삼킨 후, 가까운 쪽에 있는 주먹밥을 손에 쥐었다. 그리고 내용물을 확인하려는 듯이 쪼개보았다.

"내용물은…… 가다랑어포에 명란젓, 참치마요네즈…… 어머, 잔뜩 들어 있네."

"음! 뭘 넣을지 고민이 되어서 그냥 전부 넣어봤다! 아, 그래도 매실장아찌는 넣지 않았으니 안심해라. 그건, 저기, 뭐랄까, 너무 시큼하거든."

그렇게 말한 토카는 신 것을 먹은 것처럼 인상을 썼다. ……타츠오가 아까 말한 것처럼, 나쁜 아이는 아닌 것 같았다.

하지만 그렇다고 경계심을 풀지는 않았다. 하루코는 이상한 게 들어 있지 않은가 싶어 냄새를 확인해 본 후, 주먹밥을 한 입 먹었다.

"……평범한 주먹밥…… 같네."

"어떠냐?!"

"마, 맛있어."

하루코가 그렇게 말하자, 토카의 표정이 환해졌다.

"그러하냐! 주먹밥은 잔뜩 있으니 얼마든지 먹어도 된다!"

"고마워. 그럼 나도 먹어 볼까?"

타츠오는 접시에 놓인 주먹밥을 쥐고 입을 크게 벌리며 한 입 베어 물었다.

"음, 맛있는걸. 토카 양은 요리를 잘하는구나."

타츠오는 그렇게 말하며 주먹밥을 맛있게 먹었다.

사실 두 사람은 아직 점심을 먹지 않아서 배가 고팠다. 하루코도 타츠오를 따라 주먹밥을 계속 먹었다.

……하지만 아무리 배가 고팠다고 해도 한도라는 것이 있다. 토카가 준비한 거대 주먹밥은 여섯 개나 되었다. 얼굴을 가릴 수 있을 정도의 밥 뭉치를 1인당 세 개나 받은 것이다. 타츠오는 한 개, 하루코는 반 개를 먹자 배가 불렀다.

"휴우…… 잘 먹었어. 이제 배가 부르네."

"……뭐?!"

하루코의 말에 토카는 한순간 눈을 치켜뜨더니, 이내 풀이 죽은 듯한 표정을 지었다.

"그, 그래……. 배가 부른 거냐……. 으음, 그렇다면 어쩔 수 없지……."

""으…….""

그 모습을 본 하루코와 타츠오는 동시에 숨을 삼켰다. 왠지 토카의 저 표정을 보니, 자신들이 잘못을 저지른 듯한 느낌이 들었다.

"아, 아니, 으음…… 좀 더 먹어도 될까?"

"아하하…… 그래. 실은 나도 좀 더 먹고 싶은걸."

"……아!"

두 사람이 그렇게 말하자, 토카는 아까와 달리 환한 표정을 지었다. 만약 토카한테 꼬리가 달려 있다면, 분명 떨어져 나갈 것 같을 정도로 흔들어대고 있을 것이다.

"그러하냐! 음! 그건, 저기, 그러니까, 좋은 생각이다!"

"……."

저 말을 들으니, 이제 와서 못 먹겠다는 소리를 할 수가 없었다. 하루코와 타츠오는 쓴웃음을 지은 후, 접시에 남아 있던 주먹밥을 다시 먹기 시작했다.

하지만, 십여 분 후…….

"우읍……."

"후우……."

억지로 먹으려 해봤지만, 위장의 용량은 어찌할 수가 없었다. 결국 하루코와 타츠오는 둘이 합쳐서 두 개 반가량의 주먹밥을 먹고 한계에 도달하더니, 소파에 그대로 쓰러지고 말았다.

"엇?! 괜, 괜찮으냐, 시도의 부모여!"

토카는 걱정스런 표정으로 두 사람을 쳐다보았다. 하지만 하루코와 타츠오는 힘없이 손을 흔드는 게 한계였다.

◇

"덕분에 시간 맞춰 도착했어요……. 정말 고마워요, 이츠카 군. 돈을 많이 버는 남편을 만나게 되면, 이츠카 군을 집으로 꼭 초대할게요."

"아, 아니, 그러실 필요 없어요……."

파티장에 도착한 시도는 타마 선생님의 제안을 정중히 거절하며 고개를 꾸벅 숙인 후, 다시 집을 향해 뛰기 시작했다.

괜한 일로 시간을 낭비하고 말았다. 이렇게 되면 서두를 수밖에 없다.

"부탁이야, 다들 집에 얌전히 있어줘……!"

애원하는 듯한 어조로 혼잣말을 중얼거린 시도는 지면을 박차며 앞으로 나아갔다.

하지만 때마침 신호등이 빨간색으로 바뀌고 말았다. 시도는 발을 동동 굴리면서 신호가 바뀌기만을 기다렸다.

바로 그때였다.

"어라? 이츠카. 이런 데서 뭘 하고 있는 거야?"

불현듯 들려온 목소리에 시도는 뒤를 돌아보았다. 그러자 같은 반인 토노마치 히로토가 손을 가볍게 들어 보이는 모습이 눈에 들어왔다.

"윽!"

"어이, 방금 리액션은 뭐야?"

"⋯⋯아, 미안해. 무심코 본심이 흘러나왔네."

"이럴 때는 빈말을 하거나 얼버무려야 하는 거 아냐?!"

토노마치는 새된 목소리로 그렇게 외쳤다. 하지만 두 사람은 항상 이런 식으로 대화를 나눴다. 토노마치는 어깨를 으쓱한 후, 턱을 치켜 올리며 입을 열었다.

"뭐, 그건 됐어. 마침 잘 됐다. 한가하면 나랑 같이 놀자. 이 근처에 새로운 오락실이 생겼다고 해서 가던 길이거든."

"미안한데 오늘은 안 돼. 볼일이 있거든."

"으윽!"

신호가 바뀌자마자 시도는 그대로 내달리려 했다. 하지만 그 순간, 토노마치가 시도의 팔을 와락 움켜잡은 탓에 어쩔 수 없이 걸음을 멈추고 말았다.

"어, 어이, 뭐하는 거야? 나는 지금 바쁘다고!"

"그 볼일이라는 게 뭐야? 여자와 얽힌 거지?"

"⋯⋯아, 아냐."

"거짓말 하지 마! 그럼 왜 갑자기 말을 더듬거리는 건데?! 젠장! 왜 너한테만 그런 이벤트가 자주 일어나는 거냐고! 불공평하잖아!"

"그, 그걸 내가 어떻게 알아! 헛소리 말고 빨리 놔! 서두르지 않으면 큰일 날지도 모른다고!"

"절대 못 놔! 너는 오늘, 나랑 함께 여자와 담 쌓은 휴일을 보내는 거야!"

"으윽, 젠장! 오늘은 왜 이렇게 일이 꼬이는 거야아아아아아아!"

토노마치가 평소보다 3배 정도 더 성가시게 굴자, 시도는 결국 절규를 터뜨렸다.

◇

"우웁…… 좀 과식한 것 같아."

"하하…… 옛날 같았으면 더 먹었을 텐데 말이야."

과식으로 쓰러져버린 하루코와 타츠오는 침실 침대에 나란히 누웠다.

참고로 두 사람이 먹다 남긴 주먹밥은 토카가 전부 먹어 치웠다. ……두 사람이 그만 먹겠다고 했을 때, 토카의 표정이 어두워졌던 것도 납득이 됐다. 그녀의 기준으로 봤을 때, 하루코와 타츠오는 자신이 만든 주먹밥을 맛만 보고 남긴 것 같았으리라.

"저, 저기, 괜찮으세요? 으음, 시도 씨의 아버님, 어머님."

"……무리하지는 마."

침대에 누워서 쉬고 있던 두 사람에게 누군가가 말을 걸었다. 고개를 돌려보니, 조그마한 체구의 소녀 두 명이 서 있었다. 한 사람은 왼손에 토끼 모양 퍼핏인형을 낀 상냥한 인상의 소녀였고, 다른 한 사람은 뭔가 마음에 안 드는 일이라도 있었던 것처럼 언짢은 시선으로 하루코와 타츠오를 노려보고 있는 소녀였다.

이 두 사람의 이름은 요시노와 나츠미였다. 아까 토카와 교대한 두 사람은 하루코와 타츠오를 간병해줬다.

"……응. 괜찮단다."

"그래. 좀 과식했을 뿐이야……."

하루코와 타츠오가 그렇게 말하자, 두 사람은 안심한 것처럼 한숨을 내쉬었다.

그 모습을 본 하루코는 긴장을 약간 풀었다. 아까 전의 토카도 마찬가지지만, 타츠오가 말한 것처럼 이 소녀들은 나쁜 사람 같지 않았다.

"요시노 양과 나츠미 양……이지? 너희는 코토의…… 아니, 코토리의 친구니?"

하루코의 물음에 요시노와 나츠미는 약간 애매한 표정을 지으며 고개를 끄덕였다.

"예. ……코토리 씨에게는 항상 신세를 지고 있어요."

"흐음…… 그렇구나. 그런데 코토리는 지금 어디 간 거니? 아무리 사이가 좋아도, 친구들에게 집을 보라고 하다니……."

"으, 으음, 저기, 그게 아니라……."

요시노는 하루코의 질문에 우물쭈물했다. 변명을 하고 싶지만 사정이 있어서 말할 수 없는 듯한 눈치였다.

　바로 그때, 나츠미가 요시노를 진정시키려는 듯이 그녀의 어깨에 부드럽게 손을 얹었다.

　"나츠미 씨……?"

　"……괜찮아. 잠시만 기다려."

　나츠미는 그렇게 말하더니 요시노를 남겨두고 침실에서 나갔다.

　그리고 몇십 초 후, 방금 나츠미가 나갔던 문을 통해 한 소녀가 들어왔다.

　나츠미가 다시 들어온 줄 알았지만— 그렇지 않았다.

　"오~! 아빠, 엄마, 돌아왔구나~!"

　"……어머! 코토?!"

　"코토리?!"

　하루코와 타츠오가 반사적으로 외쳤다. 하지만 그것도 무리는 아니었다. 새하얀 리본으로 나눠 묶은 머리카락과 동글동글한 눈— 방 안에 나타난 이는 바로 하루코와 타츠오의 딸인 이츠카 코토리였던 것이다.

　"뭐야……. 집에 있었니? 그럼 빨리 나오지 그랬어."

　"미안해~. 볼일이 좀 있었거든. 그래도 친구들한테 집을 보게 한 건 아냐."

　코토리는 그렇게 말하며 빙긋 웃었다.

아까부터 영문 모를 상황이 이어졌지만, 어쨌든 자신들의 딸을 본 하루코와 타츠오는 안도했다.

"으음…… 다녀왔어, 코토."

"그래…… 오랜만이구나, 코토리. 생일 때 돌아오지 못해서 정말 미안해."

타츠오는 그렇게 말하며 천천히 몸을 일으키더니, 코토리를 안아주려는 것처럼 팔을 벌렸다.

익숙한 광경에 하루코는 미소를 지었다. 귀국할 때마다 이 두 사람은 「코토리~!」, 「아빠~!」 하면서 포옹을 나눴던 것이다.

하지만…….

"뭐…… 뭐하는 거야~?!"

타츠오가 포옹을 하려던 순간, 코토리가 얼굴을 새빨갛게 붉히면서 아버지의 복부를 걷어찼다.

아까 먹은 초거대 주먹밥으로 위장이 가득 차 있던 타츠오는 예상치 못한 공격에 「으윽!」 하고 신음을 흘렸다.

"타, 탓군?! 코토! 아빠에게 뭐하는 거니?! 평소에도 자주 포옹을 했었잖아!"

"윽! 아, 아니, 그게, 저기……."

하루코의 말에 코토리가 허둥댔다. 아무래도 반사적으로 발길질을 한 것 같았다.

"으, 우웁……."

타츠오가 구역질을 참듯이 손으로 입을 막자, 옆에서 허둥대고 있던 요시노가 입을 열었다.

"자, 잠깐만 기다리세요! 금방 약을 가지고 올게요……!"

요시노는 허둥지둥 방 밖으로 뛰쳐나갔다.

"으, 으음……."

방에 남겨진 코토리는 거북한 듯이 볼을 긁적이며 타츠오를 쳐다보았다.

"미안해, 아빠. 갑자기 그러니까 놀라서 그만……."

"아냐……. 괜찮단다……."

타츠오는 구토를 참으며 겨우겨우 미소를 지었다.

"코토리도 이제 열네 살이지……. 어린애가 아니잖아. 응…… 응…… 그래. 언젠가는 이런 날이 올 거라고 생각했어. 이 아빠는 괜찮단다."

"타, 탓군……."

"하지만, 왠지 눈에 습기가 차는걸……."

그렇게 말한 타츠오는 천장을 올려다보았다. 눈물이 흘러내리지 않도록 참는 것 같았다.

그런 타츠오를 본 것은 코토리가 같이 목욕을 하지 않게 되었을 때, 그리고 몇 년 전 크리스마스에서 딸이 산타클로스의 정체를 눈치챘다는 것을 알았을 때 이후로 처음이었다.

"아니, 저기, 그런 게 아니라……."

코토리는 난처한 표정을 지으며 볼을 긁적였다.

그때, 복도에서 발소리가 들렸다. 곧이어 물이 담긴 컵과 약이 놓인 쟁반을 든 요시노가 방 안으로 들어왔다.

"야, 약 가져왔어요……!"

『요히옹 땍뺴임니따~.』

토끼 모양 퍼핏인형이 요시노의 말에 맞춰 그렇게 말했다. 입으로 쟁반을 받치고 있어서 발음이 약간 이상했다. 그런 세세한 부분까지 신경을 쓰고 있었다.

"꺄아!"

하지만 서두르던 요시노는 도중에 발이 꼬이고 말았다. 손에 들고 있던 쟁반이 허공을 갈랐고, 약이 사방으로 흩어지더니─.

"으앗, 꺄앗!"

컵에 담겨있던 물이 하루코에게 쏟아졌다.

◇

"하아……, 하아……. 하아, 시간만 낭비했네……."

시도는 숨을 헐떡이며 부리나케 뛰었다.

끈질기게 매달리는 토노마치를 어찌어찌 설득(구체적으로 설명하자면, 장바구니 안에 있던 게 다리 팩 하나로 매수했다)하긴 했지만, 추격전을 벌이는 사이에 집과 더 멀어지고 말았다.

왜 하필 이럴 때 불행이 연이어 찾아오는 걸까. 만약 운명의 신이 존재한다면, 지금쯤 구름 위에서 시도를 손가락질하며 포복절도하고 있을 것이다.

하지만, 이대로 포기할 수는 없다. 만약 걸음을 멈췄다간, 정령들의 입에서 쏟아져 나오는 악의 없는 악담(모순)을 부모님이 듣게 될 가능성이 있기 때문이다.

〈라타토스크〉의 작전에 협력을 하게 된 이후, 시도는 클래스메이트와 이웃사촌들에게 괜한 오해를 사고 있었지만……부모님에게만은, 부모님에게만은 오해를 사고 싶지 않았다.

시도는 양자인 자신을 지금까지 길러준 부모님을 진심으로 존경하며, 또한 신뢰하고 있었다. 그런 부모님에게, 연상부터 연하까지 폭넓게 여러 여자아이들을 농락하는 성범죄자 예비군 취급을 당하는 것만큼은 피하고 싶었다.

아니, 상냥하고 이해심 많은 부모님이라면 아들의 여성 편력(오해)을 듣고도 함부로 비난하거나 매도하지 않으리라. 그저, 난처한 표정을 지으며 「하하…… 그, 그랬구나. 시도도 남자애구나. 그래도 여자는 소중히 여겨야 한단다」 같은 말을 할 것이다.

게다가 정령들의 정체를 밝힐 수도 없으니, 자초지종을 설명할 수도 없었다. 타츠오와 하루코는 아들이 느닷없이 플레이보이가 되어 버렸다는 마음속 응어리를 품은 채 미국으로 돌아가게 될 것이다. 최악이다. 다음에 어떤 표정으로 부모님을 만나면 좋을지 짐작조차 되지 않았다.

"서둘러야 해……!"

시도는 목소리를 쥐어짜내며 더욱 속도를 높였다.

하지만…….

"……윽!"

다음 순간, 시도는 급제동을 걸었다.

낯익은 3인조의 뒷모습이 눈에 들어왔기 때문이다.

왼쪽부터 키가 큰 순서대로 나란히 서 있는, 같은 또래 소녀들이었다. ―야마부키 아이, 하자쿠라 마이, 후지바카마 미이. 시도와 같은 반인 사이좋은 3인조였다.

그저 길을 가는 클래스메이트들을 발견했을 뿐이다. 그냥 옆을 지나치면 될 것이다.

하지만…… 어째서일까. 저 세 사람에게 발각되면 안 될 것 같은 느낌이 들었다.

"……."

시도는 아무 말 없이 방향을 바꾸고, 발소리를 죽인 채 옆길로 향했다. 다소 시간을 허비해야겠지만, 이 옆길로 돌아가도 집에 갈 수 있었다.

하지만…….

"으음! 아버지, 엄청난 요기가 느껴지옵니다!"

"정말이냐, 키타로!"

"앗! 뒤를 봐! 이츠카 군이 엄청 찔리는 구석이 있는 듯한 표정으로 걷고 있어!"

""뭐시라?!""

휘익! 세 소녀가 연이어 뒤를 돌아보자, 시도는 어깨를 부르르 떨었다.

"큭……!"

"앗! 도망친다!"

"역시 찔리는 구석이 있는 거야!"

"여봐라! 저 죄인을 당장 잡아들이거라~!"

아이, 마이, 미이는 엄청난 반응속도로 뒤돌아서더니 그대로 달리기 시작했다. 시도는 자신을 쫓는 발소리를 들으며 절규를 토했다.

"너희는 왜 쫓아오는 건데에에에에?!"

◇

"……아…….."

하루코는 욕실 안에서 울리는 자신의 목소리를 들으며 욕조에 몸을 담갔다.

아까 요시노 때문에 물을 뒤집어쓴 하루코는 욕실로 안내됐다.

감기에 걸릴지도 모른다는 이유였지만, 땀을 씻어내고 싶었던 하루코로서는 바라마지 않던 제안이었다. 울먹이며 연신 사과하는 요시노를 달래는 게 더 어려웠다.

"그건 그렇고……."

저 아이들은 대체 누구일까.

하루코는 물방울이 맺힌 천장을 올려다보며 그런 생각을
했다.

요시노와 나츠미는 코토리의 친구로 보이는 연령대지만,
다른 소녀들은 고등학생— 시도와 비슷한 또래 같아 보였다.

물론, 애인은 물론이고 여자 사람 친구를 집에 데려온 적
도 없는 시도가 저렇게 많은 소녀들(게다가 하나같이 미인)
과 이 집에서 동거하고 있을 거라고는 생각하지 않는다.

하지만 아까 시도가 통화 중에 허둥댔던 것은 저 아이들과
이츠카 부부가 마주치는 것을 막기 위해서가 아니었을까……
라는 생각이 하루코의 머릿속에 떠올랐다 사라졌다.

"……좋아."

딱히 캐물을 생각은 없다. 부끄러움이 많은 시도에게 여
자 친구가 생긴 거라면, 하루코로서도 기쁜 일이었다.

하지만 신경 쓰이는 일을 그냥 덮어두고 넘어가는 건 하
루코의 성격이 용납하지 않았다. 저 아이들과 시도, 코토리
의 관계를 물어봐야겠다.

하루코는 결의를 다지듯 살며시 고개를 끄덕인 후, 몸을
씻기 위해 욕조에서 몸을 일으켰다.

바로 그때였다.

욕실의 문이 갑자기 열리더니, 아까 하루코와 타츠오를 제압했던 쌍둥이가 목욕수건 하나만 몸에 두르고 들어왔다.

　"야마이 강림!"

　"등장. 이얍."

　"뭐, 뭐야?!"

　아무리 같은 여자더라도 목욕 중에 갑자기 들어오자 놀라고 만 하루코는 그 자리에서 딱딱하게 굳어 버렸다.

　그러자 쌍둥이 — 이름이 카구야와 유즈루였던가 — 가 쓸데없이 멋진 포즈를 취하며 입을 열었다.

　"크크큭, 나유타(那由他)로 향하는 여정에서 축적된 때를 우리가 정화시켜주겠노라!"

　"통역. 카구야와 유즈루가 등을 씻겨드리겠어요."

　"으, 응……."

　납득을 했다기보다, 얼이 나간 채 무심코 고개를 끄덕였다. 그러자 야마이 자매는 하루코를 목욕의자에 앉힌 후, 스펀지에 바디샴푸를 묻혀서 거품을 냈다.

　그리고 두 사람은 나란히 하루코의 등 뒤에 앉아, 번갈아 등을 씻겨주기 시작했다.

　"크크, 어떠하냐? 이것이 야마이의 합체기, 선천수룡파(旋天水龍波)! 더없는 행복에 취하거라!" ^{위게타 드라헤}

　"확인. 간지러운 곳은 없나요?"

　"아…… 응. 괜찮아."

확실히 이 소녀들의 손길 자체는 기분이 좋았지만, 어째서 그녀들이 하루코의 등을 씻겨주는 건지 알 수가 없었다. 하루코는 당혹스러운 표정을 지으며 볼을 긁적였다.

　그런 하루코의 반응을 눈치챘는지, 카구야와 유즈루는 그녀의 등 뒤에서 소곤거리기 시작했다.

　"……어라? 그다지 기쁘지 않나 보네? 최고의 환대란 이거라고 생각했는데……."

　"긍정. 그런 것 같아요. 굳이 따지자면 당혹스러워하는 것 같네요."

　"이상하네……. 시도는 부끄러워하기는 했지만, 그래도 흥분했었잖아."

　"생각. 역시 남녀의 차이일까요. 아버님에게는 효과가 있을지도 몰라요."

　"으음……. 하지만 시도 이외의 남자한테 이런 걸 하고 싶지는 않은데……."

　"동의. 동감이에요."

　"그리고 미쿠를 보면 여자한테도 충분히 효과가 있는 것 같기도 하고."

　"궁리. 어쩌면 방법이 잘못된 걸지도 몰라요."

　"그렇구나. 아, 그럼 그걸 해보자. 등 뒤에서 하는 그거 말이야."

　"이해. 『일부러 비비는 거야』 스타일 말이군요. 카구야는 어려울 것 같으니, 유즈루가……."

"그, 그게 무슨 소리야?"

"설명. 카구야는 가슴이 닿기 전에 턱이 닿을 거예요."

"무, 무시하지 마! 나도 완전 절벽은 아니거든?!"

"제안. 그럼 좌우에서 동시에 할까요?"

"바라는 바야. 그럼, 하나, 둘……."

"자, 잠깐만!"

이대로 입을 다물고 있다간 새로운 세계에 발을 들이게 될 거라고 생각한 하루코는 허둥지둥 뒤를 돌아보며 두 사람을 말렸다.

하지만, 그것보다 더 신경 쓰이는 단어가 방금 두 사람의 대화 속에서 등장했다. 하루코는 볼을 타고 식은땀이 흘러내리는 것을 느끼며 두 사람을 번갈아 쳐다보았다.

"저기…… 방금 시~ 군…… 아니, 시도에 대해 이야기하지 않았니?"

하루코가 그렇게 묻자, 카구야와 유즈루는 서로의 얼굴을 쳐다본 후에 고개를 끄덕였다.

"음. 입에 담았느니라."

"확인. 그게 어쨌다는 거죠?"

"아, 아니, 그게…… 너희는 시~ 군과 같이 목욕을 한 적이 있는 거니?"

하루코가 머뭇거리며 물었다. 그러자 두 사람은 하루코의 반응을 보더니 「어라? 이거 혹시 말실수한 건가?」라는 듯한 표정을 지었다.

"자, 자, 충분히 정화된 것 같구나."

"동감. 그럼 유즈루와 카구야는 이만 실례하겠어요."

"어? 자, 잠깐만 있어보렴!"

하루코가 그렇게 외쳤지만, 야마이 자매는 부리나케 욕실 밖으로 나가버렸다.

"영차……."

하루코가 목욕을 하러 간 뒤 30분가량 지났을 즈음, 한동안 침대에 누워 있었던 덕분에 다소 속이 괜찮아진 타츠오가 천천히 몸을 일으켰다.

"아…… 이제 괜찮으세요?"

『무리하지 마~.』

침대 옆에서 타츠오를 간호해주던 요시노, 그리고 그녀가 왼손에 낀 퍼핏인형(이름이 『요시농』인 듯하다)이 그렇게 말했다.

"너희가 가져다준 약 덕분에 많이 좋아진 것 같구나."

"아……."

타츠오가 그렇게 말하자, 요시노는 송구하다는 듯이 몸을 움츠렸다. 타츠오의 말에 다른 의미는 없었지만, 아무래도 아까 저질렀던 실수를 떠올린 것 같았다. 분명 마음씨가 고운 아이이리라.

타츠오는 괜찮다는 듯이 미소를 지은 후, 몸을 일으켜서 복도를 향해 걸어갔다.

"……어디 가는 거야? ……가세요?"

반말을 했다가 존댓말을 덧붙인 이는 요시노의 옆에 서 있던 나츠미였다. 코토리가 볼일이 있다면서 방에서 나간 후, 나츠미가 다시 침실에 돌아왔었다.

"아, 하루가 슬슬 목욕을 마칠 시간이니까, 갈아입을 옷을 준비할까 해서 말이야."

"아! 그…… 그렇군요. 제가 할게요."

요시노가 그렇게 말하자, 타츠오는 괜찮다는 듯이 손을 내저었다.

"고마워. 하지만 괜찮단다. 하루는 짐을 잔뜩 가지고 돌아다니는 걸 싫어해서 오늘도 꼭 필요한 물건만 가지고 왔거든. 물론 잠옷 같은 건 집에도 있겠지만 아직 이른 시간이니까, 시도의 실내복이라도 빌릴까 해."

"아…… 그렇군요."

『그럼 우리가 시도 군의 방으로 안내해 줄게~!』

『요시농』이 힘차게 손을 흔들며 그렇게 말했다.

"그래? 그럼 부탁할게."

이 집의 가장인 타츠오는 시도의 방이 어디에 있는지 알

고 있지만…… 그는 미소를 머금으며 고개를 끄덕였다. 상대
방이 베푼 호의를 받아들인다고 문제가 생길 리 없었다.

"이쪽……이에요."

"……따라와요."

요시노와 나츠미는 앞장을 서듯 복도로 나가 계단을 올라갔
다. 타츠오는 조그마한 소녀들의 뒤를 쫓듯 2층으로 올라갔다.

"도, 도착했어요!"

"……여기예요."

"응. 고맙구나."

그리고 두 사람의 안내를 받아 눈앞에 있는 방문을 열었다.

오랜만에 아들의 방에 들어섰지만, 방 안의 풍경은 타츠오
의 기억과 크게 다르지 않았다. 착실한 시도의 성격을 표현
하듯 잘 정돈되어 있었으며, 청소도 깔끔하게 되어 있었다.

솔직히 말해, 타츠오와 하루코가 지금 살고 있는 미국의
사원용 주택보다 깨끗했다. 타츠오는 쓴웃음을 지으며 옷
장을 열었다.

바로 그때…….

"응? 이건……."

운동복 같은 게 없나 싶어 옷장을 뒤지던 타츠오는 어떤
물건을 발견하더니, 그대로 굳어 버렸다.

◇

"으으……. 그 녀석들은 대체 왜 그러는 거냐고……."

별다른 이유 없이 자신을 쫓아오던 아이, 마이, 미이 3인조를 겨우겨우 따돌린 시도는 소매로 이마의 땀을 닦았다.

겨울인데도 아까부터 마을 안을 계속 뛰어다닌 바람에 온몸이 땀으로 범벅이 됐다.

……아니, 정확하게 말하자면 이 땀은 운동을 해서 난 것이 아니었다. 시간이 흐를수록, 시도의 마음속에 존재하는 긴장감이 땀이라는 형태로 몸 밖으로 배어나오고 있는 것이다.

"큰일 났다……. 진짜로 큰일 났다고……. 그것보다 여기는 대체 어디지……?"

시도는 혼잣말을 중얼거리며 주위를 둘러보았다. 3인조한테서 정신없이 도망을 다니다 보니, 낯선 길로 접어들고 말았다.

"이, 일단 큰길로 나가자."

방향이 맞는지는 모르겠지만, 멀뚱멀뚱 서 있을 때가 아니다. 시도는 무턱대고 한 방향으로 내달리기 시작했다.

그렇게 수백 미터가량을 나아간 시도는 무심코 걸음을 멈췄다.

"……."

물론 시간을 허비할 때가 아니라는 건 알고 있다.

하지만 왼편에 있는 뒷골목에서 매우 신경 쓰이는 광경이 펼쳐지고 있었다.

그곳에는 시도가 익히 아는 소녀가 있었다. 칠흑빛 머리카락과 도자기처럼 하얀 피부를 지닌 소녀였다. 그리고 왼쪽 눈을 가린 긴 앞머리는 입가에 머금은 요염한 미소를 돋보이게 했다.

─토키사키 쿠루미. 일전에 시도 앞에 나타났던 『최악의 정령』이었다.

그런 그녀가 앞쪽으로 몸을 숙이더니, 뒷골목 구석에 있는 커다란 얼룩고양이와 대치하고 있었다.

"드디어 찾았군요. 이 일대의 보스─ 일명, 토라마루 씨 맞죠?"

쿠루미가 자신만만한 미소를 머금으며 손을 내밀자, 토라마루라 불린 고양이는 「캬앙~!」 하고 위협하는 듯한 울음소리를 냈다.

"후후…… 역시 쉬운 상대는 아니군요. 하지만 그래야 재미있죠."

쿠루미는 그렇게 말하며 손에 든 봉지를 뜯더니, 안에 들어 있던 것을 지면에 뿌렸다. ……아무래도 고양이 사료 같았다.

사료를 먹던 토라마루는 갑자기 술에 취한 것처럼 비틀거렸고, 배를 무방비하게 드러내며 바닥에 넙죽 드러누웠다.

"키히히, 히히히히히히히히히! 걸려들었군요! 개다래가 섞인 특제 고양이 사료랍니다!"

쿠루미가 새된 웃음을 터뜨리며 몸을 웅크리고 토라마루의 배를 쓰다듬기 시작했다. 그러자 토라마루는 기분 좋은 듯이 「냐~옹」 하고 울었다.

"키히히히히히! 이걸로 이 마을의 네임드 보스들은 제 휘하에 들어왔어요. 이 마을 고양이들은 전부—."

그때, 그제야 타인의 시선을 감지했는지 쿠루미가 화들짝 놀라며 뒤를 돌아보았다.

그리고 시도와 시선이 마주쳤다.

"……."

"……."

몇 초 동안 침묵이 흘렀다.

"……시도 씨. 언제부터 거기 계셨나요?"

"그, 그게…… 지금 지나가던 길이야. 그럼 이만……."

왠지 이대로 여기 있으면 안 될 것 같다는 생각이 든 시도는 아무것도 못 본 척하면서 이 자리를 벗어나려 했다.

하지만 다음 순간, 쿠루미가 시도의 어깨를 덥석 움켜쥐며 길을 막았다.

"아니랍니다."

쿠루미가 묘하게 차분한 목소리로 말했다. 너무 차분해서 오히려 불길하게 느껴질 정도였다.

"오해하지 마세요. 이건 그런 게 아니랍니다."

"뭐? 아니, 그러니까, 무슨……."

"어쩌면 시도 씨는 제가 이 특제 개다리 첨가 사료를 이용해 이 마을에서 세력다툼을 벌이고 있는 길고양이들을 평정한 후, 이곳에 지상 낙원, 고양이의 안식처, 토키사키 왕국^{킹덤}을 건설하려 한다고 생각하실지도 몰라요."

"그, 그렇게 생각한 적 없는데……."

"하지만 그렇지 않답니다. 그런 게 아니에요. 잘 들으세요. 제가 지금 이런 행동을 취하게 된 경위를 차근차근 설명해드리자면……."

"저, 저기, 쿠루미 양?"

시도가 말을 걸었지만, 쿠루미는 그의 말이 전혀 들리지 않는 것 같았다.

◇

하루코는 젖은 머리카락을 목욕수건으로 닦으면서 복도를 걸었다.

"……으음."

그녀는 미간을 찌푸린 채, 고개를 갸웃거렸다. 목욕을 한 덕분에 몸도 개운해졌고, 땀도 씻었지만…… 마음속의 위화감과 의문은 목욕을 하기 전보다 더 커져 있었다.

"시~ 군…… 우리가 없는 사이에 무슨 일이 있었던 거니……?"

하루코는 혼잣말을 중얼거렸다. 그렇다. 그녀는 욕실에서 야마이 자매가 했던 말이 신경 쓰였다.

물론 시도 본인의 말을 듣기 전에는 사실여부를 단정 지을 수 없지만…… 일단 타츠오와 상의하는 편이 좋을까?

하루코가 그렇게 생각하며 거실로 가보니, 타츠오가 소파에 앉아 있었다.

그런 타츠오를 본 하루코는 위화감을 느꼈다. 타츠오 또한 하루코와 마찬가지로, 복잡한 표정을 짓고 있었던 것이다.

"탓군?"

"아, 하루. ……잘 씻었어?"

"응. 덕분에 기분이 좋아졌어. 참, 갈아입을 옷을 준비해 줘서 고마워. 탓군이 준비해 준 거지?"

하루코는 그렇게 말하면서 몸에 걸친 시도의 운동복 자락을 살짝 들어 보였다. 하루코가 욕실에서 나와 보니, 이 옷이 갈아입을 속옷과 함께 탈의실에 놓여 있었다.

"아…… 응."

하지만 하루코가 그 말을 한 순간, 타츠오의 표정은 더욱 굳어졌다.

"왜 그래?"

"으음…… 실은 말이지……."

타츠오는 뭔가 할 말이 있는 것 같았다.

하지만 그의 입에서 말이 나오기 전에⋯⋯.

"뜻밖의 재오픈! 살롱 드 미쿠!"

거실에서 들려오는 힘찬 목소리에, 하루코와 타츠오는 대화를 멈췄다.

"어⋯⋯ 뭐지?"

당황한 표정으로 목소리가 들린 방향을 쳐다보니, 그곳에는 키가 큰 소녀— 미쿠가 서 있었다. 초면인데도 왠지 낯이 익은, 그리고 목소리가 귀에 익은 불가사의한 소녀였다.

미쿠는 귀엽게 미소를 지으며 말을 이었다.

"자, 달링의 아버님과 어머님. 장시간동안 여행하느라 많이 피곤하시죠~?"

"다, 달링?"

하루코가 새된 목소리로 그렇게 되물었지만, 미쿠는 자기가 할 말만 이어갔다.

"하지만 제가 있으니 걱정 마세요! 최고의 마사지로 온몸의 피로를 풀어드릴게요~."

미쿠가 짝짝! 소리가 나게 손뼉을 쳤다. 그러자 아까 주먹밥을 만들어 줬던 소녀, 토카가 미쿠의 뒤에서 모습을 드러냈다. 왠지 대형견을 연상케 하는 소녀였다.

"자, 그럼 저는 어머님을 맡을 테니, 토카 양은 아버님을 맡아 주세요~."

"음, 알았다!"

"잘 들으세요~. 가볍게, 가볍~게 톡톡 두드려드리기만 하면 돼요. 힘 조절하는 걸 잊지 마세요. 토카 양이 풀 파워로 주물렀다간 아버님의 어깨가 으스러지고 말 거예요."

"음, 알았다!"

"왠지 불길한 말을 들은 것 같은데……."

하루코가 식은땀을 흘리며 그렇게 말하자, 타츠오는 아하하 하고 쓴웃음을 흘렸다.

"자, 아버님은 저쪽으로 가주세요! 그리고 어머님은 소파에 엎드려 주세요~."

"응? 그, 그래……."

실은 타츠오와 할 이야기가 있었지만, 분위기에 휩쓸린 하루코는 순순히 소파에 드러누웠다.

그러자 미쿠가 손가락을 꼼지락거리면서 하루코의 등을 마사지하기 시작했다.

"어머나~, 많이 뭉쳤네요~."

"으응……."

하루코는 무심코 눈을 가늘게 떴다. 아까 전의 큰소리에 걸맞게, 미쿠의 마사지는 정말 기분 좋았다.

"기분이 어떠신가요~?"

"으음…… 꽤…… 기분 좋네……."

너무 세지도, 너무 약하지도 않은 절묘한 힘으로 어깨와 등, 허리의 혈도를 자극했다. 일과 오랜 여행 때문에 어깨가 결렸던 하루코는 이 기분 좋은 마사지를 받으며 점점 의식이 흐려져 갔다.

하지만…….

"……므흐, 므흐흐흐흐…… 이야~, 성인 여성도 의외로 괜찮네요……. 말로 형용할 수 없는 부드러운 감촉이 참……."

"……윽?!"

볼을 붉힌 미쿠가 거친 숨을 내쉬며 그런 소리를 내뱉자, 하루코는 순식간에 정신이 번쩍 들었다.

◇

"호, 혼쭐이…… 났네……."

그 후, 쿠루미에게 설명이 아니라 변명을 실컷 들은 시도가 비틀거리며 걸음을 옮겼다.

쿠루미는 아직 할 말이 남은 것 같았지만, 그녀는 이야기 도중에 정신을 차리고 도망치는 토라마루를 쫓아갔다.

이후, 길을 따라 나아가다 보니 낯익은 대로에 도착했다.

부모님의 전화를 받고 한 시간 넘게 지났지만, 아직 늦지 않았을지도 모른다. 시도는 실낱같은 희망을 믿으며 발에 힘을 주려 했다.

바로 그때였다.

"어?"

초등학생 무리가 시도의 눈앞을 가로지르듯 뛰어갔다. 술래잡기라도 하는 건지, 때때로 뒤를 돌아보면서 꺄아~ 꺄아~ 하고 외쳤다.

그리고 몇 초 후, 그 초등학생들을 쫓듯 한 인물이 나타났다. 눈에 확 들어오는 금발과 파란 눈이 인상적인 외국인 소녀였다. 그녀는 주택가에 어울리지 않는 검은색 정장을 입고 있었다.

"아니……."

그 모습을 본 시도는 무심코 숨을 삼켰다.

그 사람은 바로 〈라타토스크〉와 적대하고 있는 조직, DEM인더스트리의 마술사^{위저드}인 엘렌 메이저스였던 것이다.

"자~, 이쪽이야!"

"누나는 느려 터졌네~!"

"이래가지고 뭐가 최강이야~!"

"이, 이익! 오냐오냐해줬더니……!"

엘렌은 초등학생들의 놀림에 분통을 터뜨리며 이를 갈았다.

"으윽……."

그때, 엘렌이 갑자기 가슴 언저리를 움켜쥐며 몸을 웅크렸다.

초등학생들은 그런 엘렌이 걱정되는 건지 그녀의 곁으로 모여들었다.

"괘, 괜찮아?"

"어디 아파?"

"병원 갈래?"

"—빈틈 발견!"

그 순간, 엘렌이 고개를 치켜들며 한 초등학생의 어깨를 터치했다.

초등학생들은 놀란 것처럼 눈을 크게 떴다가, 불만을 표시하듯 입술을 삐죽 내밀었다.

"에이~, 약았어~."

"뭐하는 거야~!"

"이건 반칙이야!"

"훗……. 무슨 소리를 하는 거죠? 제가 들은 룰이라고는 술래에게 터치된 사람이 다음 술래가 된다는 것뿐이에요. 속아 넘어간 자기 자신의 어리석음이나 원망하세요."

엘렌은 의기양양한 목소리로 그렇게 말했다. 그러자 아까 엘렌이 어깨를 터치했던 초등학생이 두 손을 가슴 앞에서 교차시키며 입을 열었다.

"하지만 나는 아까 바리어를 했으니까 안 통해~."

"뭐…… 바, 바리어?! 그게 뭐죠?!"

"바리어를 하면 터치를 막을 수 있어."

"누나는 그런 것도 몰라~?"

"그, 그런 룰은 듣지 못했어요. 이의를 제기하겠어요. 그리고 설령 그런 시스템이 실제로 존재하더라도, 당신들의 장벽 따위로는 저의 힘을—."

바로 그때, 엘렌은 시도를 발견했다.

"앗."

"……."

엘렌의 얼굴이 점점 빨개졌다.

불길한 예감이 엄습한 시도는 그대로 도망쳤다.

"거, 거기 서세요, 이츠카 시도! 당신은 지금 오해를 하고 있어요! 이건— 꺄앗!"

"앗, 누나가 넘어졌어!"

"괜찮아?"

시도는 등 뒤에서 들려오는 목소리를 전부 무시하고 더욱 속도를 높였다.

◇

"하아…… 하아…… 저 애는 대체 뭐야……."

어떻게든 미쿠를 떨쳐낸 뒤 몸을 일으킨 하루코는 흐트러진 머리카락을 손으로 정리하며 숨을 골랐다.

"탓군은 괜찮아?"

"아, 응. 너무 조심조심 주물러서 간지러울 정도였어."

그렇게 말한 타츠오는 어깨 언저리를 손으로 만지며 쓴웃음을 지었다. 그 모습을 본 하루코는 일단 안도했다.

"그럼 다행인데…… 그것보다, 아까 하려다가 만 말은 뭐야?"

"응? 아…….'

하루코가 묻자, 타츠오는 뭔가가 생각난 표정을 지으며 자신의 턱을 매만졌다.

"솔직히 말해, 나도 그게 뭘 의미하는지 모르겠어. 아무리 방에 그런 게 있다 해도, 시도가 그걸 어떤 용도로 쓰려고 가지고 있는지 확실치는 않으니까……."

"뭐? 그, 그게 무슨 소리야……?"

타츠오가 불온한 말을 하자, 하루코의 얼굴이 긴장으로 물들었다.

"그게 대체 뭐야? 서, 설마 요즘 화제가 되고 있는 위험한 약 같은 건……."

"아, 그런 게 아냐. 하지만……."

"하지만……?"

"으음…… 실은 하루가 갈아입을 만한 옷이 있나 싶어서 시도의 방 옷장을 열어봤더니—."

타츠오는 진지한 표정으로 말을 이으려 했다.

하지만…….

"아버님, 어머님."

갑자기 두 사람의 눈앞에 한 소녀가 나타난 바람에, 그 대화는 또 중단됐다.

"히익!"

"우왓!"

하루코와 타츠오는 비명을 지르며 뒤로 몸을 젖혔다.

하지만 그러는 것도 당연했다. 두 사람의 앞에 나타난 소녀는 아까 타츠오의 목에 나이프를 댔던 소녀였던 것이다.

"인사가 늦어서 죄송해요. 다른 아이들이 실례를 범하지는 않았나요?"

"아, 괜찮긴 했는데……."

가장 실례를 범한 사람은 너라고 생각하는데…… 라는 말이 목까지 올라왔지만, 하루코는 겨우겨우 참았다.

그러자 소녀는 아까 그 무시무시한 짓을 저질렀던 사람답지 않게 공손히 무릎을 모으고 앉더니, 하루코와 타츠오를 향해 고개를 숙였다.

"처음 뵙겠습니다. 시도 군과 교제 중인 토비이치 오리가미라고 해요."

"아, 그래. 참 예의 바른 아이…… 잠깐만, 뭐?!"

충격적인 사실에 하루코는 눈을 치켜떴다.

"자, 잠깐만. 사귀고 있다니…… 시~ 군과, 네가 말이니?!"

"예."

오리가미는 무표정한 표정으로 고개를 끄덕였다. 하루코와 타츠오는 서로를 쳐다보았다. 시도는 그런 이야기를 좀처럼 하지 않는 아들이기에 여성 취향은 모르지만…… 설마 이런 타입의 여자아이를 좋아할 줄이야…….

하루코와 타츠오가 믿기지 않는다는 표정을 짓자, 오리가미는 품속에서 사진 몇 장을 꺼내 보여줬다.

"증거도 있어요."

"이, 이건……."

하루코와 타츠오는 오리가미가 건네준 사진을 보았다.

그것들은 두 사람의 아들인 시도, 그리고 눈앞에 있는 오리가미가 같이 찍힌 사진이었다.

"어머?"

하지만 하루코는 묘한 위화감을 느끼고 고개를 갸웃거렸다.

"저기, 오리가미 양?"

"예."

"이 사진…… 두 사람이 같이 찍혀 있기는 하지만, 위치가 좀 이상하지 않니? 뭐랄까, 뒤에 있는 시~ 군을 배경 삼아 셀카를 찍은 것 같은데……."

"기분 탓일 거예요."

"으음, 그럼 이 사진 말인데…… 왜 시~ 군이 카메라를 쳐다보고 있지 않은 거니? 마치 미리 설치해 둔 몰래 카메라를 두 사람이 나란히 걷고 있을 때 작동시킨 것 같은데……."

"기분 탓일 거예요."

"……그, 그렇구나……."

오리가미가 단호한 어조로 그렇게 말하자, 하루코의 이마에 땀방울이 맺혔다. 다른 사진들을 살펴봐도, 왠지 기묘한 위화감이 계속 느껴졌다.

"……어?"

그러다 하루코는 어떤 사진을 보고 무심코 미간을 찌푸렸다.

"하루, 왜 그래?"

그런 하루코를 본 타츠오가 고개를 갸웃거렸다.

"이 사진 말인데…… 얘, 시~ 군 맞지……?"

"응? 어디어디…….."

타츠오가 하루코가 들고 있는 사진을 들여다보려고 한 순간, 누군가가 서류 같은 것을 내밀어서 그 사진을 가렸다. 물론 범인은 오리가미였다.

"오, 오리가미 양?"

"이걸 보세요."

"이건…….."

오리가미의 말에 서류를 본 하루코는 「어?」 하고 놀란 소리를 냈다.

"호, 혼인 신고서?!"

그렇다. 그것은 아내 란만 작성이 되어 있는 혼인 신고서였다. 게다가 친절하게도, 기입을 재촉하듯 『증인』 란에 빨간색으로 동그라미가 그려져 있었다.

"일본의 현행 법률상, 시도 군은 아직 결혼을 할 수 없어요. 그러니 시도 군이 결혼을 할 수 있는 열여덟 살이 되면,

아버님과 어머님이 증인이 되어 주셨으면 해요."

"자, 잠깐만 있어보렴. 겨, 결혼이라니…… 시도의 의견은
들어 봤니?"

"그가 저에게 프러포즈를 했어요. 나에게는 네가 필요해……
라면서요."

오리가미는 그렇게 말하며 볼을 붉혔다. 그 모습에 하루
코와 타츠오는 경악을 금치 못하며 눈을 치켜떴다.

"그, 그게 정말이야?"

"다른 사람도 아니고, 시도가…… 직접……?"

"예. 그리고 거칠게 제 손을 잡아당기더니, 그대로 정열적
인 입맞춤을……."

"'뭐……?!'"

전혀 시도답지 않은 행동에 두 사람은 아연실색했다. 하지
만 오리가미의 표정은 진지했으며, 거짓말을 하고 있는 것
같지도 않았다

하루코와 타츠오가 당혹스러워하고 있는 사이, 오리가미
는 두 사람에게 혼인 신고서를 내밀며 말했다.

"부탁드려요. 시도 군을, 저에게 주세요."

"으, 으음……."

"그게 말이지……."

남녀가 뒤바뀐 듯한 그 대사에 하루코와 타츠오는 난처한
듯한 반응을 보였다.

바로 그때였다.

"이, 이익~! 멋대로 무슨 짓을 하는 것이냐, 오리가미!"

거실의 문이 힘차게 열리더니, 선두에 선 토카를 비롯해 다른 소녀들이 일제히 거실 안으로 들어왔다.

"이야기가 다르지 않느냐! 환대를 하기로 한 것 아니었느냐?!"

"이게 나의 환대야. 아들에게 최고의 아내가 생긴다. 부모로서 이것보다 더한 기쁨은 없어!"

"뭐, 뭐라고?!"

토카는 오리가미의 말을 듣고 미간을 찌푸렸다. 그러자 토끼 모양 퍼핏인형 『요시농』이 입을 뻐끔거리며 손을 흔들었다.

『에이~, 그럼 요시노가 아내가 되어도 괜찮겠네~.』

"……뭐?! 요, 요시농, 무슨 소리를……."

"크큭. 말 한번 잘했다, 요시농. 그 이론이 정녕 옳다면 최고의 반려자가 오리가미, 그대라고 단정할 수는 없지 않겠느냐?"

"수긍. 마스터 오리가미에게도 그것만은 양보할 수 없어요. 양보의 화신인 유즈루라도 그것만은 절대 양보 못해요."

"맞아요~! 약아빠졌어요, 오리가미 양! 달링은 제가 차지할 테니, 오리가미 양은 저의 아내가 되는 걸로 만족해 주세요!"

"……저기, 그건 좀 이상하지 않아?"

나츠미는 미심쩍은 눈길로 태클을 날렸지만, 다른 이들은 점점 흥분하기 시작했다.

"헛소리하지 마라! 시도는…… 내가 아내로 맞이할 것이다!"

"너 따위한테 시도를 넘겨줄 수는 없어."

"저, 저기…… 저는……."

『요시노도 물러설 생각 없어~!』

"크크큭! 배짱만은 높이 사마. 하지만 시도는 이미……!"

"응전. 유즈루와 카구야의 공유재산이에요."

"좋은 생각이 났어요~! 여러분 모두 저의 아내가 되면 되겠네요~!"

"……나는 아무래도 상관없는데……."

"저, 저기……."

"다들 진정……."

하루코와 타츠오가 말리려 했지만, 소녀들은 시끌벅적하게 말다툼을 벌이기 시작했다.

◇

"겨우…… 도착했어……."

부모님의 전화를 받고 시간이 얼마나 흘렀는지는 모르겠지만, 시도는 겨우겨우 자신의 집에 도착했다.

한시도 쉬지 않고 계속 뛰어서 그런지 몸이 물먹은 솜처럼 무거웠다. ……뭐, 엘렌은 쉽게 따돌렸지만 말이다.

하지만 문제는 이제부터다. 시도는 마음을 다잡으려는 듯이 숨을 골랐다.

연락을 할 방법이 없었기 때문에, 부모님과 정령들이 어떤 대화를 나눴는지는 알 수 없다. 그러니 재빨리 상황을 파악한 후, 자신과 정령들의 관계를 숨겨야 한다. 게다가 『정령』이라는 단어를 입에 담지 않으면서 말이다.

"……턱없는 소리네."

시도는 머리를 긁적이며 미간을 찌푸렸다. 특별한 이유가 있지만, 그 이유를 밝힐 수가 없다. 그런 상황에서 대체 어떻게 둘러대면 좋을지 짐작조차 되지 않았다.

하지만 이렇게 멀뚱멀뚱 서 있기만 해선 상황이 악화될 것이다. 시도는 마음을 단단히 먹으며 문을 열었다.

"다녀왔―."

"""―――――!"""

시도는 문을 열며 인사를 했지만, 거실에서 들려온 목소리에 완전히 삼켜지고 말았다. 아무래도 거실에서 누군가가 말다툼을 벌이고 있는 것 같았다.

"서, 설마……."

시도는 불길한 예감에 허둥지둥 신발을 벗고 거실을 향해 뛰어갔다.

그때, 문이 열리더니 낯익은 남녀 두 명이 거실에서 도망치듯 기어 나왔다.

"아, 아빠! 엄마!"

시도는 반사적으로 외쳤다. 그렇다. 그 두 사람은 바로 이 집의 가장인 이츠카 타츠오와 이츠카 하루코였다.

"시, 시도! 어서 오……."

"잠깐, 시도! 저 애들은 대체 누구니?! 결혼한다는 건 또 무슨 소리야?!"

하루코가 거실을 손가락으로 가리키며 소리쳤다.

그녀가 가리킨 방향을 보니, 정령들이 모여서 격렬하게 말다툼을 벌이고 있었다. 금방이라도 드잡이가 시작될 듯한 분위기였다.

"저, 저 녀석들……."

시도는 인상을 찡그리며 한 손으로 이마를 짚었다. 무슨 일이 벌어진 건지는 모르겠지만, 적어도 부모님이 정령들에게 좋은 인상을 가지지 못했다는 것만은 알 수 있었다.

"큭……."

『정령』이라는 단어는 쓸 수 없고, 설령 솔직하게 설명을 하더라도 부모님이 믿어 줄 것 같지는 않았다.

하지만……. 시도는 고개를 저은 후, 부모님의 눈을 똑바로 쳐다보며 입을 열었다.

"……아빠, 엄마. 내 말 좀 들어봐."

"……응?"

"시~ 군……?"

시도의 진지한 분위기를 느낀 건지, 타츠오와 하루코는 아들을 응시했다.

시도는 고개를 살며시 끄덕인 후, 말을 이었다.

"우선…… 저 애들에 대해 미리 이야기를 안 해서 미안해."

"그건 괜찮은데…… 저 애들은 시~ 군과 어떤 사이야?"

하루코는 미심쩍은 표정을 지으며 질문을 던졌다. 그러자 시도는 입술을 꾹 깨물고 고개를 저었다.

"……미안해. 그건…… 말할 수 없어."

"마, 말할 수 없어? 그게 무슨 소리니?"

"정말…… 미안해. 절대 알려 줄 수는 없어. 나도 말도 안 되는 소리를 하고 있다는 건 알아. 하지만…… 부탁이야. 저 녀석들을 싫어하지는 말아줘."

"하, 하지만……."

"부탁할게. 저 애들이 의욕만 앞서서 폐를 끼쳤을지도 모르지만, 그래도 정말 좋은 녀석들이야. 쟤들 모두…… 내 소중한 사람이야!"

"시, 시~ 군……."

하루코는 당혹스러운 표정을 지었다. 그러자 타츠오가 하루코의 어깨에 손을 얹었다.

"탓군……."

"이해해주자, 하루. 시도가 이렇게까지 말하는 걸 보면, 분명 피치 못할 사정이 있을 거야."

"하, 하지만……."

하루코가 불안한지 미간을 찌푸리자, 타츠오는 미소를 머금으며 입을 열었다.

"그리고 말이지, 나는 좀 기뻐."

"기뻐……?"

"응. 시도가 우리에게 이렇게 억지를 부린 건 처음이잖아."

"아……."

그 말에 하루코는 눈을 치켜뜨더니, 타츠오와 시도의 얼굴을 번갈아 쳐다본 후— 머리카락을 거칠게 긁적였다.

"……하아, 자초지종을 이야기 못하는 건 어쩔 수 없다 쳐도…… 제대로 소개는 해줄 거지?"

"……아! 엄마!"

"……그런 말을 들었으니, 엄마로서 아들을 믿어볼 수밖에 없잖니."

하루코는 멋쩍은 듯이 고개를 돌리며 그렇게 말했다. 그 모습은 왠지 코토리와 닮은 것 같았다.

"……어?"

그때, 시도는 고개를 들었다. 방금까지 들려오던 말다툼 소리가 어느새 멎은 것이다.

거실 쪽을 쳐다보니, 정령들이 시도 쪽을 쳐다보고 있었다.
……아무래도 방금 시도가 한 말을 들은 것 같았다. 시도는 약간 멋쩍어하며 고개를 돌렸다.

바로 그때였다.

"……저기~, 감동적인 순간에 찬물을 끼얹는 것 같아 미안한데……."

등 뒤에서 귀에 익은 목소리가 들려왔다.

고개를 돌려보니, 어느새 시도의 여동생인 코토리가 벽에 기대 서 있었다.

"코토리! 집에 있었어?!"

"아, 방금 도착했어. 집이 시끌벅적해서 무슨 일인가 싶어서 말이야. 오랜만이야, 아빠. 엄마."

코토리는 그렇게 말하며 타츠오와 하루코를 향해 손을 흔들었다. 그러자 두 사람은 의아한 표정을 지으며 고개를 갸웃거렸다.

"오랜만……?"

"아까 만났잖니?"

"뭐?"

코토리는 두 사람의 말을 듣고 눈을 동그랗게 떴지만, 이내 뭔가를 눈치챈 듯한 표정으로 나츠미 쪽을 쳐다보았다. 그러자 나츠미는 어깨를 부르르 떨며 요시노의 등 뒤로 숨었다.

"……뭐, 좋아. 그것보다 우선 두 사람한테 말해둘 게 있는데……."

코토리는 토카와 다른 소녀들을 손가락으로 가리켰다.

"—저 애들은 정령이야."

그리고 시도가 숨기려 했던 사실을, 아무렇지도 않게 두 사람에게 털어놓았다.

"뭐……! 코, 코토리!"

시도는 깜짝 놀랐다. 정령이란 존재는 은닉되고 있었다. 부모형제일지라도, 관계자 이외에게는 그 정보를 알려줘선 안 되는 것이다.

하지만, 그 사실을 들은 두 당사자는…….

"아…… 그런 거야?"

"그랬구나……."

뭔가 납득했다는 반응을 보였다.

"어……? 으음, 뭐가 어떻게 된 거야?"

시도는 당혹스러워하며 부모님과 코토리를 번갈아 쳐다보았다.

몇 분 후…….

정령들을 맨션으로 돌려보낸 후, 가족만 모여 있는 거실에서…….

"아빠와 엄마가 〈라타토스크〉의 기관원이라고?!"

충격적인 사실을 안 시도는 비명에 가까운 목소리로 그렇게 외쳤다.

"정확하게는 〈라타토스크〉의 모체인 아스가르드 일렉트로닉스의 사원이야. 우리가 사용하는 현현장치(顯現裝置)의 개발에도 참여하고 있어. 〈프락시너스〉도 부모님이 소속된 팀에서 만든 거니까, 저 함은 우리 동생이라고 할 수 있을지도 모르겠네."

소파에 앉은 코토리가 입에 문 막대사탕의 막대 부분을 꼿꼿이 세우며 그렇게 말했다. 그 말을 들은 타츠오와 하루코는 아하하 하고 웃음을 흘렸다.

"어라? 말 안 했었나?"

"이미 알고 있는 줄 알았네~."

"몰랐다고! 그것보다, 그럼 왜 저 녀석들이 정령이라는 건 눈치 못 챈 거야?!"

"으음, 그게 말이지, 직접 보는 건 처음이었거든."

"맞아. 『정령』이라고 불리니까 조그마한 요정 같은 애들일 거라고 상상했어."

두 사람은 그렇게 말한 후 웃음을 터뜨렸다. 시도는 온몸에서 힘이 쭉 빠져나가는 느낌을 받았다.

"그럼 나는…… 대체 무엇 때문에 이런 고생을……."

시도는 땅이 꺼져라 한숨을 내쉬면서 테이블에 넙죽 엎드렸다. 그런 시도를 본 타츠오와 하루코는 또 웃음을 터뜨렸다.

"뭐…… 그건 그렇고, 시도와 정령들이 잘 지내는 것 같아

다행이야."

"응. 좀 불안하기는 하지만…… 괜찮을 것 같네."

"그래. 싸우는 건 좋지 않지만, 그만큼 저 아이들도 시도를 좋아하는 거겠지."

"혼인 신고서를 봤을 때는 놀랐지만 말이야."

타츠오와 하루코는 고개를 끄덕이며 그렇게 말했다.

"아빠, 엄마……."

온몸에서 힘이 쭉 빠진 시도는 부모님의 말을 듣고 안도의 한숨을 내쉬었다.

이런저런 일이 있기는 했지만, 부모님은 정령들을 받아줬다. 시도는 그것이 정말 기뻤다.

하지만, 안심한 것도 잠시였다.

"……그럼, 이제 다른 이야기를 할까 하는데 말이야, 시~ 군."

하루코가 갑자기 목소리 톤을 낮추더니, 호주머니에서 사진 한 장을 꺼냈다.

"이거, 시~ 군 맞지? ……대체 어떻게 된 거니?"

"응? 이건…… 윽?!"

사진을 본 시도는 경기를 일으킨 것처럼 숨을 삼켰다.

그 사진에는 완벽하게 화장을 한 시도의 여장 모드 『시오리 양』이 찍혀 있었던 것이다.

"이, 이걸 어디서……?!"

"아까 오리가미란 애한테서 빌린 거야. ……그런데, 이게 대체 뭐니?"

"아, 아니, 그게…… 내, 내가 아냐! 나와 꼭 닮은 애가 학교에……."

시도가 진땀을 흘리며 변명을 하자, 타츠오는 뭔가가 생각난 것처럼 「아!」 하고 입을 열었다.

"그러고 보니 아까 하루가 갈아입을 옷을 찾으러 시도의 방 옷장을 열어봤는데, 거기에 여자 교복이……."

"……흑?!"

시도는 눈을 치켜떴다. 그러고 보니 여장용 교복을 어디 두면 좋을지 몰라, 일단 자신의 방 옷장에 넣어뒀는데…… 부모님이 그것을 발견한 것이다.

"시~ 군…… 어떻게 된 거야? 딱히 화가 난 건 아니란다. 그래도 설명을 해줬으면 해. 단순한 취미니? 아니면……."

"그래, 시도. 이건 부끄러워할 일이 아니야. 내 지인 중에도 그런 사람이 있단다. 사회에서 이해를 받기 어려울지도 몰라. 하지만 우리는 가족이야. 시도의 고민을 나눌 수 있단다."

"그, 그런 게 아니라고오오오오오오오!"

부모님이 완전히 착각에 빠지자, 결국 시도는 비명을 질렀다.

니아 하우스

HouseNIA

DATE A LIVE ENCORE 9

"이소노~, 데이트하자~!"

거실 문이 열리며 기운 넘치는 목소리가 들려왔다.

문 쪽을 쳐다보니, 안경을 쓴 단발머리 여성이 한 손을 허리에 대고 쾌활한 미소를 짓고 있었다. 그녀는 텐구 시내에 사는 정령, 혼죠 니아였다. 활동성 좋은 바지 차림에 세련된 색깔의 코트를 걸친 그 모습은 왠지 소년 같아 보였다.

"······."

소파에 앉아서 잡지를 보던 이츠카 시도는 잠시 그쪽을 쳐다본 후, 다시 잡지로 고개를 돌렸다.

"소년, 하다못해 리액션이라도 좀 해주면 어디 덧나?!"

니아는 바닥을 박차더니 시도와 잡지 사이에 고개를 들이밀었다. 시도는 작게 한숨을 내쉬면서 니아의 머리를 밀어낸 후, 잡지를 덮었다.

"하지만 나는 이소노가 아닌데……."

"참~. 이런 건 말장난이잖아~. 여기에는 소년밖에 없으니까, 그 말이 자기를 가리킨다는 것 정도는 바로 감이 오지 않아~?"

"아, 니아한테만 보이는 상상 속의 이소노가 존재하는 줄……."

"엇, 소년은 내가 완전히 맛이 간 애라고 생각하는 거지? 오랜만에 만났는데 이런 취급은 좀 그렇지 않아~? 에잇, 에잇~!"

니아는 허리를 배배 꼬면서 시도의 팔을 톡톡 두드렸다. 그에 시도는 간지러워하며 니아의 손을 쳐낸 뒤, 또다시 한숨을 내쉬었다.

"오랜만은 무슨. 어제도 만났잖아. 토마토 전골을 몇 그릇이나 먹어놓고 벌써 잊은 건 아니겠지?"

"어? 그랬어? 듣고 보니 그랬던 것 같기도 하네. 이야~, 왠지 한 열 달 동안 IF스토리를 했던 것 같은 느낌이 드는데…… 어째서일까?"

"……."

니아가 또 영문 모를 소리를 했다. 하지만 깊이 캐물으면 안 될 것 같은 느낌이 든 시도는 화제를 바꾸려는 듯이 헛기침을 했다.

"그보다 데이트를 하자는 건 무슨 소리야? 어디 가고 싶은 데라도 있어?"

"아~, 맞다. 지금 외출을 좀 할 건데, 혼자 가면 쓸쓸할 것 같거든. 그리고 기왕이면 소년의 의견도 듣고 싶더란 말이지~. 지금 한가하면 같이 가자~."

"그건 괜찮은데…… 내 의견? 대체 어디에 가려는 거야?"

시도가 의아해하면서 묻자, 니아는 「으흐흐~」 하고 의미심장한 웃음을 흘렸다.

"그건 가보면 알아~. 여자는 비밀이 있어야 아름다워진다는 말도 있잖아? 올해의 니아 님은 미스테리어스한 누님 노선을 목표로 삼을까 하니 잘 부탁해~. ……아, 그렇다고 가슴에 패드를 넣으려는 건 아니거든? 그것도 일종의 비밀이긴 하지만…… 아, 혹시 내가 방금 절묘한 조크를 한 거야? 끼야~! 역시 크리에이터! 가벼운 대화 도중에도 센스를 발휘한다니깐~!"

니아는 자화자찬을 하면서 자신의 이마를 찰싹~! 소리가 나게 때렸다.

"……하아, 그래."

시도는 미스테리어스와 거리가 먼 니아를 보며 쓴웃음을 머금은 후, 외출 준비를 하기 위해 소파에서 일어났다.

그리고 약 30분 후…….

니아는 시도를 데리고 역 근처에 있는 빌딩으로 향했다.

"으음, 그럼 여기 들어가자."

"여기는……."

시도는 그렇게 중얼거리면서 그 빌딩— 정확하게는 빌딩의 1층에 있는 가게를 바라보았다.

유리문과 입간판에 각종 매물의 정보가 잔뜩 붙어 있는 조그마한 점포였다. 입구 상단부에 걸린 간판에는 『텐구 하우징』이라는 글자가 적혀 있었다.

그렇다. 이곳은 고객에게 매물 중개 및 판매를 하는 부동산이었다.

"뭐야. 이사라도 하려는 거야?"

시도가 고개를 갸웃거리면서 물었다. 현재 니아는 시내의 고층 맨션에서 살고 있다. 시도도 몇 번 가본 적이 있는데, 입지나 집 구조가 좋기 때문에 딱히 불편할 것 같지는 않았다.

하지만 니아가 부동산을 찾은 것을 보면 새로운 방을 구하거나 집을 사거나, 혹은 팔기 위해서일 것이다. 뭔가 문제라도 발생한 것일까?

시도가 그런 생각을 하고 있을 때, 니아는 일부러 아양을 떨면서 시도의 어깨에 머리를 얹었다.

"우훙~. 맞아, 달링. 슬슬 장래를 생각해서, 우리를 위한 사랑의 보금자리를 마련할까 하거든. 자식은 혼죠 사천왕을 만들 수 있을 만큼은 낳고 싶어. 팍팍 낳자~. 응?"

"으음, 그러고 보니 오늘은 슈퍼마켓에서 특별 판매를 하는 날이네."

시도가 그대로 부동산 앞을 지나치려 하자, 니아는 필사적으로 그의 소매를 잡아당겼다.

　"자, 잠깐만! 정말~! 소년은 요즘 나한테 너무 차가운 거 아냐? 내 영력을 봉인하기 전에는 그렇게 적극적이었으면서~! 이미 낡은 물고기한테는 흥미가 없는 거야? 이 바람둥이~!"

　"누가 바람둥이라는 거야! 네가 이상한 농담을 하니까 이러는 거라고!"

　시도가 그렇게 외치자, 니아는 「정말~, 농담이 안 통한다니깐~」 하고 입술을 삐죽 내밀며 한숨을 내쉬었다.

　"실은 책과 굿즈가 너무 늘어났거든. 그래서 좀 더 넓고 입지조건이 좋은 집이 있으면 살까 해."

　"아…… 그랬구나."

　시도는 니아의 말에 납득했다는 듯이 고개를 끄덕였다. 그러고 보니 니아의 방에는 만화책과 장난감이 산더미처럼 쌓여서 생활공간을 압박하고 있었다.

　하지만 보통은 그런 이유로 집을 살 생각을 하지 않을 것이다. 집이라고 하는 것은 매우 비싸다. 그렇게 간단히 손에 넣을 수 있는 것이 아니다.

　하지만 니아의 경우에는 이야기가 좀 다르다. 그녀는 소년만화 잡지에 작품을 연재하고 있는 인기 만화가, 혼죠 소지인 것이다. 구체적인 액수는 모르지만, 집 정도는 가벼운 마음으로 살 수 있을 정도의 자산을 지닌 것 같았다.

"그럼 돌격~!"

니아가 그렇게 말하며 부동산의 문을 열었다. 그러자 문 윗부분에 달려 있던 벨이 울렸다.

"어서 오십시오!"

그에 맞춰 시도와 니아를 맞이하듯 활기찬 목소리가 들려왔다. 정장을 말쑥하게 차려입은 여성이 완벽한 영업용 스마일을 지으며 두 사람에게 인사를 했다. 시도는 반사적으로 여성을 향해 고개를 살짝 숙였다.

"텐구 하우징의 아오키라고 합니다. 두 분은 어떤 매물을 찾으시나요?"

"으음~. 저기, 동텐구 쪽에 있는 가능한 한 커다란 집을 찾고 있어."

니아가 턱에 손을 대며 그렇게 말하자, 아오키는 미소를 머금은 채 고개를 끄덕였다.

"그러시군요. 두 분이 사실 건가요?"

"으음~, 역시 그렇게 보이지?"

아오키의 물음에 니아가 괜히 귀여운 척을 했다.

"이야~, 신혼 느낌이 물씬 나나 보네. 이렇게 되면 확 결혼할 수밖에 없는 거 아냐?"

시도는 그래그래, 하고 대충 대꾸를 한 후에 아오키를 향해 말했다.

"혼자 살 집을 찾고 있어요."

"휘유~, 쏘 쿨~."

니아가 작게 휘파람을 불었다. 그런 두 사람의 모습을 본 아오키는 쓴웃음을 지으며 입을 열었다.

"동텐구 쪽의 매물이군요. 예산은 어느 정도 생각하고 계신가요?"

"으음, 시세는 잘 모르지만 이 정도면 충분할까?"

니아는 그렇게 말하며 손가락 두 개를 펼쳤다. 그러자 아오키는 턱에 손을 대고 말했다.

"20만 엔인가요? 그렇다면—"

"뭐? 아하하. 아오키 씨, 무슨 소리를 하는 거야~. 그 금액으로 집을 사는 건 무리잖아~. 자릿수가 틀렸어~."

니아가 손을 내저으며 헤실헤실 웃었다.

"흐음……."

그 순간, 아오키의 눈이 반짝이더니, 마치 값을 매기는 듯한 눈길로 시도와 니아를 쳐다본 것 같은 느낌이 들었지만…… 니아는 눈치채지 못한 것 같았다.

"그러시군요. ……예, 알겠습니다."

아오키가 왠지 아까보다 사무적인 태도로 그렇게 말한 뒤, 커다란 파일을 꺼내 펄럭펄럭 넘기기 시작했다.

"그럼 동텐구에서 그 정도 예산으로 살 곳을 구한다면…… 여기가 좋을 것 같군요."

그리고 파일에 들어 있던 종이 한 장을 뽑아서 시도와 니아에게 내밀었다. 그곳에는 방의 구조와 건물의 외관, 그리고 각종 정보가 실려 있었다.

"으음…… 어디어디?『카타무키장(莊) 201호실』…… 어, 꽤 낡았네? 여기는 목조 아파트지? 이 근처에서 이런 집은 흔치 않을 것 같은데……."

"역사와 향수가 느껴지는 건물입니다."

니아가 자료를 보며 묻자, 아오키는 영업용 스마일을 지으며 대답했다.

"내부 구조도…… 여기는 원룸이죠?"

"불필요한 벽을 없애서 널찍한 공간을 연출한 곳이죠."

아오키는 시도의 질문에 즉각 대답했다. 그 당당한 태도를 보니 한순간 엄청 넓은 원룸일지도 모른다는 생각이 들었지만…… 종이에 적힌 방 면적은 3평 남짓이었다.

"그것보다…… 어? 이 방의 사진, 잘못 찍힌 거 아냐? 바닥이 기울어진 것처럼 보이는데……."

"세계적으로 유명한 건축물인 피사의 사탑을 모티브로 삼은 디자이너 건물입니다. 바닥에 구슬을 흩뿌리면 강물이 흐르듯, 한 방향으로 궤적을 그리며 흘러가는 몽환적인 광경을 볼 수 있어요."

"아하……가 아니고, 진짜로 기울어져 있는 거 아냐?!"

니아가 더는 참을 수 없다는 듯이 외쳤다. 하지만 아오키는 딱히 동요하지 않으며 고개를 갸웃거렸다.

"마음에 드시지 않나요?"

"당연하잖아! 대체 왜 이런 결함주택을 소개해 주는 건데?!"

"그렇군요……. 그럼 이 집은 어떠신가요?"

아오키는 그렇게 말하면서 다른 종이를 두 사람에게 보여 줬다.

"흠흠……. 『노로와레장 404호실』. 보아하니 평범한 아파트 같네?"

"그래. 아까 매물보다 넓어 보여."

"응. 안도 깨끗…… 어라?"

내부 사진을 보던 니아가 뭔가를 발견한 것처럼 사진을 뚫어져라 들여다보았다.

"니아? 왜 그래?"

"……아니, 이 벽장의 틈 좀 봐."

"응?"

니아가 사진의 한 부분을 손가락으로 가리켰다. 그 부분을 자세히 살펴본 시도는—

"히익?!"

벽장의 틈으로 이쪽을 쳐다보고 있는 장발 여성의 얼굴을 발견하고 무심코 숨을 삼켰다.

"잠깐…… 아, 아오키 씨?! 여기는……."

"예. 혼자 사실 거라고 하셔서, 혼자 보내는 밤에 외롭지 않도록 마스코트 캐릭터가 딸린 매물을 소개해드렸습니다."

"마, 마스코트……?!"

"예. ……아, 하지만 새벽 두 시부터 네 시 사이에는 절대 벽장을 열지 말아 주세요. 그리고 이 방 안에서 동요를 부르거나, 15년 전의 사건에 관해 조사하는 것도 삼가주셨으면 합니다."

"완전 위험한 방이잖아! 사고 매물을 소개하지 말아 줄래?! 뭔가 건물 이름을 들었을 때부터 불길한 예감이 들긴 했어!"

니아는 또다시 비명에 가까운 목소리로 그렇게 외쳤다. 그러자 아오키는 「여기도 마음에 들지 않으신 거군요……」라고 중얼거리더니, 파일에서 또 다른 종이를 꺼냈다.

"그럼…… 남은 건 여기뿐이군요. 『이키가츠마리장 201호실』. 역 인근에 있어서 입지조건이 좋은 매물입니다."

"딱 봐도 이상하거든?! 이 내부 구조 좀 봐! 욕실은 고사하고 부엌과 화장실도 없잖아! 그리고 사람 한 명 겨우 드러누울 정도로 좁거든?!"

"인간은 자기 몸 뉘일 자리만 있으면 된다고……."

"그건 어디까지나 마음가짐에 관한 이야기지, 물리적인 이야기가 아니거든?! 이건 방이 아니라 거의 벽장이잖아!"

"눈썰미가 좋으시군요. 아이들에게 인기 있는 고양이 로봇의 침실을 이미지해서 만들었습니다. 어릴 적 꿈이 이뤄졌다며 입주자 여러분들도 호평……."

"너, 실은 바보지?!"

니아는 한바탕 고함을 지른 후, 이마에 식은땀이 맺힌 채 어깨를 들썩이며 거친 숨을 내쉬었다.

"저기……. 왜 아까부터 이상한 매물만 소개해 주는 거야? 내 조건을 제대로 듣긴 한 거야?"

"물론입니다. 하지만 구체적인 평수를 제시하지 않으셔서 『넓다』는 건 주관적인 문제일 거라고 판단했습니다. 그리고 기울어져 있지 않고, 과거에 연쇄 살인범이 피해자의 토막 난 사체를 벽장 안에 숨겨놓지 않은 곳 같은 조건은 말씀하시지 않으셔서, 그런 건 개의치 않으시는 분인 줄……."

"보통은 그런 조건을 말 안 하거든?! 그리고 자기 입으로 15년 전 사건의 내막을 털어놓지 말란 말이야!"

니아가 책상을 내리치며 고함을 지르자, 아오키는 질렸다는 듯이 고개를 내저었다.

"하지만 손님의 예산으로 동텐구의 매물을 구하려면 이 정도가 한계인지라……."

아오키가 난처한 표정을 지으며 그렇게 말했다. 그러자 니아는 뜻밖이라는 듯이 미간을 찌푸리더니, 「뭐?」 하고 시도를 쳐다보았다.

"……진짜야? 이 근처의 집값이 그렇게 비싼 거야?"

"아니, 나도 자세하게는 모르는데……."

시도의 대답에 낮은 신음을 흘리며 골똘히 생각을 하던

니아는 결국 하아 하고 한숨을 내쉬며 자리에서 일어났다.

"어쩔 수 없네…… 다음에 다시 올게. 하아…… 2억이면 충분할 줄 알았는데……."

"컥! 쿨럭쿨럭!"

니아가 자리에서 일어서려던 순간, 아오키가 갑자기 격한 기침을 토했다.

"어? 아오키 양, 왜 그래? 혹시 지병이라도 있어?"

"……아뇨. 그것보다, 방금 뭐라고 하셨죠?"

"응? 2억이라고 말했는데……."

"……실례지만, 단위가 뭔지 물어도 될까요? 골드인가요? 길인가요? 아니면 설마, 베리인가요?"

"저기, 나는 목에 현상금 걸린 해적이 아니거든? 엔이야, 엔. 1만 엔 지폐에 그려진 후쿠자와 유키치 아저씨 2만 명분 말이야."

"……."

아오키는 생각에 잠긴 것처럼 잠시 침묵하더니, 이윽고 고개를 들어서 니아를 쳐다보았다.

"……자수하면 죄가 가벼워진다더군요."

"아니, 훔친 돈 아니거든?! 그것보다 나를 대체 어떤 사람이라고 생각하는 거야?!"

"아니, 그러니까, 여자에 익숙하지 않은 순진한 연하 남친을 농락하고 있는 게을러빠진 알바녀라고는 눈곱만큼도……."

"너 되게 솔직하구나! 클레임을 걸어도 될 상황이지만『순진한 연하 남친』이란 말이 마음에 들었으니까 불문에 부치겠어! 젠장!"

니아가 짜증 섞인 어조로 그렇게 말하자, 아오키는 마음을 다잡으려는 듯이 크흠 하고 헛기침을 했다.

"……아무튼, 오해가 있었던 것 같군요. 만약 진짜로 예산이 그 정도라면 매물이 얼마든지 있습니다. 아니, 임대가 아니라 집을 하나 구입하셔도 되겠죠."

"애초부터 그럴 생각이었는데…… 뭐, 좋아. 이제 와서 다른 부동산에 가는 것도 귀찮으니까, 적당한 매물이 있으면 보여줄래?"

"알겠습니다. 그럼 이 매물은……."

아오키는 정중히 인사를 한 뒤, 아까와는 다른 파일 안에서 여러 자료를 꺼내 책상에 펼쳐놓았다.

◇

"—흐흐흥~, 흐흐흥~……."

유쾌한 콧노래(어째선지 고전 로봇 애니메이션의 오프닝이었다)와, 리드미컬하게 도마를 두드리는 칼질 소리가 부엌에서 들려왔다.

시도는 그 소리에 이끌리듯 부엌으로 향했다. 그러자, 프릴이 잔뜩 달린 앞치마만 걸친 니아가 즐거운 듯이 요리하고 있는 모습이 눈에 들어왔다.

"니아?"

"아, 일어났어? 이제 다 됐으니까 잠시만 기다려. ……으응, 하앙…… 기다리라니깐~. 못 참겠어? 에헤헤. 역시 소년은 젊구나. 하지만 그런 건 밥·먹·고·나·서·하·자♡ 자, 식기 전에 먹어♡"

"……혹시나 해서 묻는 건데, 지금 뭘 하고 계신 거죠?"

그때, 등 뒤에서 들려오는 미심쩍은 목소리에 시도가 뒤를 돌아보았다. 그곳에는 무슨 일이 일어나고 있는 건지 모르겠다는 듯한 표정을 짓고 있는 아오키가 있었다.

하지만 그것도 무리는 아니었다. 매물의 내부를 보러 온 손님이 알몸 앞치마 차림으로 이러고 있는 광경을 본다면, 그녀 이외의 다른 부동산 업자라도 같은 표정을 지으리라.

그렇다. 시도와 니아는 아까 여러 매물을 소개받았지만 실제로 직접 봐야 결정을 할 수 있을 것 같았기에, 집들을 둘러보기로 했다.

그리고 집을 둘러보는 사이에 니아가 사라져서 찾아봤더니— 이런 광경과 맞닥뜨린 것이다.

니아와 공범 취급을 받고 싶지 않았던 시도는 고개를 세차게 저으면서 부정했다.

"저기, 저는 아무 짓도 안 했거든요?!"

"에이~, 소년은 진짜 매몰차다니깐~. 모처럼 레어 그 자체인 새색시 니아 양을 봤으면 감상이라도 한마디 입에 담아야 하는 거 아냐~?"

"할 말이라면 있거든?! 그것도 엄청 많다고! 우선 왜 그딴 꼴을 하고 있는 건데?! 그리고 왜 칼질하는 소리가 났는데 내놓은 요리가 컵라면인 거냐고!"

"아하하! 분위기 좀 내보려고 컵라면에 물을 붓고 칼질 탁탁~으로 3분을 세어봤어요~. 소년, 어때? 끝내주지 않아? 아침에 일어났더니 새색시가 알몸 앞치마 차림으로 아침 준비를 하고 있는 건 전 인류의 꿈이잖아. 다음에 소년이 해주지 않을래? 돈이라면 얼마든지 낼게."

"절대 안 해!"

"에이~, 그럼 돈이 아니라 몸으로 대가를 치르라는 거야~?"

니아는 그렇게 말하며 앞치마 자락을 걷어 올렸다.

"잠깐……!"

시도는 무심코 얼굴을 붉히면서 고개를 돌렸다.

"아하하! 괜찮아, 괜찮아~. 알몸 앞치마 같지만, 실은 마이크로 비키니를 입었거든. ……어라? 소년의 얼굴이 새빨개졌네? 부끄러운 거야? 니아 님의 어른스러운 매력에 완전 빠져버린 거야?"

"시, 시끄러워. 됐으니까 빨리 옷이나 입어!"

시도가 그렇게 말하자, 니아는 「아, 흐음…… 에헤헤, 이 니아 님도 아직 한물가진 않았나 보네〜」 같은 소리를 히죽 거리며 늘어놓은 후 옷을 입었다.

"자, 그럼 이 매물은 어떠셨나요?"

니아가 평범한 옷차림으로 돌아오자, 아오키는 한숨 섞인 목소리로 그렇게 물었다. 니아는 「으음〜」 하고 신음을 흘리 며 머리를 긁적이더니, 다시 집 안을 둘러보았다.

꽤나 호화로운 단독주택이었다. 넓은 복도와 높은 천장, 가구도 갖춰져 있어서 언제든지 들어와서 생활할 수 있을 것 같았다. 적어도 처음에 소개받았던 세 집과는 차원이 다 른 매물이었다.

"좋은 집이야. 욕실도 호화롭고, 옥상도 있잖아."

"감사합니다. 그럼—"

아오키는 가방 안에서 계약서 같은 것을 꺼내려고 했다. 하지만 니아는 미간을 찌푸리며 말을 이었다.

"하지만…… 이곳에 오는 길에 언덕이 많았잖아? 연약한 이 니아 님에게는 좀 불편할 것 같아. 그리고 집의 구조상 작업 공간을 갖추기 어려울 것 같네."

"어, 그렇게 만끽해 놓고 이제 와서 그런 소리를 하는 건 가요?"

"아, 그건 새색시 니아 님으로서의 시뮬레이션이었거든? 만화가 소지 군이 원하는 조건은 달라. 기왕 집을 산다면,

널찍한 작업 공간도 확보하고 싶고, 애니메이션을 볼 때 이용할 시어터룸, 그리고 만일에 대비해서 셸터도 있었으면 해. ……아, 그리고 소년이나 낫층이 언제든 이 집에서 묵으며 작업을 할 수 있도록 방도 많았으면 싶은데……."

니아가 손가락을 꼽으며 자신의 요구조건을 말했다. 그러자 시도는 도끼눈을 뜨며 한숨을 내쉬었다.

"은근슬쩍 나를 스태프에 포함시키지 말아 줄래?"

"에이~, 괜찮잖아. 소년이 해주는 밥을 먹어야 힘이 난단 말이야~."

니아가 어리광을 부리듯 그렇게 말하며 시도의 어깨에 기대자, 그는 「알았다, 알았어」 하고 가볍게 흘러 넘겼다.

그 모습을 본 아오키는 「알바녀는 아니지만, 역시 연하의 남친을 농락하고 있는 게으름뱅이는 맞는 것 아닐까요……?」라고 말하는 듯한 표정을 짓더니, 이내 헛기침과 함께 입을 열었다.

"흠…… 곤란하군요. 이곳은 저희가 소개해드릴 수 있는 매물 중에서도 하이클래스입니다만……. 여기가 안 된다면 다른 매물을 둘러보시더라도 결과는 마찬가지일 테죠."

"으음…… 그렇구나……."

"제시한 조건 중 일정부분에서 타협을 해주시거나, 아니면 동텐구 이외의 장소도 고려해 주시거나, 아니면— 원하시는 조건에 맞게 집을 설계해서 아예 새로 짓는 수밖에 없겠군요."

"……집을 지으라는 거야?"

아오키의 말에 순간 니아의 눈썹이 희미하게 흔들렸다.

"예. 시간이 좀 걸리겠지만, 토지만을 구입한 후에 자신의 취향에 맞는 집을 짓는 것이 가장 확실할 거예요. 원하신다면 설계사무소와 건축회사도 소개해드릴 수 있습니다."

"아하…… 그런 방법이 있구나."

니아의 눈이 반짝였다. 장르는 다르지만 니아도 크리에이터다. 자신이 이상적으로 생각하는 집을 하나하나 처음부터 짓는다는 것은 그녀의 성격에 걸맞을지도 모른다.

"그거 좋은 생각이야! 만화가라면 몰개성적인 흔해 빠진 주택에 만족하면 안 돼! 외벽을 빨간색과 흰색으로 된 줄무늬로 하거나, 화장실에 상어 머리 정도는 둬야지! 오케이, 오케이~. 그걸로 가자. 설계사무소와 건축회사도 딱히 아는 곳이 없으니까 소개해줘. 이야~, 왠지 즐겁네. 좋았어, 소년! 이상적인 집을 함께 구상해 보자~!"

니아는 힘찬 목소리로 그렇게 말하더니, 시도의 어깨에 손을 얹었다.

◇

"─그렇게 돼서! 니아 하우스를 만들까 합니다!"

그날 저녁. 니아는 시도의 집 거실에 당당히 서서 힘찬 목소리로 선언했다.

거실에는 이 집의 주인인 시도와 그의 여동생인 코토리 외에도 여러 소녀들이 있었다.

오리가미, 요시노, 무쿠로, 나츠미, 카구야, 유즈루, 미쿠, 그리고 토카. 그렇다. 니아와 마찬가지로 〈라타토스크〉의 보호를 받고 있는 정령들 전원이 이곳에 모여 있었다. 다들 니아의 느닷없는 선언을 듣고 놀라거나, 혹은 흥미롭다는 반응을 보였다.

"흐음…… 좀 느닷없네. 그래도 재미있을 것 같아. 어떤 집을 지을 거야?"

식탁의자에 앉아있던 코토리가 입에 문 막대사탕의 막대 부분을 까딱거리며 물었다.

그러자 니아는 「으흐흐」 하고 의미심장한 웃음을 흘리더니, 테이블 위에 커다란 종이를 펼쳤다. 그리고 호주머니에서 펜을 꺼내 빙글빙글 돌리며(도중에 한번 바닥에 떨어뜨림) 멋들어진 포즈를 취했다.

"그건 이제부터 생각할 거야. 기왕 집을 짓기로 했으니까 너희의 지혜도 빌리고 싶거든. 다들, 어때? 원하는 설비나 방 없어? 완성되면 너희도 자유롭게 이용해도 돼~."

니아가 윙크를 하며 그렇게 말하자, 정령들은 환성을 터뜨렸다.

"니아, 정말이냐?! 뭐든 괜찮은 거지?!"

"응, 물론이지~. 토~카는 꼭 있었으면 하는 게 있어?"

니아가 고개를 끄덕이자, 토카는 흥분한 어조로 말을 이었다.

"그럼 커다란 냉장고가 있었으면 한다! 그리고 맛있는 걸 잔뜩 넣어두는 거다!"

"아~, 업무용 냉장고를 두는 것도 괜찮겠네. 우리 집 냉장고는 항상 술이 가득 들어 있거든. 그럼 그걸 넣을 수 있도록 부엌을 크게……."

니아는 그렇게 말하면서 설계도에 부엌을 그려 넣었다. 대충 펜을 놀리는 것 같지만, 만화가라 그런지 선 하나하나가 깔끔했다.

"흥흐흥……."

그렇게 부엌을 다 그린 니아는 옆에 둔 비닐봉지에서 캔 맥주를 꺼내더니 물 흐르는 듯한 동작으로 뚜껑을 따고 꿀꺽꿀꺽 들이켰다.

"푸핫! 몸속까지 스며드네!"

"니아, 아직 저녁 먹기 전이잖아."

"괜찮아, 괜찮아~. 소년이 해주는 밥은 맛있어서 얼마든지 먹을 수 있어~. 아, 소년이 우리 집에서 요리하고 싶어지도록 최신식 시스템키친으로 꾸며야겠다. 가스레인지도 업소용 고화력을 설치하고, 저온 조리기 같은 것도 갖춰야지~. 프흐흐, 소년을 우리 집에 확 눌러앉게 만들어야지~."

"······윽?!"

니아가 아하하 웃으면서 그렇게 말하자, 시도는 무심코 어깨를 부르르 떨었다.

"······시도, 방금 그 말에 마음이 흔들린 거야?"

"그, 그게······."

코토리가 도끼눈을 뜨며 노려보자, 시도는 애매한 쓴웃음을 흘렸다. ······저 집이 완성되면 사용감도 파악할 겸 좀 이용해봐야겠다고 마음속으로 결의하면서 말이다.

"좋아, 그럼 다 같이 식사를 할 수 있게 식사공간도 크게 만들어야지······. 또 의견 없어?"

니아가 맥주를 한 모금 더 마시며 그렇게 말하자, 이번에는 요시노, 그리고 그녀가 왼손에 낀 토끼 모양 퍼핏인형 『요시농』이 동시에 손을 들었다.

"저기····· 전에 텔레비전에서 봤던, 천장이 달린 침대도 멋질 것 같아요······."

『그리고 커다란 붙박이 수납장! 언제든 화려한 무도회에 갈 수 있게 드레스가 왕창 들어있을 만한 거 말이야~!』

"오, 좋은 생각이야! 천장 달린 침대는 왠지 에로틱한 느낌이 들어서 좋지. 그리고 코스프레 의상도 너무 많이 사서 처치 곤란이니까, 이참에 마네킹에게 입혀서 전시할 수 있는 공간을 만들어 볼까~?"

니아는 또 설계도에 그림을 그렸다. 그러자 다른 정령들도 손을 들며 의견을 말했다.

"크큭…… 축성이냐. 재미있구나. 그렇다면 성스러운 보옥을 깨는 마창(馬槍), 그리고 날개 달린 효시(嚆矢)를 갖추도록 하거라."

"통역. 카구야는 당구와 다트를 할 수 있는 장소가 있었으면 좋겠다고 하네요. 기왕이면 바 카운터도 갖추죠."

"음…… 무쿠는 별이 보이는 장소가 있었으면 좋겠구나. 옥상을 전망대로 만드는 건 어떻겠느냐?"

"나는 딱히 아무래도 좋지만…… 가능하면 방 안에 둘 수 있는 조그마한 오두막 같은 게 있었으면 좋겠어."

"저는 마음껏 노래를 부를 수 있는 방음실이 있었으면 좋겠어요~! 노래 연습도 할 수 있고, 노래방 설비를 갖춰두고 다 같이 놀아도 즐거울 것 같아요~!"

"─모니터룸. 몰카 영상을 동시에 표시할 수 있도록 다수의 디스플레이를 갖출 수 있는 장소가 있었으면 좋겠어."

"오리가미? 그 카메라들의 용도만 가르쳐 줄래?"

사방팔방에서 여러 의견이 들려왔다. 하지만 니아는 딱히 필요성 같은 것을 고려해 보지 않으며 「좋네!」, 「낙점!」 같은 소리를 하며 설계도에 그림을 그렸다.

그 모습을 보니 조금 걱정이 됐다. 코토리는 미간을 찌푸리며 쓴소리를 입에 담았다.

"저기, 니아? 좀 과한 거 아냐? 이 애들의 의견을 전부 반

영하려고 했다간 큰일 날걸? 건물 자체의 밸런스도 걱정되지만, 예산은 괜찮은 거야?"

하지만 니아는 두 번째 캔 맥주를 따면서 아하하 하고 웃었다.

"괜찮아, 괜찮아~! 니아 님은 부자거든! 인기 만화가를 얕보지 말아 줄래~? 얼마나 들지는 모르겠지만, 카드로 그으면 땡이야! 자, 의견을 더 말해줘! 자유로운 발상을! 더욱 큰 스케일로! 집이라는 개념에 사로잡히지 않아도 돼!"

술에 알딸딸하게 취한 니아는 주먹을 치켜들었다. 그러자 정령들은 그에 호응하듯 「오오~!」 하고 환성을 질렀다.

그 모습을 본 코토리는 질렸다는 듯이 어깨를 으쓱했다.

"하아, 오버하는 것 같은데 말이야. 정말 괜찮은 걸까?"

"으음…… 글쎄. 뭐, 프로 설계사를 거칠 거니까 아마 문제는 없을 것 같지만…… 혹시 모르니 상의해 보는 편이 좋겠어."

시도가 쓴웃음을 머금으며 그렇게 말하자, 코토리는 의아하다는 듯이 고개를 갸웃거렸다.

◇

"1조 8500억입니다."

"……뭐?"

며칠 후. 다시 부동산을 방문한 니아는 아오키의 말을 들고 입을 쩍 벌렸다. 동행한 시도 또한 비슷한 표정을 지었다.

"……저기, 뭐가 말이야?"

"그러니까, 손님께서 의뢰한 주택의 토지 구매 및 건설비용이에요. 일전에 주신 설계도에 근거해 견적을 짰습니다. 참고로 평범한 설계사무소와 건축회사에서는 대응할 수 없어서, 거대 종합 건설 회사에 의뢰했죠."

"…………뭐?"

니아는 아까보다 더 뜸을 들인 후, 다시 물었다.

"……으음, 단위는 어떻게 돼? 골드? 페리카? 아니면 가바스?"

"물론 일본 엔입니다. 후쿠자와 유키치 1억 8500명분이죠."

"자, 자, 잠깐만……."

니아는 고개를 세차게 젓더니, 테이블 너머로 몸을 쑥 내밀며 고함을 질렀다.

"말이 안 되잖아! 집 한 채 짓는데 뭐가 그렇게 비싸?! 바가지도 좀 정도껏 씌우란 말이야!"

하지만 아오키는 니아의 반응을 개의치 않으며 종이 한 장을 내밀더니, 그것을 쳐다보며 말을 이었다.

"죄송하지만— 부지 안에 유원지를 지으려면 그 정도 금액이 필요합니다."

"뭐엇?!"

아오키의 말에 니아는 얼빠진 표정을 지었다.

"그뿐만 아니라 3성급 레스토랑 수준의 설비와 홀 열 곳,

중세 성(城)의 이미지를 담은 댄스홀, 거대 지하 제국, 재난 대피소 스타일의 셸터, 막대사탕 기념박물관, 5만 명을 수용할 수 있는 돔, CIA급 정보 설비, 거대 마젤란 망원경 레벨의 천체 관측 장치…… 그리고 이『지상 10층 규모의 첨탑. 각 층별로 십걸(十傑)이 한 명씩 배치되어 있어, 쓰러뜨리지 못하면 다음 층으로 올라갈 수 없다. 3층은 바닥에 올라서 있기만 해도 대미지를 받는 층』이란 건 구체적으로 어떤 시스템인지 업자 측에서 문의하더군요."

"자…… 자자자자, 잠깐만……!"

니아는 혼란에 빠진 상태로 아오키가 쥔 종이를 빼앗았다.

그것은 니아가 그린 도면이었다. 며칠 전에 시도의 집에서 그린 것을 스캔한 후, 아오키에게 보냈다.

거기에는 니아의 필체로, 방금 아오키가 이야기한 설비가 실려 있었다. 초등학생이 망상하는 비밀기지도 이것보다는 현실성이 있을 듯한, 그런 말도 안 되는『집』이었다.

"내, 내가 이런 걸 그린 거야……?"

니아가 식은땀을 삐질삐질 흘리며 옆에 있는 시도를 쳐다보았다. 그러자 시도는 시선을 피하며 고개를 끄덕였다.

"일단 말리긴 했어."

"지, 진짜……?"

니아는 당시의 기억을 떠올리려고 했다. 그때는 술에 취해 있었기 때문에 잘 기억이 나지 않지만, 술기운에 말도 안 되는 소리를 했던 것 같은 느낌도 들었다. 에이~, 다들 스케일이 작네~. 더 끝내주는 아이디어를 내봐. 방음실 같은 쪼잔한 거 말고 돈을 확 만들자. 뭐? 괜찮아, 괜찮아~. 이 니아 님은 남는 게 돈이거든~. ……응, 그런 소리를 한 것 같았다. 니아는 식은땀을 흘리며 머리를 감싸 쥐었다.

"그럼 착공 시기 말입니다만, 우선 동텐구의 토지를 90헥타르 가량 매입해야 합니다. 물론 대상지역이 주택지인 만큼, 주민들과 교섭을 해서 땅값과 퇴거 보상금을—."

"스토오오오옵! 아무렇지 않게 이야기를 진행하지 말아줄래?! 상식적으로 생각해도 이건 무리잖아! 그리고 거대 종합 건설 회사가 왜 이딴 바보짓에 참여한 건데?! 딱 봐도 불가능한 일이라는 견적이 나오잖아!"

"맡은 일에는 책임감을 가지고 최선을 다해 임합니다. 프로니까요."

"아무렇지 않게 결함 주택을 소개했던 녀석이 프로는 무슨! 이런 어마어마한 거금은 없거든?! 캔슬이야, 캔슬!"

"그러신가요. 그럼 취소 수수료와 견적료를 합쳐 총 152만 8000엔 되겠습니다."

"이 자식, 처음부터 이게 목적이었지?!"

니아가 발끈하면서 아오키의 멱살을 움켜쥐려 하자, 시도는 입에 거품을 물며 그녀를 말렸다.

약 한 시간 후, 끈질긴 교섭 끝에 어찌어찌 취소 수수료와 견적료를 상식적인 선까지 줄인 니아와 시도는 지칠 대로 지친 표정으로 귀갓길에 올랐다.

"하아…… 피곤해. 저기, 소년. 성가신 일에 휘말리게 해서 미안해."

"하하……. 원만하게 해결되어서 다행이야. 그나저나, 결국 집은 어떻게 할 거야?"

"으음~. 뭐, 이상적인 집을 짓는 건 괜찮은 생각 같거든. 적당한 토지를 찾아서 지을 거야. 아까 그 부동산에는 절대 의뢰하지 않을 거지만 말이야!"

니아가 뒤를 돌아보며 「두 번 다시 가나 봐라~!」 하고 외치자, 시도는 그 모습을 보며 쓴웃음을 흘렸다.

이윽고 두 사람은 시도의 집에 도착했다.

신발을 벗고 복도를 따라 거실에 가보니, 그곳에 모여 있던 정령들이 니아와 시도를 맞이했다.

"오오! 어서 와라, 시도! 니아!"

"어서 오세……요."

"어서 와요, 달링! 니아 양! 저로 할래요? 저로 할래요? 아니면, 저·로·할·래·요?"

정령들이 두 사람을 향해 그렇게 말을 걸어왔다. 코토리는 일을 하러 간 건지 이 자리에 없었지만, 다른 정령들은 전부 이곳에 모여 있었다.

"아~, 다녀왔어. 이야~, 그 부동산에는 진짜 두 손 두 발 다 들었다니깐……."

그렇게 말한 니아가 한숨을 내쉬며 소파에 걸터앉자, 그 말을 들은 정령들이 눈을 반짝이며 몰려들었다.

"오오! 부동산이라면…… 예의 그 집 말이구나! 그건 언제쯤 완성되는 것이냐?"

"성의 댄스홀…… 기대돼요."

『맞아~. 다 같이 드레스 입고 춤추자~!』

"뭐시기 망원경……이란 걸 쓰면, 별이 잘 보인다지? 음…… 벌써부터 가슴이 두근거리는구나."

"……."

정령들이 의심이라는 것을 모르는 듯한 맑은 눈동자로 니아를 쳐다보자, 그녀의 볼이 경련이 일어난 것처럼 떨렸다.

아니, 정확하게는 모든 정령들이 그런 것은 아니었다. 오리가미와 미쿠, 나츠미와 야마이 자매는 그런 설계도를 실현하는 게 무리라는 것을 알고 있는지 쓴웃음을 지으며 니아를 바라보고 있었다.

하지만 토카와 요시노, 그리고 무쿠로는 주정뱅이의 헛소리를 진심으로 믿으며, 그 집이 완성되기만을 고대하고 있는 눈치였다. 눈부실 정도로 순진무구한 그 모습에 니아는 무심코 손으로 눈을 가렸다.

"니아는 대단하구나. 그렇게 커다란 집을 지을 수 있을 줄은 몰랐다!"

"예. 대단……해요."

"음. 역시 인기 만화가는 대단하구나. 기대하고 있겠노라."

"으, 응……. 고마워……."

햇볕을 쬔 흡혈귀의 심정이 이러할까. 정령들의 찬란한 시선을 한 몸에 받게 된 니아는 애매하게 쓴웃음을 흘릴 수밖에 없었다.

◇

텐구시 상공 15000미터에 떠 있는 거대 공중함 〈프락시너스〉.

코토리는 그 함교의 중심부에 위치한 함장석에 앉아 개인용 콘솔을 조작하고 있었다.

화면에는 정령들의 파라미터가 세세하게 표시되어 있었다. 물론 정신 상태를 가리키는 수치에 문제가 발생할 경우에는 코토리의 단말에 바로 연락이 오지만, 〈라타토스크〉의 사령관으로서 이렇게 정기적으로 정령들을 체크하고 있었다.

『자기의 소임에 최선을 다하고 있군요, 코토리. 하지만 무리는 금물이에요.』

그때, 코토리를 향해 그런 말이 들려왔다. 함교에 설치된 스피커에서 흘러나오는, 옥구슬이 굴러가는 듯한 소녀의 목소리— 〈프락시너스〉의 관리AI인 마리아의 목소리였다.

"아, 마리아. 이제 거의 끝났으니까 괜찮아. 시도와 니아도 집에 돌아온 것 같으니까, 저녁 식사 때까지는 나도 집에 돌아갈 거야."

『그렇군요. 그럼 다행이에요. 참, 그러고 보니…….』

"응? 왜 그래? 신경 쓰이는 일이라도 있어?"

코토리의 물음에 마리아는 휴우 하고 한숨을 내쉰 뒤(물론 AI는 숨을 쉬지 않기에, 마리아가 일부러 낸 소리다), 말을 이었다.

『아, 니아에 관한 일이에요. 자기가 살 집을 짓기로 했다면서요?』

"아…… 그거 말이구나."

코토리는 그렇게 말하며 무심코 웃음을 터뜨렸다.

그도 그럴 것이, 술에 취한 니아가 그린 집의 설계도가 너무나 황당무계했던 것이다.

"그런 집을 진짜로 지으려고 한다면 대체 얼마나 들까? 니아는 술에 취해서 자기가 뭘 그린지도 기억 못하는 것 같던데…… 아, 그러고 보니 마리아는 용케 그걸 알고 있네."

『예. 일전에 시도가 그 일로 저와 상의를 했죠.』

"시도가?"

그러고 보니 니아가 말도 안 되는 설계도를 그렸을 때, 시도는 누군가와 상의를 해보겠다고 했었다. 아무래도 마리아와 상의를 한 것 같았다.

"대체 뭘 상의한 거야? 설마 니아의 설계도대로 집을 만들어 달라는 내용이었던 건 아니겠지?"

『호오, 역시 눈치가 좋군요. 절반은 맞았어요.』

마리아가 그렇게 말하자, 코토리는 눈을 동그랗게 떴다.

"농담이지? 아무리 〈라타토스크〉라도, 그런 데다 돈을 낭비할 수는 없어. 그리고 니아도 맨 정신이라면 그 설계도가 얼마나 말도 안 되는지 눈치챌걸?"

『무르군요.』

"뭐?"

마리아의 말에 코토리가 고개를 갸웃거렸다. 그러자 마리아는 또 한숨을 내쉬는 듯한 소리를 내며 말을 이었다.

『그 점에 관해서는 코토리의 말이 옳지만…… 니아는 코토리가 생각하는 것보다 훨씬 경박하고, 생각이 짧은 데다, 허영심이 넘칠 뿐만 아니라— 아이들의 꿈을 망가뜨리는 걸 용납하지 않는 정령이에요. 슬슬 올 때가 된 것 같군요.』

"올 때가 되다니…… 뭐가 말이야?"

코토리가 영문을 모르겠다는 듯이 미간을 찌푸린 순간, 그녀의 호주머니에 넣어둔 핸드폰에서 경쾌한 벨소리가 흘러나왔다.

"여보세요?"

『―도와줘, 코토에모오오오오옹!』

코토리가 전화를 받자, 비명과 절규가 뒤섞인 니아의 목소리가 코토리의 고막을 뒤흔들었다.

그 목소리를 들은 마리아가 『―제 말이 맞죠?』라고 말했다.

◇

"―오오!"

토카가 눈앞에 펼쳐진 광경을 보며 감탄을 터뜨렸다.

당연했다. 지금 토카는 거대한 유원지 안에 있는 것이다.

오른편을 봐도, 왼편을 봐도, 끝없이 펼쳐진 광대한 부지에는 다양한 놀이기구가 줄지어 있었다. 롤러코스터, 관람차, 회전목마, 귀신의 집― 게다가 전부 니아가 그린 만화 캐릭터를 모티브로 하고 있었으며, 즐거운 공간으로 꾸며져 있었다.

아니, 그뿐만이 아니었다. 이 부지 안에는 고급 레스토랑과 서양식 성(城), 돔, 거대한 망원경, 박물관 등이 있었으며, 그 중심에는 10층 높이의 거대한 탑이 있었다. 탑의 각 층은 강적이 지키고 있으며, 그 강적을 쓰러뜨리지 않는 한 위로 올라갈 수 없다고 한다. 3층은 걸어 다니기만 해도 몸이 저릴 거라고 하는데…… 토카는 그 말의 의미를 이해할 수 없었다.

게다가 이렇게 광대한 장소에 토카를 비롯한 정령들만이 있었다.

그것도 당연했다. 이곳은 일반 손님이 들어올 수 있는 평범한 유원지가 아니라— 니아가 소유한 저택인 것이다.

"대단하구나! 이게 전부 니아의 집인 것이냐?!"

"응? 아하하, 그렇다고 할 수 있어."

토카가 환한 목소리로 그렇게 묻자, 뒤에 서 있던 니아가 애매모호하게 대답했다. 니아를 향해 고개를 돌려보니, 그녀는 딱딱하게 굳은 미소를 짓고 있었다.

하지만 토카가 그 점을 지적하기도 전에, 다른 정령들의 흥분한 목소리가 연이어 들려왔다.

"와아…… 대단해요. 저 성에, 가봐도 될까요……?"

『가보자, 가보자~! 공주님이 되어 보자~!』

"음……. 별은 밤에 잘 보일 것 같구나. 무쿠도 해가 저물 때까지 요시노와 동행하기로 하마."

"꺄아~! 진짜로 돔이 있네요~! 이렇게 되면 여러분만을 위한 『이자요이 미쿠 온 스테이지』를 할 수밖에 없겠어요오오오!"

"호오……. 꽤 괜찮구나. 그런데, 이 몸께서 원한 설비는 어디에 있지?"

"발견. 팸플릿을 보니 지하에 있는 것 같아요. 가보죠."

"정보 시설도 지하에 있는 것 같네. 나도 같이 가겠어."

"……저기, 으음, 안에 오두막이 있는 방은 어디 있어?"

"제공. 아무래도 그건 이 탑의 3층에 있는 것 같아요."

"뭐? 왜 바닥에 함정이 깔린 곳에 있는 거야……?"

그렇게 눈을 반짝이며 이야기를 나누던 정령들은 일제히 니아를 쳐다보았다.

"니아!"

"놀아도 될까요……?"

정령들의 시선을 한 몸에 받은 니아는 한순간 머뭇거렸지만, 이내 마음을 다잡으려는 듯이 힘차게 고개를 끄덕였다.

"무, 물론이야! 다들, 오늘은 니아 하우스, 아니, 니아 랜드를 마음껏 즐겨주시게나~!"

"""오오오오오오오!"""

집주인의 호령에 정령들은 힘찬 환성을 지르면서 곳곳으로 흩어졌다.

"아무래도, 일이 잘 풀린 것 같네."

코토리는 공중함 〈프락시너스〉의 어느 한 방에서 작게 한숨을 내쉬었다.

이 방 안에는 기계로 만든 관 같은 장치가 곳곳에 있었고, 그 안에는 머리에 단자가 달린 헬멧 같은 기계를 쓴 정령들이 누워 있었다.

그리고 이 방에 설치된 모니터에는 완벽하게 재현된 니아의 이상적인 『집』과, 그곳에서 즐겁게 놀고 있는 정령들이 모습이 비치고 있었다.

그렇다. 지금 정령들은 전뇌세계 안에서 만들어진 가상공간에 접속한 상태였다.

아무리 〈라타토스크〉라도, 니아가 설계한 집을 현실에 구현하는 건 쉽지 않다. 하지만 리얼라이저를 이용하면, 인간의 의식을 전뇌공간으로 전송하는 것이 충분히 가능하다.

"하지만 니아가 나와 마리아한테 매달릴 거라는 걸 용케도 예상했네."

코토리의 말에 옆에서 모니터를 보고 있던 시도가 쓴웃음을 머금었다.

"그게…… 토카와 아이들이 정말 고대하고 있는 것 같았거든. 니아라면 그 아이들의 기대를 차마 저버릴 수 없을 거라고 생각했어. ……마리아, 무리한 부탁을 해서 미안해."

시도가 노고를 치하하듯 그렇게 말하자, 스피커에서 의기양양한 목소리가 흘러나왔다.

『불가능을 가능하게 만드는 미소녀AI, 그게 바로 저예요. 현모양처 그 자체죠. 자, 얼마든지 칭찬해 주세요.』

"하하…… 정말 대단해, 마리아. 네 덕분에 다들 즐거워 보여."

시도가 찬사를 보내자, 이 방 안에 있는 장치 중 하나에서 삐뻿 하는 소리가 났다.

사용자가 전뇌공간에서 현실로 돌아오는 신호음이었다. 고개를 돌려보니, 누워있던 니아가 몸을 일으키면서 머리에 쓴 기계를 벗고 있었다.

"이, 이야…… 에헤헤. 감사하옵니다, 나리. 쇤네, 이 은혜는 절대 잊지 않겠사옵니다……."

니아는 손을 비비며 비굴한 미소를 짓더니, 시대극에서나 나올 법한 대사를 입에 담았다.

그 모습을 본 코토리와 시도, 그리고 마리아는 일제히 한숨을 내쉬었다.

"하아. 조심 좀 해, 니아. 마리아가 있어서 어찌어찌 되기는 했지만, 하마터면 정령들을 실망시킬 뻔했잖아."

"맞아. 앞으로는 술 좀 적당히 마셔."

코토리와 시도가 그렇게 말하자, 니아는 「예……」 하고 풀이 죽은 목소리로 대답했다.

"……진짜로 고마워. 소년이 손을 써준 거지? 덕분에 살았어……."

그리고 애처로운 목소리로 그렇게 말했다. 평소와 다르게 반성하고 있는 듯한 니아의 모습에 시도는 약간 놀랐다.

"아, 나는 상의를 했을 뿐이야. 이번 일의 진짜 공로자는 마리아야."

"알아. 땡큐, 로봇 아가씨."

니아는 그렇게 말하며 손 키스를 날렸다. 그러자 스피커에서 마리아의 불만 섞인 한숨소리가 흘러나왔다.

『방금 호칭에서 감사의 마음이 눈곱만큼도 느껴지지 않는군요. 그럼 저도 생각이 있어요. 이번 일에 쓰인 가상공간의 건축비용 및 저에 대한 위자료, 66조 2000억 엔을 니아의 계좌에서 강제로 징수하겠어요.』

"마리아 양, 무시무시한 농담을 하네. 아, 모니터가 더러워진 것 같으니까 내가 닦아 줄게. 귀여운 마리아 양의 보디를 깨끗하게 해줘야지!"

니아가 어색한 윙크를 날리며 청소를 하기 시작했다. 그 재빠른 태세 전환을 본 코토리와 시도는 무심코 쓴웃음을 흘렸다.

그렇게 코토리 일행이 이야기를 나누고 있을 때, 주위에 있는 장치에서 삐삣 하는 소리가 나기 시작했다.

"응……?"

아무래도 니아의 뒤를 이어 다른 정령들도 현실로 돌아오고 있는 것 같았다. 다들 차례차례 몸을 일으키며 머리에 쓴 장치를 벗었다.

"푸하……! 정말 엄청났다! 아무리 가도 가도 끝이 보이지 않더구나! 시도와 코토리도 저기서 같이 놀자!"

"성에 드레스가 잔뜩 있었어요……! 저기, 시도 씨가 드레스를 골라줬으면 해요."

"지하제국도 생각했던 것보다 엄청났어! 다 같이 가보지 않을래?!"

"……3층에 있는 함정바닥은 고사하고 1층의 적도 쓰러뜨리지 못하겠는데…… 누가 좀 도와주면 안 돼……?"

모두가 흥분한 어조로 그렇게 말했다. 니아 랜드를 마음껏 즐기고 있는 것 같았다. 그 모습을 본 코토리와 시도는 무심코 미소를 머금었다.

"시도, 들었지? 우리도 좀 즐겨볼까?"

"그래. 실은 나도 흥미가 있거든."

"오오!"

『자~! 두 분 안내~!』

코토리와 시도가 그렇게 말하자, 정령들이 힘차게 손짓을 했다. 두 사람은 고개를 끄덕이며 비어있는 장치를 향해 걸어갔다.

"그건 그렇고, 니아는 정말 대단하구나!"

그때, 토카가 팔짱을 끼고 몇 번이나 고개를 끄덕였다.

"응? 아하하……. 그렇지? 니아 님, 진짜로 대단하지?"

니아는 마리아를 약간 신경 쓰는 듯한 반응을 보이면서도 잘난 척하듯 그렇게 대답했다. 그러자 토카가 다시 고개를 끄덕였다.

"음. 진짜 니아 랜드가 완성되는 데는 시간이 걸릴 테니, 그때까지 전뇌세계에서 니아 랜드를 즐기라는 거지?"

"뭐……?"

토카의 말을 들은 니아가 입을 쩍 벌렸다. 하지만 정령들은 그런 니아의 반응을 눈치채지 못했는지 이어서 입을 열었다.

"예……. 니아 씨는 정말 대단해요. 정말 존경해요."

"아니, 저기……."

"음. 전뇌세계가 이렇게 즐거우면, 진짜 니아 랜드는 얼마나 대단할지…… 상상조차 안 되는구나."

"으음…… 저기 말이야……?"

니아가 땀을 삐질삐질 흘리면서 뭐라 말을 하려고 했지만, 토카, 요시노, 무쿠로는 그 말이 전혀 귀에 들어오지 않는 것 같았다. 세 사람은 태양보다 환한 눈빛으로 니아를 바라보며, 구김 없는 미소를 지었다.

"기대하고 있겠다, 니아!"

"저도…… 기대할게요."

"음. 기대하고 있으마."

세 정령의 순수하기 그지없는 시선을 받은 니아는—.

"아, 예……. 혼죠 소지, 열심히 일하겠습니다……."

금방이라도 재가 되어버릴 듯한 표정을 지으며, 메마른 목소리로 그렇게 말했다.

나츠미 챌린지

ChallengeNATSUMI

DATE A LIVE ENCORE 9

그날 오후에는 딱히 별다른 일이 일어나지는 않았다.

장을 보러 갔던 슈퍼마켓은 평소와 다름없었으며, 돌아갈 때 길이 공사 중이라 빙 돌아가야 하지도 않았다. 손세정제에서 피가 뿜어져 나오지도 않았으며, 사온 식료품을 넣으려고 연 냉장고 안에 사람 머리가 있는 사태 또한 물론 벌어지지 않았다.

평소와 다름없이 평온한 오후였다. 문득 시계를 쳐다보니 어느새 오후 네 시였다. 약간 배가 고팠다. 조금 늦은 티타임을 가질까 해서 홍차를 끓이고, 선반에서 개별 포장된 쿠키와 초콜릿을 몇 개 꺼낸 후, 거실 소파에 앉았다.

그리고 홍차를 홀짝이면서 텔레비전을 켜기 위해 리모컨을 향해 손을 뻗은 순간—.

"우와앗?!"

그제야 **그것**을 발견한 이츠카 시도는 새된 비명을 질렀다.

하지만 그런 반응을 보이는 것도 무리는 아니었다. 시도가 앉아있던 소파의 가장자리에 복슬복슬한 정체불명의 물체가 놓여 있었던 것이다.

아니, 마음을 진정시키고 유심히 보니 그것은 미확인생물이나 요괴 같은 것이 아니었다. 조그마한 체구의 소녀가 쿠션을 꼭 끌어안은 채 몸을 웅크리고 있었다.

"나, 나츠미?! 뭐하는 거야⋯⋯?! 그것보다 언제부터 여기 있었어?"

"⋯⋯."

시도가 질문을 던졌지만, 소녀— 나츠미는 대답하지 않았다.

생기가 없는 눈으로 허공을 바라보고 있었으며, 반쯤 열린 입은 때때로 뭔가를 중얼거리듯 — 혹은 산소를 갈구하는 물고기처럼 — 뻐끔거리고 있었다. 그 범상치 않은 모습을 본 시도는 무심코 미간을 찡그렸다.

평소에도 텐션이 높은 편이 아닌 소녀지만, 그래도 지금은 평소와 너무 달랐다. 시도는 말을 걸며 나츠미의 어깨를 흔들었다.

"나츠미, 괜찮아? 나츠미."

"⋯⋯."

그러자 나츠미는 그제야 시도의 존재를 인식한 것처럼 그를 힐끔 쳐다보더니, 이내 땅이 꺼져라 한숨을 내쉬며 말을 토했다.

"······일하고 싶지 않아······."

"······뭐?"

시도는 그 뜻밖의 말을 듣고 고개를 갸웃거렸다.

"나츠미, 대체 무슨 일이 있었던 거야?"

"······."

시도의 물음에 나츠미는 또다시 크게 한숨을 내쉰 후, 신음하는 듯한 목소리로 이야기를 시작했다.

◇

"······어?"

아침. 시도의 집 옆에 있는 정령맨션의 공용 공간으로 향한 나츠미는 미간을 찌푸리며 걸음을 멈췄다.

그곳에는 먼저 온 사람이 두 명이나 있었으며, 그들의 행동에 어떤 의미가 있는지 언뜻 봐서는 이해가 안 된 것이다.

한 사람은 검은색 리본으로 머리카락을 둘로 나눠묶은 소녀— 코토리였다. 손에 끈 같은 것을 쥐고 있으며, 얼굴에는 호기심과 전율과 부러움이 뒤섞인 표정이 어려 있었다.

그리고 다른 한 사람은 바닥에 닿을 정도로 긴 머리카락을 지닌 소녀— 무쿠로였다. 지금은 평소 입는 사복이 아니라, 코토리가 다니는 중학교의 교복을 입고 있었는데······

어찌된 영문인지 세일러 교복의 상의를 대담하게 걷어 올리며 가슴을 노출시켰다. 앳된 느낌이 남은 얼굴과 어울리지 않는 폭력적인 가슴이, 그녀와 어울리지 않는 어른스러운 디자인의 속옷에 감싸인 채, 묘하게 비도덕적인 분위기를 자아내고 있었다.

"······아. 실례했습니다."

몇 초 후, 나츠미는 작은 목소리로 그렇게 말하면서 조용히 문을 닫았다.

하지만 곧 후다닥 하는 격렬한 발소리가 들리더니, 방금 닫은 문이 힘차게 열렸다.

"잠깐! 방금 그 의미심장한 반응은 뭐야?!"

코토리가 허둥지둥 그렇게 외치더니, 그대로 나츠미의 손을 잡아당겼다.

"죄송해요. 제발 봐주세요······. 코토리가 순진한 무쿠로를 속여서 특수한 플레이를 즐겼다는 건 아무한테도 말 안 할 게요······!"

"역시 말도 안 되는 오해를 하고 있잖아! 그런 짓을 왜 하냔 말이야!"

"어, 그럼 역시 흑마술로 무쿠로의 가슴을 나눠 가지려는······."

"그런 짓이 가능할 것 같아?! 그리고 역시는 뭐가 역시라는 거야?!"

코토리는 새된 목소리로 외친 뒤, 무쿠로가 있는 곳으로 나츠미를 질질 끌고 갔다.

그제야 나츠미는 코토리가 손에 쥔 끈 같은 것에 동일한 간격으로 눈금이 그려져 있다는 사실을 눈치챘다.

"……줄자?"

"그래. 무쿠로가 입을 교복을 만들려는 거야."

코토리가 그렇게 말하자, 무쿠로는 그 말이 옳다는 듯이 고개를 끄덕였다.

"음. 나리의 여동생이 교복을 빌려줬는데, 상의가 들어가지를 않는구나. 하의는 딱 맞다만……."

"……."

무쿠로의 말에 코토리의 볼이 부르르 떨렸다. 만약 지금 〈프락시너스〉의 관측기가 코토리의 정신 상태를 모니터링하고 있다면 격렬한 경고음이 발생할 거라고 나츠미는 생각했지만, 일단 개의치 않기로 했다.

"아, 아무튼 알았어. ……그런데 왜 중학교 교복을 맞추려는 거야? 혹시 시도의 취향 때문이야?"

"그럴 리가 없잖아. 일단 그런 쪽으로 생각 좀 하지 마."

"어, 하지만 교복은 그렇고 그런 플레이에 쓰는 용도밖에……."

"왜 학교에 다니려고 맞춘다는 평범한 발상을 못하는 건데?!"

참다못한 코토리가 소리를 질렀다. 그러자 나츠미는 미심쩍은 듯이 미간을 찌푸렸다.

"학교에…… 다녀?"

"음."

무쿠로가 고개를 끄덕이며 입을 열었다.

"무쿠가 나리의 동생에게 부탁했느니라. 그래서 4월부터 같은 중학교에 다니게 됐지."

"그렇게 된 거야. 실제 나이는 모르지만, 어차피 다닐 거면 나와 같은 학교에 다니는 편이 여러모로 안심이 되지 않겠어?"

"흐응……."

나츠미는 두 사람의 말을 듣고 탄성을 터뜨렸다.

학교란 누구나 알다시피 지옥의 대명사이자, 적성 및 소양이 다른 인간들을 한 곳에 모아 억지로 반 공동생활을 강요하는 강제수용시설이다.

"자기 발로 그런 지옥에 들어서려 하다니……. 영험한 효력이 있을 것 같으니 기도라도 해줘야지."

나츠미가 그렇게 말하고 합장을 하더니 고개를 숙였다. 그러자 무쿠로는 의아한 표정을 지으며 나츠미의 동작을 흉내 내듯 두 손을 모았다. 대담하게 가슴이 노출되어서 그런지, 진짜로 영험한 효력이 있을 것 같은 느낌이 들었다. 구체적으로는 매일 공물을 바치며 기도를 올리면 가슴이 커질 것 같았다. 바스트 업을 관장하는 신이다. 왠지 어디 사는 누군가가 막대사탕을 공물로 바칠 것 같은 느낌이 들었다.

"대체 뭐하는 거야……. 그것보다, 나츠미도 마찬가지거든?"

"……응? 뭐가 말이야?"

"학교 말이야, 학교. 예전에 체험입학을 했었잖아. 4월부터 요시노, 무쿠로와 함께 정식으로 입학을 하도록 손써뒀어."

"……, ……뭐엇?!"

코토리가 태연한 어조로 그런 치명적인 정보를 입에 담자, 나츠미는 눈을 한껏 치켜떴다.

"자…… 자자자, 잠깐만! 그게 무슨 소리야?! 나는 그런 말, 들은 적 없거든……?!"

"맞아. 그래서 지금 말하는 거잖아."

"아, 아아아, 아니, 그게 아니라……! 왜 멋대로 정하는 건데?! 완전 절대 무리거든?!"

"그래? 하지만 요시노는 기뻐하며 다니겠다고 하던걸?"

"으윽……!"

나츠미는 그 말을 듣고 숨을 삼켰다.

요시노는 나츠미와 마찬가지로 이 맨션에서 살고 있는 정령 중 한 명이며, 쇠똥구리도 질색할 나츠미를 항상 상냥하게 대해 주는 여신이다. 나츠미가 일전에 질색을 하면서도 체험입학을 하기로 결심했던 것도, 요시노의 애원 때문이었다.

하지만 나츠미는 그때보다 훨씬 동요했다. 코토리의 말은 어떤 엄연한 사실을 가리키고 있는 것이다.

현재, 〈라타토스크〉가 보호하고 있는 정령은 총 열 명이다. 그중 토카, 오리가미, 카구야, 유즈루, 미쿠는 고등학교에, 코토리는 중학교에 다니고 있다. 니아는 직업을 가지고 있으며, 미쿠는 학교에 다닐 뿐만 아니라 아이돌 활동도 하고 있다.

그렇다. 요시노와 무쿠로가 학교에 다니게 된다면, 〈라타토스크〉가 보호하고 있는 정령 중에서 나츠미만 하루 종일 집에서 빈둥거리기나 하는 신세가 되고 만다.

머릿속에서 부앙부앙부앙나츠밍~ 하며 불길한 상상이 펼쳐졌다. 해가 중천에 뜬 후에야 잠에서 깨어난 나츠미. 남이 준비해 둔 아침(시간적으로는 점심)을 혼자 묵묵히 먹은 후, 할일이 없어서 한잠 더 청한 다음에 온라인 게임이나 하다, 배가 고프다는 생각이 들었을 즈음에는 어느새 저녁……. 학교에서 돌아온 다른 이들과 함께 저녁밥을 먹지만, 날이 갈수록 그들의 시선이 점점 차가워진다. 뭐야, 이 녀석은 아직도 학교에 안 다니는 거야? 정령이라는 것만으로 〈라타토스크〉에서 먹여 살려준다고 완전 팔자 폈네. 괘, 괜찮아요, 나츠미 씨. 사람한테는 자기만의 페이스가 있으니까, 너무 조바심을 내지…… 예? 같이 게임……하자고요? 죄송해요. 내일까지 끝내야 하는 숙제가 있어서……. 저, 저기, 그리고, 목욕은 참 기분 좋아요. 매일 목욕을 하면 기분이 개운해질 거예요…….

"아아아아아아아아아아아……!"

나츠미는 머리를 감싸 쥐며 비명을 토했다. 다른 이들이 그런 말을 할 리가 없다는 건 알고 있지만, 나츠미의 마음이 자기혐오를 견뎌내지 못했다.

안 된다. 절대 안 된다! 그런 상황을 받아들일 수 없다. 요시노와 무쿠로도 학교에 다니지 않으니 자기도 갈 필요 없다는 무의식적인 생각이 전부 들통 난 것 같았다.

요시노와 무쿠로는 이쪽 세계에 적응하기 위해 시간을 들이고 있었을 뿐, 나츠미 같은 사회 부적응자와는 근본적으로 다르다는 사실은 머릿속으로 알고 있었다. 하지만 그 사실을 이렇게 똑똑히 느끼자, 몸이 타들어가는 듯한 고통이 나츠미를 덮쳤다.

하지만, 그렇다고 해서 나츠미가 학교에 매일 다닐 수 있을 리가 없었다. 대체 어떻게 하면—.

"……윽!"

그 순간, 나츠미의 머릿속에 전류 같은 충격이 퍼졌다.

나츠미는 학교에 다닐 것인지, 아니면 백수가 될 것인지, 그 두 선택지만을 생각하고 있었다. 하지만 길은 그것만이 아니었다.

그렇다. 일을 하면 된다.

자신이 먹을 양식을 직접 마련하게 된다면, 그 누구도 비난하지 않을 것이다.

"응? 나츠미, 왜 그래? 아까는 고함을 지르더니, 이제는 침묵에 잠겼네……."

"……잠깐 생각 좀 하게 해줘. 어쩌면 방법이 있을지도 몰라……."

나츠미는 공허한 눈길로 그렇게 말하더니, 비틀거리며 공용 공간을 나섰다.

"나, 나츠미?"

"음, 대체 어디 가는 게지?"

뒤에서 그런 목소리가 들린 것 같았지만, 나츠미는 그 말에 대답할 기력이 없었다.

◇

"……그래서, 일을 하면 학교에 안 다녀도 된다는 생각이 들었지만, 여러모로 알아보니 결국 일을 하는 것도 무리라는 사실을 깨달은 거구나."

"……."

시도가 나츠미의 말을 요약하자, 그녀는 어두운 표정으로 고개를 끄덕였다.

"……구인정보지와 취업 사이트를 살펴봤는데, 왜 하나같이 커뮤니케이션 능력을 요구하는 건데? 접객업은 절대 무리고, 영업도 불가능한 데다, 직장에서의 인간관계 같은 건 상상만 해도 토할 것 같아, 우웩…… 일하는 사람들은 진짜 장난 아냐. 정말 대단해. 회사원이 초인처럼 보여. 샐러리맨은 울트라맨이나 슈퍼맨과 동급이야……."

나츠미가 메마른 웃음을 흘리며 어깨를 으쓱했다. 그 모습을 본 시도는 무심코 쓴웃음을 흘렸다.

"뭐, 일하는 사람들이 대단하다는 말에는 동의하지만…… 그것보다, 왜 그렇게 학교에 가기 싫은 거야? 체험입학 때는 친구가 생겼다고 했잖아?"

"……그것과 이건 전혀 다른 이야기야. 카논을 비롯한 그 애들을 싫어하지는 않지만, 학교 말고 다른 데서 만나도 되잖아. 1일 한정 체험입학이라면 몰라도, 년 단위로 다니는 걸 상상하기만 해도 토할 것 같아."

"그, 그렇구나……. 그럼, 결국 어떻게 할 거야?"

"……학교에 다니는 건 무리지만, 백수가 되는 것도 싫어. 남들과 얽히지 않고 혼자서 할 수 있고, 니아처럼 대낮부터 놀아도 남들이 이해해주는 직업이 어디 없을까……."

"니아처럼, 이라…… 그 녀석은 만화가니까, 딱히 노는 건 아닐……걸?"

왠지 불안감을 느낀 시도는 말끝을 흐렸다. 회사원이 아니라서 출근은 안 하지만, 그래도 니아는 어엿하게 일을 하고 있는 사회인이다. ……아마도 말이다.

그런데 그때, 나츠미가 뭔가 떠올랐다는 듯이 눈을 크

게 떴고, 그 모습을 본 시도는 미간을 약간 찌푸리며 말을
걸었다.

"응? 나츠미, 왜 그래?"

"……그거야."

"뭐?"

"만화가야! 왜 이제야 거기에 생각이 미친 거지?! 니아의
일을 돕느라 만화를 어느 정도 그릴 수 있게 됐고, 집밖으로
나가지 않아도 되는 데다, 무엇보다 니아 같은 애도 할 수
있는 일이니까 나도 충분히 할 수 있을 거야……!"

"……으, 응~? 으음, 그럴……까?"

시도는 곤란한 표정으로 신음을 흘렸다. 만화가라는 건
그렇게 간단히 될 수 있는 게 아니라고 생각하지만, 모처럼
의욕이 난 나츠미에게 찬물을 끼얹고 싶지는 않았다.

"……좋아. 쇠뿔은 단김에 빼라잖아. 바로 콘티 작업을 시
작해야지. 고마워, 시도. 덕분에 좋은 생각이 났어. 아, 그
래도 아직 아무한테도 이야기하지 마!"

나츠미는 자기 할 말만 쏟아내며 벌떡 일어서더니, 아까와
다르게 경쾌한 발걸음으로 거실을 나섰다.

◇

며칠 후, 시도는 정령맨션 최상층에 있는 나츠미의 방 앞

에 서서 문에 노크를 했다.

"어이, 나츠미~. 나 왔어~."

시도가 그렇게 불렀지만, 대답이 없었다. 벨을 눌렀는데도 결과는 마찬가지였다.

"나츠미 녀석, 자기가 불러놓고 반응이 없네……."

시도는 의아하게 생각하며 고개를 갸웃거렸다. 그렇다. 시도가 이 방을 찾은 이유는 단 하나— 아까 나츠미로부터 도와줬으면 하는 일이 있다는 메시지를 받은 것이다.

아마 원고 작업 중인데 일손이 부족한 것이리라. 당연했다. 작품을 연재 중인 만화가는 보통 여러 명의 어시스턴트와 함께 원고 작업을 했다.

아니, 혹시 아직도 콘티 때문에 고민하고 있는 걸까. 그럴 가능성도 충분히 있었다. 나츠미는 그림을 잘 그리고, 남의 기술을 흉내 내는 것도 능숙하지만, 시도가 알기로 나츠미가 자신만의 오리지널 작품을 만든 적은 없었다.

"응……?"

그런 생각을 하며 시도가 나츠미를 몇 번이나 불렀을 때였다. 갑자기 문손잡이가 돌아가더니, 두꺼운 문이 열렸다.

"아, 나츠미. 도와주러 왔어. 진행 상황은 좀—."

순간, 시도는 말문이 막혔다.

이유는 단순했다. 문 너머에 조그마한 체구의 소녀가 아니라— 키가 크고 늘씬한 미녀가 서 있었던 것이다.

길고 윤기 넘치는 스트레이트 헤어, 또렷한 아몬드 모양의 눈, 모델도 맨발로 도망칠 듯한 몸을 대담한 드레스로 감쌌으며, 온몸에서는 요염한 매력이 뿜어져 나오고 있었다.

"아…… 어……?!"

"어머나, 시도 군. 기다리고 있었어. 자, 들어와."

 눈앞의 미녀는 얼이 나간 시도의 손을 잡아끌었다. 그대로 방 안으로 끌려간 시도는 어찌어찌 마음을 진정시키면서 미녀의 얼굴을 응시했다.

"나, 나츠미? 왜 변신한 거야……?"

 그리고 눈을 가늘게 뜨며 질문을 던졌다.

 그렇다. 지금 시도의 눈앞에 있는 미녀는 바로 나츠미 본인이었다. ―거울의 천사 〈위조마녀〉로 이상적인 모습으로 변신한, 이라는 형용사가 붙지만 말이다.

 나츠미는 그 말에 태연히 후훗 하고 웃음을 흘렸다.

"그야 이제부터 편집부에 심사를 받으러 갈 거잖아. 평소 모습으로 가면 문전박대를 당하지 않겠어?"

"아, 그렇지는 않을 것 같은데…… 뭐? 편집부?!"

 시도는 나츠미의 말을 듣고 경악했다.

 나츠미는 만화 원고를 출판사 편집부로 가져가서 직접 편집자에게 보여주고 심사를 받으려는 것이다. 그런 식으로 담당이 정해지면서 데뷔하는 만화가도 적지 않다고 했다.

 낯가림이 심한 나츠미가 이런 수단을 선택한 것도 놀랍지만(뭐, 그래서 변신을 한 거겠지만), 그 이전에 시도는 그 말이 가리키는 어떤 사실에 놀라고 말았다.

"설마, 벌써 작품을 완성한 거야?!"

"응. 이야기가 나왔던 당일에 콘티를 완성하고, 펜터치에 하루, 그리고 마무리에 이틀 걸렸어. 뭐, 어시스턴트가 없어서 톤은 조금만 썼고, 복잡한 배경은 소재 모음집에서 가져다 썼지만 말이야."

"우, 우와, 대단하네……. 그럼 나한테 뭘 도와달라는 거야?"

"아~. 그·건·말·이·지~."

나츠미는 시도의 물음에 미소를 머금더니, 그 자리에서 빙글 뒤돌아섰다.

"으윽……?!"

나츠미의 뒷모습을 본 시도는 무심코 볼을 붉혔다. 드레스의 등 부분의 지퍼를 올리지 않아서 요염한 등이 훤히 드러나 있었던 것이다.

"이 옷은 혼자 입을 수 없어서 말이야. 저기, 지퍼 좀 올려주지 않을래?"

나츠미가 요염한 어조로 속삭이듯 그렇게 말했다. 그러자 시도는 고개를 돌린 채 「아, 알았어……」라고 대꾸한 후, 희미하게 떨리는 손으로 지퍼를 올려줬다.

"으응. 고마워, 시도 군. 그럼 다녀올게. 좋은 소식을 기다려줘."

나츠미는 그렇게 말하며 윙크를 한 뒤, 원고가 들어있는 가방을 들고 신발을 신었다.

한편, 반쯤 분위기에 휩쓸려 있던 시도는 그제야 눈을 크게 뜨고 고개를 세차게 저었다.

"자, 잠깐만! 설마 그 옷차림으로 가려는 거야?!"

"응? 맞아. 어디 이상해?"

나츠미가 그렇게 말하며 치맛자락을 들어 보였다. 깊숙하게 트인 치마 부분을 통해 섹시한 다리가 보였다. ……지금 가는 곳이 파티가 열리는 궁전, 혹은 심야에만 영업하는 그렇고 그런 가게라면 몰라도, 출판사와는 전혀 어울리지 않는 복장이었다.

"솔직히 말해 너무 공격적이거든?! 좀 노출이 적은……."

"에이~, 시도 군은 아빠 같은 소리를 하네. 혹시 뭐야~? 내 속살을 봐도 되는 건 자기뿐이라고 주장하는 거야~?"

"나, 나츠미, 너……."

시도가 얼굴을 붉히자, 나츠미는 미소를 머금으며 어깨를 으쓱했다.

"알았어. 오늘은 아빠가 시키는 대로 할게."

그리고 그렇게 말한 뒤, 손가락을 튕겼다. 그러자 나츠미의 몸이 옅은 빛에 휩싸이더니, 약간 러프한 정장 차림으로 변했다.

……셔츠 사이로 가슴골이 보이고 스타킹에 감싸인 육감

적인 다리가 훤히 드러나서 여전히 선정적이지만, 아까에 비하면 허용 범위 안이라고 할 수 있었다.

그때, 시도가 어떤 사실을 깨달았다.

"……잠깐만, 이런 식으로 옷을 바꿀 수 있다면 일부러 나를 불러서 지퍼를 올려달라고 할 필요는 없지 않아……?"

"아하하! 다녀오겠습니다~."

시도의 말에 나츠미는 장난스럽게 혀를 날름 내민 후, 방을 나섰다.

◇

"코미 씨~, 심사받으러 온 분이 13번 스페이스에서 기다리고 있어요."

"아, 예……."

주간 소년 블래스트의 편집부원인 코미 케이스케는 작게 한숨을 내쉰 후, 작업 중이던 데이터를 저장하고 자리에서 일어났다.

"그럼 다녀오겠습니다."

그렇게 말한 코미는 작게 하품을 했다. 그러자 옆자리에서 일을 하던 동료가 어깨를 으쓱하며 쓴웃음을 흘렸다.

"어이, 피곤한 건 알지만 성가셔 죽겠다는 표정으로 심사 희망자를 만나지 마. 어쩌면 황금알을 낳는 거위일지도 모른다고."

"하하……. 미안해. 그래도 요즘 들어 계속 허탕이었거든……."

"뭐, 가끔 그럴 때도 있어. 그래도 세상일이라는 건 모르잖아. 그 혼죠 선생님도 편집부에 심사를 받으러 온 케이스였다더라고."

"그게 대체 언제적 이야기야……."

코미는 동료를 향해 쓴웃음을 지은 후, 책과 자료, 그리고 편집자의 취미 용품으로 뒤덮여 있는 편집부를 빠져나왔다. 그리고 엘리베이터로 2층까지 내려갔다.

코미는 회의용 간이 스페이스로 향했다. 그 넓은 공간에는 테이블과 의자가 여러 개 놓여 있었으며, 그 사이에는 칸막이가 설치되어 있었다.

이미 접수를 마친 심사 희망자가 이곳에서 기다리고 있을 것이다. 코미는 가볍게 기지개를 켠 후, 지정된 13번 스페이스로 향했다.

"네, 오래 기다리셨습니다……."

혼잣말을 중얼거리며 스페이스에 들어선 코미는 순간 어깨를 부르르 떨었다.

이유는 단순했다. 의자에 앉아 있는 심사 희망자 여성이 소름 돋을 정도로 아름다웠기 때문이다.

"―안녕. 잘 부탁해."

그렇게 말한 여성이 윙크를 했다. 그러자 코미는 총에 맞은 것처럼 몸을 부르르 떨었다.

"어머? 왜 그래?"

"……윽! 아, 아무것도 아닙니다."

코미는 체면을 유지하기 위해 겨우겨우 그렇게 말한 후, 의자에 앉았다. 코미는 청년지 편집부 소속이었을 때, 유명한 그라비아 아이돌들과 함께 일을 한 적이 있었다. 아까는 좀 놀라기는 했지만, 그녀들에 비하면 이 정도 외모는…… 우와, 진짜 끝내주는 미녀네…….

하지만 이내 잡념을 떨쳐내려는 듯이 고개를 저었다. 이 여성은 잡지용 사진을 찍으러 온 사람이 아니다. 자신이 그린 만화의 심사를 받으러 온 것이다. 그렇다면 중요한 것은 만화의 완성도다. 만화는 외모로 그리는 게 아닌 것이다. 평가에 선입관이 섞이지 않도록, 코미는 자신의 볼을 손바닥으로 세차게 때렸다.

"그럼 먼저 원고를 살펴봐도 되겠습니까?"

"응. 잘 부탁해."

눈앞의 여성은 그렇게 말하고 원고가 들어있는 종이봉투를 내밀었다. 겉면에는 만화의 제목과 『나츠코』란 이름이 적혀 있었다. 아무래도 펜네임 같았다. 아직 데뷔도 안 했는데 벌써부터 펜네임을 쓰는 것 같았다.

"……흠."

코미는 종이봉투에서 원고를 꺼낸 후, 세세하게 살펴보았다.

—우선, 의외로 그림이 뛰어났다. 프로로 활동하고 있는 게 아닐까 싶을 정도였다. 아마 혼죠 소지의 팬일 것이다. 화풍에서 혼죠 소지의 영향을 받은 느낌이 묻어나고 있었다. 하지만 단순히 흉내를 낸 것이 아니라, 자신의 스타일로 소화하고 있었다. 게다가 캐릭터의 조형도 뛰어났다. 그뿐만 아니라 스토리의 전개도…… 어, 정말? 이렇게 되는 거야? 우와, 대체 어떻게 되는 거지……. 이렇게 되는 거냐아아아 아앗!

"……후우."

몇 분 후, 코미는 크게 한숨을 내쉬었다. 숨 쉴 틈도 없다는 표현이 있지만, 진짜로 숨을 쉬지 못할 정도로 작품에 몰입된 것은 처음이었다.

불가사의한 감개가 폐부를 가득 채웠다. —십 년 전, 코미가 아직 정열이 넘치던 신입 편집자였던 시절이 떠올랐다.

아아, 그렇다. 코미도 꿈꾼 적이 있다. 재야에 묻혀 있던 천재와의 만남. 읽자마자 충격에 사로잡히는 원고. 그런 것이 존재한다고 믿어 의심치 않았다. 수많은 만화가 지망생들이 꿈꾸는 성공 스토리는 편집자 또한 일어나기를 바라마지 않는 꿈같은 이야기다.

하지만 십 년이란 세월은 정열이 넘치는 신입 편집자가 현실을 깨닫기에 충분한 시간이었다. 그런 것은 만화 속에서

나 일어나는 일이었다. 퇴색과 타협의 나날 속에서 어중간한 성과와 실패를 되풀이하다 보니, 어중간한 편집자가 되고 말았다. 시간이 없다는 변명을 늘어놓고, 어쩔 수 없다며 자기 자신을 타이르며, 안정적인 수입을 얻는 대신에 점점 꿈에서 멀어져 가기만 하는, 그런 십 년이었다.

하지만, 아아, 하지만……! 가슴 속에서 피어오른 이 불길은 뭘까. 몸속에서 휘몰아치는 이 열기는 뭘까. 코미는 깊이 숨을 들이마신 후, 그 말을 입에 담았다.

"─천재야."

그 외에 다른 말이 떠오르지 않았다. 코미는 몸을 앞으로 숙이고, 다시 원고를 처음부터 차근차근 읽었다.

─대단한 작품이다. 단편으로도 완벽하지만, 연재 작품의 1화로서도 성립됐다. 무엇보다 코미 본인이 이 작품의 뒷내용을 보고 싶을 정도였다.

"저기, 이 작품을 다른 출판사에서도 심사받지는─"

"아니. 여기가 처음이야."

"그렇죠?! 당연히 그럴 겁니다!"

코미는 무심코 웃음을 터뜨렸다. 자기가 생각해도 말도 안되는 질문이었다. 이런 엄청난 작품이 들어왔는데도 아직 잡지에 게재하지 않았다면, 그 편집자는 무능 그 자체였다.

"아, 저기, 이 작품을 이번 증간호에 게재하고 싶습니다만……!"

"어머, 정말? 그거 영광이네. 하지만 이렇게 간단히 결정을 내려도 돼?"

나츠코(펜네임)는 그렇게 말하며 빙그레 웃었다.

"괜찮습니다! 이 원고라면 분명 오케이를 받을 수 있어요! 만약 편집장이 안 된다고 하면, 제가 이딴 안목 없는 편집부를 때려치우죠!"

코미가 무심코 입에 나오는 대로 외친 순간, 칸막이 뒤편의 자리에서 「호오?」 하는 목소리가 들려왔다.

"뭐야, 코미. 꽤 흥분한 것 같은데?"

"펴, 편집장님!"

칸막이 너머로 초로의 남성이 얼굴을 내밀었다. 아무래도 편집장 또한 이곳에서 회의 중인 것 같았다.

편집장은 코미가 있는 자리로 오더니, 나츠코의 모습을 보고 눈을 가늘게 떴다.

"으음? 모델인가? 그라비아 아이돌이라면 청년지 쪽이─."

"아뇨, 심사 희망자입니다!"

"심사 희망자……?"

편집장은 미간을 찌푸리더니, 코미의 어깨를 잡아당기며 낮은 목소리로 입을 열었다.

"어이, 코미. 엄청난 미인이기는 하지만, 그런 이유로 담당이 되려는 건 아니겠지?"

"그, 그런 건 아니에요! 아, 아무튼 이걸 읽어주세요! 저는 다음 증간호에 실었으면 좋겠다고 생각합니다."

"뭐……?"

코미가 원고를 내밀자, 편집장은 미심쩍은 표정을 지으며 그 원고를 읽었다.

그리고 원고를 읽을수록 표정이 변하더니—.

"……코미, 너는 이러니 안 되는 거야. 이걸 증간호에 싣는다고……?"

"어…… 펴, 편집장님. 외람된 말씀이지만—."

코미가 반론을 하려고 하자, 편집장이 또 그의 어깨를 잡아당겼다. 그리고 나츠코에게 들리지 않도록 낮은 목소리로 말했다.

"—증간호가 아니라 본지야. 본인 앞에서 할 말은 아니지만, 이건 분명 앙케트에서 1위를 차지하겠지. 연재도 염두에 두면서 회의를 진행해."

"……윽! 예, 편집장님!"

코미가 환한 표정으로 그렇게 말하자, 편집장은 씨익 웃으면서 악수를 청했다.

◇

"—우갸아아아아아아앗!"

그날 저녁. 편집부에 다녀온 나츠미(이미 원래 모습으로 돌아왔다)는 시도의 집에 오자마자 소파에 다이빙을 하더니, 그대로 쿠션을 두들겨 패기 시작했다.

"나츠미……? 심사는 어떻게 됐어?"

시도가 머뭇거리면서 묻자, 나츠미는 날카로운 눈길로 그를 노려보았다. 그리고 이내 울먹거리면서 원망 섞인 목소리로 입을 열었다.

"어떻게 됐기는…… 딱 보면 감이 오잖아? 완전 꽝이었어……!"

그리고 그대로 쿠션에 얼굴을 묻고 「으으으으……」 하고 신음을 흘렸다.

"뭐, 처음 그린 만화로 데뷔 결정! 같은 식으로 잘 풀릴 거라고 생각하지는 않았지만, 그래도 그렇게까지 말할 필요는 없잖아……."

"그, 그렇게 평가가 나빴어?"

"……편집부에 갔을 때는 어른 버전이라서 딱히 개의치 않았지만, 집에 돌아와서 곰곰이 생각해보니 엄청 펌하당한 느낌이 들어……. 원고를 보자마자 비웃으면서 『천ㅋㅋㅋ재ㅋㅋㅋ야ㅋㅋ킥』 같은 소리를 하지를 않나, 다른 출판사에 가지고 간 적이 없다고 말했더니 『그렇죠?! 당연히 그럴 겁니다! 한 번이라도 다른 곳에 가지고 갔다면, 이딴 쓰레기를 들고 여기에 찾아올 리가 없으니까요!(웃음)』 같은 소리를 하더라니깐……."

"으……."

시도는 나츠미의 말을 듣고 식은땀을 흘렸다. 편집부로 직접 찾아가서 심사를 받을 때는 편집자의 의견을 들을 수 있는 대신에 혹독한 평가를 듣기 마련이라는 말은 들었지만, 그래도 이 정도일 줄은 몰랐다.

"그리고 『이렇게 엉망인 작품은 나쁜 예로서 중간호의 투고 페이지에 실어 볼까』 같은 소리도 했어. 그 후에 편집장 같아 보이는 사람이 나타나더니 『너는 이러니 안 되는 거야. 엉망인 작품 중에도 좋게 받아들여지는 경우와 나쁘게 받아들여지는 경우가 있거든? 이건 후자라고』 같은 소리를 하는 것 같았어……."

"잠깐만, 그건 너무 심하잖아. 본인 앞에서 그런 소리까지 한 거야……?"

"게다가 그 편집장은 어른 모드인 나를 보더니 『만화는 쓰레기지만 몸매는 에로틱하니까, 그라비아 모델이라도 소개해줄까? 뭐, 누드모델지만 말이야!』 같은 소리도 했던 것 같아……."

"그, 그런 소리도 했다고……?! 용서 못해! 나츠미, 개의치마! 그딴 데는 네가 걷어 차버려!"

시도가 그렇게 말하자, 고개를 슬며시 든 나츠미는 힘없이 고개를 끄덕였다.

"그, 그래……. 그딴 데서 일하게 되지 않아서 다행일지도 몰라⋯⋯."

"응. 이 세상에 일자리가 만화가뿐인 것도 아니잖아. 나츠미가 할 수 있을 만한 다른 일을 찾아보면 돼."

"아⋯⋯. 그러고 보니⋯⋯."

시도의 말에 나츠미가 뭔가가 생각난 것처럼 호주머니에서 스마트폰을 꺼내 조작하기 시작했다.

"⋯⋯이번에는 이걸 해볼까 하는데⋯⋯."

"응⋯⋯?"

나츠미가 스마트폰 화면을 내밀었다. 시도는 그 화면에 표시된 웹사이트를 보았다.

"소설가가 Doeja⋯⋯? 이게 뭐야?"

"⋯⋯간단히 말해 소설 투고 사이트야. 프로, 아마추어 가리지 않고 누구나 소설을 써서 투고할 수 있어. 그리고 인기를 얻으면 출판사 측에서 책을 내고 싶다며 연락을 주기도 한대."

"흐음, 대단하네. 그런데 나츠미는 소설도 쓸 줄 알아?"

"⋯⋯아니, 뭐, 라이트노벨 같은 건 일본어를 할 줄 알면 아무나 쓸 수 있잖아? 라이트노벨 작가는 대부분 만화가가 되고 싶었는데 그림을 못 그려서 현실과 타협한 녀석들이니까, 지금의 나한테 딱 맞아."

"사방팔방에 적을 만들 듯한 발언은 자제해 줄래?!"

위험한 분위기를 감지한 시도가 비명에 가까운 목소리로

그렇게 외쳤다.

하지만 나츠미가 의욕을 내는 것 자체는 환영할 일이기에, 시도는 마음을 다잡으려는 듯이 한숨을 내쉬었다.

"뭐, 열심히 해."

"응⋯⋯."

나츠미는 표정이 어두웠지만, 그래도 고개를 끄덕였다.

◇

"응⋯⋯?"

아스트랄 문고 편집장인 노베 라이토는 출근하자마자 편집부에 일어난 이변을 감지했다.

여러 편집자들이 스마트폰과 태블릿PC를 들고 모여서, 흥분한 어조로 이야기를 나누고 있었다.

"뭐야? 무슨 일 있어?"

"아, 노베 씨. 좋은 아침이에요. 참, 이거 보셨어요?"

"응⋯⋯?"

한 편집자가 태블릿PC 화면을 내밀자, 노베는 안경을 고쳐 쓰며 화면을 쳐다보았다.

"뭐야, Doeja잖아. 또 자칭 미해결 사건의 범인이라도 나타난 거야? 아니면 자칭 프로 작가가 업계 내부사정을 폭로하기라도 했어?"

"아뇨, 엄청난 신작이 올라왔어요. 작가는 『Nuts』라는 사람인데, 첫 투고인데도 이미 100만 PV를 돌파했어요."

"흐음……."

노베는 딱히 관심이 없는 듯한 반응을 보이며 태블릿PC를 건네받더니, 화면을 스크롤했다.

"뭐, 유망한 신인이 나타난 것 자체는 환영할 일이지. 하지만 위기감도 가져야 해. 원래 신인 발굴의 역할을 맡고 있었던 건 공모전이거든? 인터넷 소설을 주워오기만 해서는 레이블 자체의 체력이 떨어지니까, 편집자로서의 자존심을……."

설교 모드에 들어갔던 노베가 갑자기 말을 멈췄다.

의도적으로 그런 것은 아니다. 반쯤 무의식적으로 『Nuts』의 소설에 몰입되고 만 것이다.

—가장 먼저 느껴진 것은 문장의 절묘함이었다. 춤추는 듯한 리듬과 경쾌한 템포로 정경이 머릿속으로 쏟아져 들어왔다. 때때로 빛나는 내면적인 정취와 독기가 어려 있는 유머. 하지만 어디까지나 읽기 쉬우며, 작가의 독선처럼 느껴지지 않는 아슬아슬한 라인을 유지하고 있었다. 캐릭터와 스토리도 마찬가지다. 이기주의적인 집착과, 누구에게나 사랑받을 보편성이 기적적인 밸런스를 자아내고 있었다. 화면 스크롤을 멈출 수가 없었다. 이 캐릭터들의 모험이 궁금해서 참을 수가 없었다. 노베는 눈도 깜빡이지 않으며 이야기에 빠져들었다.

"······야?"

"예?"

소설을 다 읽은 노베가 입을 열자, 편집자는 의아하다는 듯이 고개를 갸웃거렸다. 노베는 고개를 치켜들고 고함을 질렀다.

"우리 쪽 사람 중에 처음으로 이걸 발견한 사람이 누구 야?! 메일은 당연히 보냈겠지?!"

"어······, 저, 저는 타구치한테서 들었을 뿐이라······."

"저는 사카모토 씨한테서······."

"아, 저는······."

"이 바보자식드으으으을! 지금 바로 보내! 다른 곳에 빼앗 기기 전에 연락을 하라고! 그 어떤 조건이든 다 받아들이겠 다고 해! 그리고 애니메이션 부서의 프로듀서한테도 연락하 라고!"

"""아······ 예!"""

노베의 일갈에 편집자들이 한목소리로 대답했다.

◇

"아아아아아아아······!"

나츠미가 웹사이트에 소설을 투고한다는 말을 하고 며칠 후······.

시도의 집에 찾아온 나츠미는 만화 심사를 받으러 갔던 날과 마찬가지로 짜증 섞인 고함을 지르면서 쿠션에 화풀이를 해댔다.

"나, 나츠미, 왜 그래……?"

시도의 물음에 나츠미는 쿠션에 얼굴을 묻은 채 「빌어먹으으으으으으으으을!」이라고 외친 후, 그를 향해 고개를 돌렸다.

"……전에 말했던 사이트에 소설을 올렸는데……."

"어, 벌써? 빠르네."

"……뭐, 공모전과 다르게 미완성 상태에서도 투고를 할 수 있다는 게 인터넷의 장점이거든. 언제든 교정 및 추가도 가능하고 말이야."

"흐음…… 그렇구나. ……그런데, 이렇게 언짢은 걸 보면……."

시도가 그렇게 말하자, 나츠미는 이를 갈며 소파에 다이빙을 하더니 발을 버둥거렸다.

"맞아! 완전 꽝이래! 게다가 완전히 무시당하면 차라리 낫지, 어떤 게시판에서인지, 아니면 SNS에서 조롱거리가 되기라도 한 건지 악플이 잔뜩 달렸어……!"

"악플이라니…… 뭐라고 하는데?"

"……『엉뚱하면서도 끝내주네! 이런 방법이 다 있구나!』, 『망치로 한방 맞은 느낌! 완전 대박!』, 『진짜로 퀄이 죽여주네요!』, 『창의적이라 완전 빠져들어!』……."

"어? 그건 칭찬 아냐?"

"······뭘 모르네. 단순한 세로읽기야. 이 코멘트들의 앞글자만 떼서 읽어봐."

"응? 으음······『엉』, 『망』, 『진』, 『창』······?"

"그래! 내가 눈치 못 챌 줄 알았나? 젠장! 그리고 이상한 메일까지 왔단 말이야······!"

"이상한 메일······?"

"······응. 출판사 편집자라는 사람한테서 온 건데, 내 소설을 책으로 내고 싶대."

"뭐? 대단하네!"

"그런 메일이 한꺼번에 열 통이나 올 것 같아?! 누가 노리는 게 틀림없어! 진짜인 줄 알고 답장을 쓰면, 그걸 가지고 놀림감을 삼으려는 게 뻔해! 젠장! 내가 속을 것 같아아아아아아앗!"

나츠미는 고함을 지르면서 손에 쥐고 있던 쿠션을 던졌다. 쿠션은 천장에 부딪치더니, 나츠미의 얼굴에 툭 떨어졌다.

그에 맞춰 나츠미는 손발을 버둥거리는 것을 멈췄다.

"······아아, 역시 나 같은 애한테 소설은 무리였어······."

"그래도 이제 막 시작한 거잖아. 너무 간단히 포기하는 건—"

시도가 위로를 하려고 하자, 나츠미는 벌떡 몸을 일으키면서 호주머니에서 꺼낸 스마트폰의 화면을 보여줬다.

"······그래서 이번에는 이쪽으로 도전해볼까 해."

"응? 이건······."

화면을 본 시도는 눈을 동그랗게 떴다. 그것은 동영상 투고 사이트 같았다. 귀여운 여자아이의 일러스트가 그려진 동영상에 『오리지널 곡』이란 태그가 붙어 있었다.

"……DTM^{데스크톱 뮤직}…… 간단히 말해 컴퓨터나 전자악기 같은 걸로 노래를 만든 다음, 보컬로이드에게 부르게 하는 거야. 인기를 얻으면 개인적으로 음반을 낼 수도 있대. ……뭐, 지금은 온라인 배포가 주류 같지만 말이야."

"흐음. 하지만 작곡은 어렵지 않아……? 꽤 전문적인 기술이 필요할 것 같은데……."

"……뭐, 처음부터 하나하나 만들려면 그럴지도 모르지만, 나는 남의 흉내를 내는 게 특기잖아. 인기 있는 곡 몇 개를 적당히 믹스하면 오리지널 느낌이 날 거야. 가사도 형식적인 문장을 대충 조합해서 만들면 그럴듯할걸?"

"그, 그걸로 괜찮겠어……?"

"……음의 조합 패턴은 한정되어 있으니까, 전혀 겹치지 않게 곡을 만드는 건 거의 불가능해. 프로라는 작자들도 아무렇지 않게 남들 걸 베끼니까 괜찮을 거야."

"그러니까 각계각층에 시비 좀 작작 걸어 줄래?!"

시도가 그렇게 외쳤지만, 나츠미는 지칠 대로 지친 표정으로 「……하하」 하고 메마른 웃음을 흘릴 뿐이었다.

◇

『─처음으로 「나츠P」를 만났을 때의 감상?

으음…… 한 마디로 말해, 『혁명』이었어. 아, 만났다고 해도 직접 얼굴을 마주한 건 아니지만, 무미건조한 인사를 나누는 것보다 그녀 ─ 성별은 공개되지 않았지만 그 감성을 보면 소녀가 분명해 ─ 의 혼과 다이렉트로 대면한 느낌을 받았지.

그녀의 곡을 처음 들었을 때, 내 몸에 새로운 회로가 생겨났어. 맞아. 그때, 나는 두 번째 탄생을 맞이한 거야. ─섬세하면서도 단순한 선율, 천진난만하면서도 공격적인 가사. 나는 순식간에 매료되고 말았어. 침체되어 있는 음악업계에 구세주가 나타난 거라고 믿어 의심치 않았지.

─그래. 물론 바로 접촉을 시도했어. 하지만 그녀는 답장을 주지 않지 뭐야. 결론부터 말하자면, 「나츠P」의 정체는 결국 밝혀지지 않았어.

하지만 그녀의 음악은 여러 작곡가와 뮤지션의 영혼에 깊은 흉터를 남겼어. ─나, 요즘은 이런 생각이 들어. 어쩌면 「나츠P」는, 음악의 신께서 지상에 내려 보낸 천사일지도 몰라.』

(주식회사 아폴론 뮤직, 프로듀서 MAIKO)

『음악을 시작한 계기…… 말인가요.

……몇 년 전일까요. 한때 동영상 사이트에서 화제가 되었던 「나츠P」를 아시나요?

당시에 저는 샐러리맨이었는데, 그 사람의 노래를 듣고 「너는 진짜로 이대로 괜찮은 거야?!」라는 말을 들은 느낌을 받았어요. 「한 번뿐인 인생, 참기만 하며 살아가는 걸로 만족하는 거야?!」라는 말도 들은 것 같았죠. 뭐, 저 스스로도 어이없는 생각이라고 느끼지만 말이에요(웃음).

그 곡을 들은 덕분에 지금의 제가 존재하는 건 분명해요. 즉시 회사에 사표를 내고, 통장 속의 돈을 탈탈 털어서 기타를 산 다음, 스트리트 뮤지션을 시작했죠. 그리고 이러쿵저러쿵 하다 보니 지금에 이른 겁니다.

……아, 눈치채셨나요? 실은 제 예명은 「나츠P」한테서 따온 거예요(웃음).』

(뮤지션 나츠비 타쿠마)

『「나츠」란 이름을 들어본 적 있나요? 몇 년 전, 인터넷의 바다에 혜성처럼 나타났던 작곡가죠. 「나츠P」가 쓴 곡은 순식간에 사람들을 매료시켰지만, 겨우 한 곡만 내고 활동을 중지했어요. 사망설, 본명을 숨긴 프로설 등도 돌았지만, 진상은 밝혀지지 않았죠.

하지만 실은 기묘한 점이 존재합니다. 「나츠P」가 곡을 동영상 사이트에 올린 날은 바로 요절한 천재 작곡가, 모리 아루토의 기일이었습니다.

그리고 프로의 분석에 따르면, 「나츠P」의 곡조에는 모리의 특성이 진하게 남아 있다고 합니다. 이것이 무엇을 뜻할까요?

모리는 수많은 명곡을 남겼지만, 그와 동시에 수많은 미발표곡을 남겼다고 알려져 있습니다. 어쩌면 그 미발표곡을 아는 제자, 혹은 가족이 그의 기일에 맞춰 전 세계에 곡을 선물한 것일지도 모르죠.

믿을지 말지는 여러분 마음입니다.」

(도시전설 연구가 오소레잔 쿄타로)

◇

"……아아아아아아……."

오리지널 곡을 동영상 투고 사이트에 올린 날로부터 며칠 후…….

나츠미는 또다시 시도의 집에 와서 쿠션에 박치기를 날려 댔다.

"이익……, 이익……! 바보 취급하지 마…… 하지 말란 말이야……!"

"……또 망한 거야?"

이 반응을 보기만 해도 뭐가 어떻게 된 건지 상상이 된 시도는 쓴웃음을 흘리며 물었다.

그러자 나츠미는 고개를 들더니, 얼굴을 한껏 찡그렸다.

"……그래, 맞아! 비웃고 싶으면 얼마든지 비웃어! 소설 때와 마찬가지야! 널리 알려지면서 웃음거리가 된 걸로 모자라, 비아냥거리는 댓글만 잔뜩 달렸어! 받은 메일에는 센시티브니 프리미티브니 발브레이브니 같은 영문 모를 소리만 잔뜩 적혀 있었단 말이야……!"

나츠미는 그렇게 말하고 쿠션에 얼굴을 묻더니, 수영을 하듯 발을 휘저어댔다. ……뭐가 어떻게 된 건지 모르겠지만, 아무튼 또 꽝이었다는 것만은 알 수 있었다.

"그래……. 애초부터 알고 있었어. 나처럼 평균 이하의 얼간이가 뭘 제대로 하겠어……. 결국 나는 현실을 보고 싶지 않았을 뿐이야……. 나 같은 쓰레기는 백수가 어울려……. 어둠 속에 숨어서 살게요……. 빨리 인간이 되고 싶어……."

"너무 부정적으로 생각하지 마……. 처음부터 잘 하는 사람은 없잖아?"

시도가 위로하듯 그렇게 말했지만, 나츠미는 자신감을 잃은 것 같았다. ……아니, 평소에도 자신감이란 말과는 인연이 없던 소녀지만, 평소가 퍼진 우동 같았다면 지금은 죽 같아 보일 정도로 구질구질했다. 3연속으로 자신의 센스를 부정당하면서 상상 이상의 충격을 받은 것 같았다. ……애초에 나츠미는 만화가나 소설가, 작곡가가 되고 싶었던 것이 아니라 그저 학교에 다니고 싶지 않았을 뿐이었는데 말이다.

시도가 그런 생각을 하고 있을 때, 갑자기 딩동~ 하며 벨이 울렸다.

"……응? 택배 왔나?"

시도가 복도로 나가기 전에 현관이 열리는 소리가 들리더니, 낯익은 소녀가 거실로 들어왔다.

풍성해 보이는 머리카락과 상냥한 눈매, 그리고 왼손에 토끼 모양 퍼핏인형을 낀 소녀— 요시노였다.

"아, 나츠미 씨. 역시 여기 있었군요."

"……윽?! 요시노?!"

녹은 치즈처럼 소파에 널브러져 있던 나츠미가 요시노의 목소리를 듣자마자 벌떡 몸을 일으키며 똑바로 앉았다.

"요, 요시노, 무슨 일로 이런 누추한 곳에 온 거야……?"

"누추한 곳이라니……."

시도는 나츠미의 말에 쓴웃음을 머금으면서 요시노 쪽을 쳐다보았다.

"그런데 정말 드문 일도 다 있네. 평소 같으면 벨을 안 누르고 그냥 들어오잖아."

"아…… 그게, 벨을 누른 건 제가 아니라……."

요시노는 뒤를 돌아보았다.

그러자 복도에서 중학교 교복을 입은 소녀 두 사람이 모습을 드러냈다.

　한 사람은 화려한 분위기를 지닌 소녀, 그리고 다른 한 사람은 얌전한 느낌의 소녀였다. 두 사람이 나란히 서자, 왠지 상류층 아가씨와 시종 같아 보였다.

　"실례하겠어요."

　"저도 겸사겸사 실례할게요."

　"윽……?!"

　두 사람을 본 순간, 나츠미의 얼굴이 경악으로 물들었다.

　"카, 카논과 노리코……?!"

　나츠미가 입에 담은 이름, 그리고 두 사람의 모습을 본 시도는 뭐가 어떻게 된 건지 감이 왔다. 저 두 사람은 예전에 나츠미와 요시노가 체험입학을 했을 때 사귀었다는 친구, 아야노코지 카논과 오츠키 노리코였다.

　"응. 오랜만이야, 나츠미 양."

　"너, 너희가 왜 여기 있는 거야……?"

　"그런 소리를 하기 전에 우선 인사부터 하는 게 어때? — 자, 여기."

　카논은 그렇게 말하면서 가방 안에서 공책 같은 것을 꺼내더니, 나츠미에게 건네줬다. 나츠미는 반쯤 얼이 나간 상태에서 그것을 받고, 당혹스러운 표정으로 공책과 카논의 얼굴을 번갈아 쳐다보았다.

　"……이, 이게 뭐야?"

"수업의 요점을 정리해뒀어. 마음대로 쓰도록 해."

"뭐……? 왜, 왜 이런 걸……."

나츠미가 미간을 찌푸리자, 카논의 뒤에 서 있던 노리코가 귓속말을 하듯 작은 목소리로 입을 열었다.

"4월부터 나츠미 양과 요시노 양이 정식으로 입학한다는 말을 듣고, 카논 양이 정말 기뻐했어요. 그리고 수업을 따라오지 못해서 또 휴학이라도 하면 큰일이라면서 요 며칠 동안……."

"괜한 소리 하지 말아 줄래?!"

카논이 비명을 지르듯 그렇게 외치면서 노리코에게 손날치기를 날렸다. 노리코는 잽싸게 몸을 비틀면서 그 공격을 피했다.

"……아무튼, 예전 학교에서 무슨 일이 있었는지는 잘 모르겠지만, 등교 거부 같은 건 전혀 개의치 않아!"

"뭐……?"

나츠미는 한순간 영문을 모르겠다는 표정을 지었지만, 이내 뭔가 생각난 것처럼 「아」 하고 짤막하게 탄성을 터뜨렸다.

시도 역시 눈치챘다. 그러고 보니 묘한 시기에 체험입학을 하게 된 요시노와 나츠미에게 그런 설정이 있었던 것이 생각났다.

그때, 카논의 뒤에 있던 노리코가 불쑥 입을 열었다.

"맞아요. 실은 카논 양도 옛날에 이런저런 일로 등교 거부를 했지만, 지금은 아무렇지도 않게 이 모양 이 꼴이니까요."

"노리코, 괜한 소리 좀 하지 말라고 했지?!"

카논이 손날을 휘두르자, 노리코는 또다시 피했다. 그 바람에 벽을 때리고 만 카논은 얼굴을 찡그리며 손을 쓰다듬었다.

"괘, 괜찮아……?"

"아무렇지도 않아!"

나츠미가 걱정 섞인 눈길로 쳐다보자, 카논은 몸을 쭉 폈다. 눈가에 희미하게 눈물이 맺혔지만, 지적하지 않는 편이 좋을 것이다.

"용건은 이게 다야! 혹시 더 필요한 게 있으면 말해."

"아, 아니…… 저기…… 왜 이렇게까지……."

"그야—."

나츠미가 우물쭈물하며 그렇게 묻자, 카논은 얼굴을 붉히며 고개를 돌렸다.

"우리는…… 치, 친구……잖아."

"……."

카논의 말에 나츠미는 눈을 동그랗게 떴고, 요시노는 약간 수줍어하며 미소를 지었다.

카논은 잠시 동안 입을 다물고 있었지만, 이내 침묵을 견디지 못하고 휙 돌아섰다.

"그럼 이만 실례할게! 노리코, 돌아가자!"

"아, 예. 그럼 요시노 양, 나츠미 양. 학교에서 봐요."

두 사람은 그 말을 남기고 돌아갔다. 그리고 시도를 향해 「실례했습니다」하고 인사를 하는 것도 잊지 않았다. 예의가 바른 아이들이다.

시도는 두 사람을 배웅한 후, 옆에 서 있는 나츠미를 바라보았다.

"……학교에서 보자네."

"……."

시도가 그렇게 말하자, 나츠미는 손에 쥔 공책을 꼭 움켜쥐며…….

"……생각해볼게."

멋쩍은 듯한 어조로 중얼거렸다.

◇

그날 밤. 시도의 집에는 평소와 마찬가지로 정령들이 모였다.

딱히 룰 같은 걸 정하지는 않았지만, 다들 저녁때가 되면 이곳에 모였다. 오늘 저녁은 삼겹살과 배추를 이용한 밀푀유 전골로, 새콤한 폰즈 소스에 찍어 먹는 요리다. 매끼마다 식사를 하는 인원수가 상당하기 때문에, 시도는 자연스럽게 한 번에 대량으로 만들 수 있는 전골 요리를 선호하게 됐다.

"우와~! 맛있어! 역시 소년의 요리는 끝내주네! 지금 바로 장가가도 되겠어~!"

니아가 그렇게 말하며 무릎을 탁 내리쳤다. 여전한 니아를 본 시도는 쓴웃음을 흘렸다.

"하하, 고마워."

"농담이 아니라 진담이거든? 지금 바로 장가오는 건 좀 그래도 식사 담당 어시스턴트로 시작해 보지 않을래? 수당도 잘 쳐줄게."

"고마운 제안이지만, 그래서야 우리 집에 밥 얻어먹으러 오는 것과 별반 다르지 않을 것 같아."

"무슨 소리를 하는 거야! 마감 때는 1분 1초가 생사를 갈라! 우리 집에서 여기까지 왕복하는 시간에 얼마나 많은 선을 그을 수 있는지 알기나 해?!"

"그런 걸 따지는 것 치고는 요즘 들어 거의 매일 밥을 먹으러 오는 것 같은데…… 진짜로 일은 하고 있는 거야?"

"당연하지! 이번 주 블래스트 안 봤어?! 충격적인 전개였거든~?!"

바로 그때, 니아가 뭔가 생각난 것처럼 말을 이었다.

"아, 블래스트 하니 생각난 건데 말이야. 며칠 전에 엄청난 신인이 편집부에 자기 만화를 들고 찾아왔었나봐."

"엄청난 신인?"

"응~. 나도 원고를 봤는데 꽤 재미있었어. 그건 신인이 그린 게 아냐. 게다가 작가가 엄청난 미인이라서 편집부에 난리가 났었어. 다들 완전 반해버린 것 같더라니깐. 나 참~.

블래스트에는 미인 작가인 내가 있는데 말이지~."

"경탄. 그런 사람이 있군요."

니아의 맞은편에서 전골을 먹던 유즈루가 깜짝 놀란 것처럼 눈을 동그랗게 떴다. 그러자 니아는 손을 내저으며 웃음을 터뜨렸다.

"하지만 말이지~, 연재는 따 놓은 당상이었는데, 그 작가와 연락이 안 된대. 봉투에는 펜네임만 적혀 있어서 연락을 취할 단서가 하나도 없어. 담당했던 편집자도 완전히 풀이 죽었더라니깐. 여우에게 홀린 게 아닐까 하는 소문마저 돌 정도야."

"우연. 그러고 보니 유즈루도 비슷한 이야기를 들었어요."

"뭐?"

니아가 고개를 갸웃거리자, 유즈루는 자신의 옆에 앉아있는 카구야를 쳐다보았다. 그러자 카구야가 뭔가가 생각난 것처럼 고개를 끄덕였다.

"어둠의 베일에 싸인 은둔자 말이냐. 이 몸이 때때로 눈길을 주는 전자의 바다 변경에, 천재로 추앙을 받으면서도 홀연히 모습을 감춘 수수께끼의 작가가 있느니라."

"추가. 같은 사이트에 카구야가 투고한 소설은 한 달 동안 200PV밖에 안 되었어요. 참고로 그 중 50PV는 카구야 본인이었죠."

"그 정보를 지금 밝혀야 했어?!"

"보충. 그리고 남은 150PV 중 50PV는 유즈루예요."

"뭐……?"

유즈루가 그 말을 입에 담은 순간, 카구야는 쥐고 있던 젓가락을 놓쳤다. ……다들 카구야가 불쌍해 보였는지 못 본 척했다.

"아~, 그러고 보니……."

그 뒤를 이어서 입을 연 이는 미쿠였다. 뭔가 생각이 난 듯한 표정으로 손가락을 꼽으며 이야기를 시작했다.

"저도 비슷한 이야기를 들었어요~. 엄청난 천재 작곡가가 나타났는데, 어느 프로듀서도 연락이 안 되어서 난처해하고 있나 봐요~."

"흐음……."

그런 이야기가 오가자, 나츠미는 도끼눈을 뜨며 한숨을 내쉬었다.

"……누군지 몰라도 참 팔자 좋네. 재능이 있는 녀석들의 생각은 알다가도 모르겠어."

오리가미 트레이닝

TrainingORIGAMI

DATE A LIVE ENCORE 9

"시도, 시도! 이것 좀 봐라, 시도! 잘 만들지 않았느냐?!"

"흐음…… 이러면 되는 게냐?"

"아! 무쿠로 씨, 대단해요."

어느 날 오후. 정령맨션 1층에 있는 주방은 왁자지껄한 소리로 가득 찼다.

형형색색의 앞치마를 걸친 정령들은 넓은 조리대 앞에 서서, 진지한 표정으로 도시락에 요리를 담고 있었다. 그리고 그런 그녀들을 바라보며, 이츠카 시도는 상냥한 미소를 머금었다.

"응. 다들 잘하네. ─아, 코토리. 거기에는 소보로[#1]를 좀 더 담으면 보기 좋을 거야."

"나, 나도 알아. 지금 담으려던 참이야."

#1 소보로(そぼろ) 생선, 닭고기, 새우 등을 으깨어 조리해서 만든 음식.

시도의 여동생인 코토리는 볼을 부풀리며 그렇게 말하더니, 도시락을 주시하듯 몸을 앞으로 숙였다. 평소 코토리는 나이에 어울리지 않는 관록을 선보였지만, 아무래도 요리는 능숙한 편이 아닌 것 같았다.

"······."

그런 주방의 광경을 둘러보던 토비이치 오리가미는 눈을 가늘게 떴다.

—이번 일의 발단은, 텔레비전에서 하는 캐릭터 도시락 특집을 본 토카와 요시노가 직접 만들어보고 싶다며 시도에게 가르침을 청한 것이었다. 그리고 다른 정령들도 해보고 싶다며 참가 의사를 밝혔고, 결국 〈라타토스크〉의 보호를 받고 있는 모든 정령들이 참가하는 일대 이벤트가 되었다.

그것 자체에는 문제가 없었다. 오리가미 역시 시도와 함께 요리를 할 수 있어서 매우 기뻤다.

하지만······.

"······."

토카, 요시노, 코토리, 카구야, 유즈루, 미쿠, 나츠미, 니아, 무쿠로.

오리가미는 눈동자만을 움직여서 시도를 둘러싼 정령들을 둘러본 후, 가는 한숨을 내쉬었다.

—너무 많다.

그 사실을 다시금 인식했다.

그렇다. 정령의 힘을 봉인하고, 정령을 보호하는 〈라타토스크〉의 목적을 생각하면 어쩔 수 없겠지만, 시도의 장래 반려자인 오리가미로서는 미래의 남편 곁에 귀여운 소녀들이 우글거리는 상황에서 어렴풋한 위기감을 느낄 수밖에 없었다.

물론 누구를 사랑하든, 얼마나 더럽혀지든 상관없다, 마지막에 이 오리가미의 곁에 있기만 하면 된다……는 식으로 생각하고 있지만, 그래도 오리가미 또한 사랑에 빠진 여자아이였다. 우유부단한 그의 태도를 보며 갈팡질팡할 때가 있었다.

게다가 정령들은 하나같이 미소녀. 아무리 오리가미를 마음에 두고 있더라도, 시도의 생물적 본능이 반응하는 것은 어쩔 수 없는 일일지도 모른다.

"……역시, 장래를 생각하면 좀 더 지반을 다져두는 편이 좋겠어."

오리가미는 작은 목소리로 그렇게 중얼거리며 주먹을 말아 쥐었다.

◇

다음날. 오리가미는 활동성이 좋은 스포츠웨어 차림으로 어제 준비해 둔 배낭을 메고 집을 나섰다.

날씨는 맑았다. 하늘이 오리가미를 응원해 주는 것만 같은, 외출하기 딱 좋은 날씨였다. 오리가미는 익숙한 손놀림으로 현관문을 잠근 후, 목적지를 향해 걸음을 옮겼다.

바로 그때였다.

"인사. 좋은 아침이에요, 마스터 오리가미."

"······!"

갑자기 들려온 누군가의 목소리에, 오리가미의 눈썹이 희미하게 흔들렸다.

고개를 돌려보니, 긴 머리카락을 단정하게 땋은 소녀가 눈에 들어왔다. 그녀의 얼굴을 본 오리가미는 무표정한 얼굴로 입을 열었다.

"유즈루. 여기서 뭐하는 거야?"

그렇다. 마치 오리가미가 나오기만을 기다리고 있었던 것 같은 타이밍에 모습을 드러낸 이는 바로 정령, 야마이 유즈루였다.

"미소. 마스터 오리가미야말로 어디 가시는 거죠? 어제 신경 쓰이는 말을 중얼거리는 것 같던데······."

"······."

아무래도 유즈루는 어제 오리가미가 했던 혼잣말을 들은 것 같았다. 오리가미는 체념하듯 작게 한숨을 내쉬었다.

"······신부수업."

"······아!"

유즈루가 오리가미의 대답에 눈을 동그랗게 떴다.

"경탄. 신부수업이란…… 그 신부수업인가요? 결혼 전에 요리와 바느질 같은 걸 익힌다는, 바로 그……?"

"맞아."

오리가미는 고개를 끄덕인 후, 말을 이었다.

"집안일 쪽으로 시도에게 도움이 될 수 있는 정령은 적어. 그렇다면, 그런 쪽으로 실력을 갈고닦아 두는 건 장래를 위해서도 매우 유효한 수단이야."

"이해. 그렇군요……. 하지만 마스터 오리가미의 가사능력이면 이미 충분하지 않을까요?"

"물러. 웬만큼은 할 수 있지만, 최대의 라이벌이 있어."

"의아. 라이벌……이라고요?"

"시도 본인."

"……납득. 아……."

오리가미의 말에 유즈루는 식은땀을 흘리며 납득했다.

유즈루가 방금 말했다시피, 오리가미도 집안일을 웬만큼 한다. 하지만 시도 본인은 요리와 바느질이 매우 뛰어났다. 그러니 그런 시도에게 인정을 받기 위해서는 더욱더 실력을 갈고닦아야만 한다.

그때, 팔짱을 낀 채 고개를 끄덕이던 유즈루가 오리가미의 눈을 응시했다.

"애원. 마스터 오리가미의 혜안에는 항상 감복하고 있어요. 부디 이 유즈루도 동행하게 해주세요."

"······."

유즈루가 이런 반응을 보일 거라고 예상했던 오리가미는 잠시 침묵에 잠겼다.

유즈루도 시도의 주위에 있는 정령 중 한 명이다. 그러니 그녀를 데리고 간다는 것은 적에게 도움의 손길을 내미는 것이나 다름없다. 하지만 동행을 거절해서 이 사실이 다른 이들에게 알려지는 것도 곤란했다. 특히 호기심이 왕성한 토카와 요시노, 카구야가 안다면 자기들도 신부수업을 하겠다고 할 게 뻔했다. 그리고 어제 벌어진 캐릭터 도시락 파티처럼 전원 참가 이벤트로 발전할지도 모른다.

"······정말 따라올 거야?"

"······아! 긍정. 예······!"

오리가미가 짤막하게 묻자, 유즈루는 힘차게 고개를 끄덕였다.

오리가미는 고개를 마주 끄덕인 후, 그대로 길을 따라 걷기 시작했다. 유즈루는 기사의 뒤를 따르는 시종처럼 그 뒤를 따랐다.

"의외. 하지만 이 근처에 요리 교실이 있는 줄은 몰랐어요."

"엄밀하게 따지자면 요리 교실은 아냐."

"의문. 그럼 바느질 교실인가요?"

"그것도 아냐."

"질문. 그럼—."

유즈루는 말을 이으려다 입을 다물었다.

그 이유는 묻지 않아도 알 수 있었다. 오리가미와 유즈루가 나아가던 방향에, 낯익은 이가 있었던 것이다.

"으음…… 이 근처 맞죠……?"

안경을 쓴 여성이 그런 혼잣말을 중얼거리면서 손에 쥔 전단지와 주위 풍경을 번갈아 쳐다보고 있었다.

"저 사람은……."

"동조. 타마 선생님이에요."

오리가미와 유즈루의 목소리가 들렸는지, 안경을 쓴 여성—오리가미의 반 담임 교사인 오카미네 타마에가 두 사람을 향해 고개를 돌리며 눈을 크게 떴다.

"아, 토비이치 양과…… 옆 반의 야마이 양! 두 사람을 이런 곳에서 다 보는군요."

"안녕하세요. 선생님은 뭐하고 계신 거죠?"

오리가미가 정중히 인사를 하자, 타마 선생님은 손에 쥔 전단지를 힐끔힐끔 쳐다보며 입을 열었다.

"아, 실은 이 근처에 신부수업 교실이 있다는 전단지를 봐서……."

그렇게 말한 타마 선생님은 우후후 하고 미소를 흘렸다. 그 말을 들은 오리가미의 눈썹 끝이 희미하게 흔들렸고, 유즈루는 연민이 어린 표정을 지었다.

"그렇군요……."

"비통. 그래요. 열심히 노력하다 보면, 언젠가 타마 선생님께도 좋은 사람이 나타날 거예요……."

"잠깐만요! 왜 그런 반응을 보이는 거죠?! 저한테도 좋은 사람이……!"

"질문. 있나요?"

유즈루가 묻자, 타마 선생님은 눈가와 입가에 미소를 머금으며 「우후훗~」 하고 웃음을 흘렸다.

"그게 말이죠~. 지금 바로 결혼을 하기로 한 건 아니지만~, 얼마 전 맞선 파티에서 만났던 분과 연락을 주고받고 있어요~. 우후후후……."

그렇게 말한 타마 선생님은 부끄러우면서도 기쁨을 주체할 수 없다는 듯이 웃음을 흘렸다. 아무래도 그녀 또한 오리가미 일행과 같은 목적지로 향하고 있는 것 같았다.

하지만 지금은 그것보다 더 신경 쓰이는 점이 있었다. 타마 선생님의 말을 들은 오리가미와 유즈루가 서로의 얼굴을 쳐다보았다.

"……선생님, 진정하세요. 상대방의 본명과 주소는 파악하셨어요? 상대방의 말은 못 믿으니 적어도 운전면허증은 체크해 두세요. 실은 어머니가 병에 걸려서 돈이 필요해…… 같은 소리를 해도 절대 돈을 주면 안 돼요."

"경고. 우리의 장래를 위해 결혼자금을 모으자, 같은 말을 들어도 계좌는 따로따로 관리하세요. 절대 상대방에게 돈을 맡기면 안 돼요."

"왜 사기를 전제로 이야기하는 거죠?! 제대로 된 사람이거든요?!"

타마 선생님이 두 사람의 말에 발끈하며 외쳤다. 하지만 오리가미와 유즈루의 눈에는 여전히 의혹이 어려 있었다.

"의문. 진짜인가요?"

"진짜예요~! 좋은 사람이란 말이에요! 훤칠한 키에, 잘 생겼고, 한 나라의 왕자 같은 목소리를 지닌 데다…… 『아름다운 당신에게 잘 어울릴 것 같군요』라면서 이 근처 중학교의 교복 사진을 보내주기도 해요……."

"".…….""

오리가미와 유즈루는 또다시 서로의 얼굴을 쳐다보았다. 말은 주고받지 않지만, 두 사람은 동일한 생각을 하고 있는 것이 분명했다.

"……지적. 타마 선생님. 그건—."

바로 그때, 유즈루는 말을 멈췄다.

유즈루의 말을 막듯, 흰색 왜건 차량이 이쪽으로 달려오더니 세 사람 앞에 멈춰선 것이다.

"꺄아! 이 차는 뭐죠?"

갑작스러운 일에 놀란 타마 선생님이 어깨를 부르르 떨었다. 그리고 마치 그 순간을 기다린 것처럼 운전석의 창문이 열리더니, 눈매가 험악한 여성이 얼굴을 내밀었다.

"신부수업 희망자, 맞지?"

"그래."

얼이 나간 유즈루와 타마 선생님과 달리, 오리가미는 태연한 모습으로 그렇게 대답했다. 그러자 운전석의 여성은 엄지로 뒷좌석을 가리키면서 「타」 하고 짤막하게 말한 후, 창문을 닫았다.

오리가미는 주저 없이 왜건의 문을 열고 안으로 들어갔다.

"의아. 마스터 오리가미. 이게 대체……."

"저, 저기, 토, 토비이치 양! 수상한 차에 타면 안 돼요!"

"괜찮아. 나는 이 차를 기다리고 있었어. 강요는 하지 않을게. 내키지 않으면 돌아가."

오리가미가 담담한 어조로 그렇게 말하자, 유즈루와 타마 선생님은 미심쩍은 표정을 지으면서도 차에 올라탔다.

그렇게, 차를 타고 얼마나 달렸을까…….

""""—흐읍! 하앗!""""

""""—흐읍! 핫!""""

오리가미 일행이 탄 차는 마을을 벗어나 길을 따라 달리더니, 깊은 숲속에 존재하는 절 같은 건물에 도착했다.

"으음……."

"의문. 여기는 대체……."

차에서 내린 타마 선생님과 유즈루는 멍한 표정으로 우두커니 섰다.

하지만 그것도 무리는 아니었다. 절의 대문 너머에 펼쳐진 광장에서는…….

"""—흐읍! 하앗!"""

"""—흐읍! 핫!"""

한 치의 흐트러짐도 없는 동작으로 단련을 하고 있는 수행자들이 있었다.

게다가 그들은 평범한 수행자가 아니었다. 전원이 여성이었으며— 다들 웨딩드레스 차림으로 손에 부케를 쥐고 있었다. 확실히 약간 특이한 광경일지도 모른다.

"호호호. 어서 와요, 여러분. 신부수업의 성지, 혼활사(魂活寺)에 잘 왔어요."

유즈루와 타마 선생님이 주위의 광경을 보며 눈을 동그랗게 뜨고 있을 때, 앞쪽에서 그런 목소리가 들려왔다.

고개를 돌려보니, 예순은 된 듯한 여성이 수행자로 보이는 두 사람을 거느리고 이쪽으로 걸어오고 있었다. 그녀 또한 웨딩드레스를 입고 있었는데, 수행자들이 입은 것보다 하얗고, 베일과 끝자락이 길었다. 그 모습은 마치 장로라는 말에 걸맞은 풍모였지만, 등이 꼿꼿할 뿐만 아니라 발걸음도 당당했다.

"신부수업의 성지……."

"확인. 혼활사……인가요."

타마 선생님과 유즈루가 얼이 나간 듯한 표정을 지었다. 그러자 오리가미는 그 말을 긍정하듯 「그래」 하고 고개를 끄덕였다.

"신부수업도 엄연한 수행이야. 그러니 할 거면 철저하게 해야 해."

"저기, 신부수업이란 이런 게 아니라고 생각하거든요?! 이건 『수업』이 아니라 『수행』이잖아요!"

드디어 뇌가 상황을 이해하기 시작했는지 타마 선생님이 절규했다. 하지만 이런 반응에 익숙한 듯, 장로는 「허허허……」 하고 웃음을 흘렸다.

"결혼이란 인생의 중대사랍니다. 그런데 제대로 준비조차 하지 않고 서약을 하는 이들이 참 많지요……. 이 절에는 취사, 세탁 등의 집안일부터 다도, 꽃꽂이 등의 교양, 위기의 순간 반려자와 사랑하는 자식을 지키기 위한 호신술 등, 폭넓은 요구에 맞춰 결혼에 필요한 스킬을 습득할 수 있는 과목이 준비되어 있습니다."

"의외로 제대로 된 곳이네요?!"

타마 선생님이 경악했다. 그에 장로가 또다시 웃음을 흘린 후, 수행자들에게서 건네받은 팸플릿 같은 것을 오리가미 일행에게 내밀었다.

"그럼 여러분은 우선 초급부터 시작하시겠습니까? 희망하는 코스가 있다면 말씀하시지요."

"예? 아…… 그래요. 저는 툭하면 방을 어지럽히니까, 이 청소&세탁 시간 단축술 코스를……."

"선택. 고민이 되네요……. 바느질도 좋지만, 미래를 생각해 육아 코스도 좋을 것 같군요……."

타마 선생님과 유즈루가 팸플릿을 뚫어져라 살펴보았다.

하지만 오리가미는 팸플릿에는 눈길도 주지 않고, 장로의 얼굴을 똑바로 쳐다보며 입을 열었다.

"『탑』에 도전하고 싶어."

"""……윽!"""

오리가미의 말에 장로와 수행자들이 눈을 크게 떴다.

"의문. 『탑』……?"

"그, 그게 뭔가요?"

범상치 않은 분위기를 감지한 유즈루와 타마 선생님이 당혹스러운 표정으로 오리가미와 장로를 번갈아 쳐다보았다.

장로의 볼을 타고 땀이 흘러내리더니, 턱 끝에서 방울져 지면으로 떨어졌다. 마치 그에 따라 석화의 저주가 풀린 것처럼, 장로는 다시 입을 열었다.

"……아가씨, 그걸 어떻게 알았나요?"

"어떤 정보망을 통해서 안 거야."

"……거기가 어떤 곳인지 알고 하는 말입니까?"

"물론."

오리가미가 고개를 끄덕이자, 장로는 눈을 내리깔며 고개를 저었다.

"관두시지요. 당신을 생각해서 하는 말입니다. 보아하니 당신은 아직 젊군요. 좀 더 수련을 한다면, 언젠가 도달할 수 있을지도 모르지요."

"……사랑하는 남자와, 다른 여자의 결혼식을 본 후에 말이야?"

"……윽!"

장로는 그 말에 숨을 삼켰다.

그리고 잠시 동안 오리가미의 눈을 응시한 후— 이내 옅은 미소를 머금었다.

"……예전의 저에게 당신 같은 용기가 있었다면, 다른 결말을 맞이했을지도 모르겠군요."

"아직 늦지는 않았을 거야."

"……허허허."

장로는 웃음을 흘리더니, 등을 꼿꼿이 세우며 뒤로 돌아섰다.

"좋습니다. 따라오시지요."

"아니…… 장로님!"

"하지만, 그 『탑』은……!"

뒤에 있던 두 수행자가 입을 열었다. 하지만 장로는 고개를 저으며 그들을 제지했다.

"주책맞게 꿈을 꾸고 싶어졌군요. 저의 억지를 이해해주세요."

"장로님……."

장로의 말에 더는 반론을 할 수 없었는지, 두 수행자는 조용히 물러섰다.

"……저기……."

그때, 완전히 얼이 나가 있던 타마 선생님과 유즈루가 손을 들었다.

"아까부터 무슨 이야기를 하는 건지 모르겠는데……『탑』이 대체 뭔가요?"

"막연. 유즈루와 타마 선생님도 알아듣게 제대로 설명을 해주세요."

그렇게 말하며 한 사람은 영문을 모르겠다는 듯이 고개를 갸웃거렸고, 다른 한 사람은 불만을 표시하듯 입술을 삐죽 내밀었다.

그러자, 오리가미보다 먼저 장로가 고개를 끄덕이며 입을 열었다.

"백문이 불여일견. 직접 보는 편이 이해가 빠르겠지요. 자, 따라오십시오."

장로는 돌아서서 뒷짐을 지고 걸음을 옮겼다. 오리가미 일행은 수행자들과 함께 그 뒤를 따랐다.

문을 통과하고, 수행자들이 수련을 하고 있는 광장을 지난 뒤, 거대한 본당의 옆을 지나 이 부지의 안쪽으로 들어 갔다.

한동안 좁은 산길이 이어지더니, 이윽고 안개 낀 하늘과 거대한 실루엣이 어렴풋이 보이기 시작했다.

그것은 장엄한 기와지붕이 여러 층으로 쌓여 지어진 거대 한 탑이었다. 그 당당한 모습은 보는 이들이 자연스레 경외 심을 느끼게 했다.

"호화. 이건……."

"―혼활사 신부수업 최고 난관, 혈혼웅자출탑(血魂雄雌 出塔)입니다."

"……예?"

타마 선생님과 유즈루는 장로의 말에 의아한 표정을 지었 다. 뭐, 이름만 들어선 저 탑이 어떤 곳인지 이해가 안 될 것이다. 오리가미는 보충설명을 하듯 입을 열었다.

"각층에는 취사, 세탁, 청소, 육아, 생활비 관리, 이웃과의 원만한 관계 조성, 공원 데뷔, 방중술 등의 전문가들이 있 어. 그리고 꼭대기에는 모든 기술을 터득한 신부 중의 신부, 퀸 오브 브라이드가 있는 거야. 그들 전원을 쓰러뜨린다면, 신부수업을 완전히 마스터했다고 할 수 있어."

"저, 저기, 그 내용도 신경이 쓰이지만, 그것보다 이름이……."

타마 선생님이 식은땀을 흘리며 말을 이으려던 순간, 옆 에 있던 유즈루가 그녀의 어깨를 손가락으로 두드렸다.

"질문. 방중술이 뭔가요?"

"예? 아, 저기…… 그게 말이죠……."

타마 선생님은 말끝을 흐리며 유즈루에게 귓속말을 했다. 그러자 유즈루의 볼이 희미하게 홍조를 띠었다.

"……이해. 그렇군요. 유즈루는 새로운 지식을 접했어요."

유즈루는 하던 이야기를 계속하라는 듯이 재촉했다. 참고로 방중술이란, 오리가미의 최고 특기인 알몸 프로레슬링 기술이다.

장로는 다시 고개를 끄덕인 뒤, 안개에 뒤덮여 있는 탑의 꼭대기를 응시했다.

"하지만 이 탑을 답파하는 건 매우 어렵습니다. 혼활사의 수행을 전부 마친 자라도, 정상까지 도달한 이는 백 명 중에 한 명 있을까 말까 하죠."

"어어……. 그렇게 좁은 문을 통과하지 못하면 결혼할 수 없는 건가요……?"

"아뇨, 그렇지는 않습니다. 하지만 신부수업을 마스터한 자라면, 그 누구의 아내가 되더라도 아무 문제없겠죠. 또한, 탑의 정상에는 종이 있는데, 그것을 치면 결혼운이 좋아진다는 전설이 있습니다."

"겨, 겨우 그런 전설 때문에 과혹한 수행을 하는 거예요……?!"

"아뇨. 실제로 그 종을 친 사람들은 하나같이 좋은 인연을

맺었지요. 게다가 불치병이 나은 이, 복권에 당첨된 이도⋯⋯."

"잡지 뒷면에 실려 있는 수상쩍은 운수대통 상품 같은 거잖아요!"

타마 선생님은 미간을 찌푸리며 그렇게 외쳤다. 하지만 오리가미는 개의치 않으며 한 걸음 앞으로 내디뎠다.

"문제될 건 없어. 나는 도전할 거야."

그러자 유즈루 또한 결의에 찬 표정으로 고개를 끄덕였다.

"결단. 그럼 유즈루도 함께하겠어요."

"토비이치 양⋯⋯ 야마이 양!"

오리가미와 유즈루가 그렇게 말하자, 타마 선생님은 당혹스러운 표정으로 두 사람을 번갈아 쳐다보았다.

그 모습을 본 장로는 오리가미와 유즈루를 향해 고개를 돌렸다.

"그럼 도전자는 두 명인 것으로 알면 되겠지요? 수련복을 준비하겠습니다. 초급 코스 희망자는 이쪽으로—."

하지만 장로의 말을 끊듯, 타마 선생님이 고개를 세차게 저었다.

"아, 아뇨! 저도 동행하겠어요! 저런 위험한 장소에 학생들만 보낼 수는 없어요⋯⋯!"

타마 선생님은 어깨를 희미하게 떨면서도 그렇게 말했다. 그 두 눈에는 교사로서의 책임감 외에도 「이런 곳에 혼자 있는 건 무서우니까⋯⋯」라는 불안감과 「어쩌면 효험이 있을지도……?」라는 타산이 어려 있는 것 같았지만, 오리가미는 일단 눈치 못 챈 척했다.

그 모습을 본 장로는 미소를 머금었다.

"좋습니다. 그럼 혈혼웅자출탑, 개문(開門)!"

장로의 목소리에 맞춰, 닫혀 있던 탑의 문이 어딘가에서 들려오는 웨딩마치에 맞춰 열리기 시작했다.

◇

탑의 내부는 꽤 넓었다. 입구부터 빨간 카펫이 깔려 있었으며, 어둑어둑한 조명 때문에 이 앞에 무엇이 있는지 알 수 없었다.

입구에서 수련복으로 갈아입은 오리가미 일행은 주위를 살피면서 어둑어둑한 길을 나아갔다.

"……확인. 수련복은 이렇게 입으면 되나요?"

"저, 저도 몰라요. 처음 입어보거든요……."

수련복에 익숙하지 않은 유즈루와 타마 선생님이 그런 대화를 나눴다.

하지만 그러는 것도 당연했다. 오리가미 일행이 입은 수련복이란 바로 절의 광장에서 수행하던 수행자들이 입고 있던 웨딩드레스인 것이다.

옅은 색을 띤 드레스와 복부를 감싸는 코르셋, 티아라에는 베일이 달려 있으며, 손에는 아름다운 꽃으로 만들어진 부케가 쥐어졌다. 활동성은 전혀 고려하지 않은 의상이었다. 광장의 수행자들은 용케 이런 옷차림으로 수련을 한다는 생각이 들었다.

"그러고 보니 결혼 전에 웨딩드레스를 입으면 혼기를 놓친다는 징크스를 들은 적이 있는데요······."

"전율. 그런가요? 하지만 이 수련복은 혼기^{오라}를 상승시켜 주는 효과가 있다고 장로가 말했는데요."

"아니, 애초에 혼기^{오라}란 대체 뭘까요······."

"─쉿. 다들 조심해. 누군가가 있어."

미세한 기척을 감지한 오리가미가 유즈루와 타마 선생님의 대화를 끊듯 주의를 줬다.

그 순간, 어둑어둑하던 공간이 빛으로 가득 차면서 오리가미 일행의 시야를 차단했다.

"어······?!"

"경악. 이건······!"

타마 선생님과 유즈루는 이 갑작스러운 상황에 손으로 눈을 가렸다. 하지만 오리가미는 최소한의 동작으로 눈을 빛에 익숙하게 만든 후, 재빨리 주위를 살폈다.

한마디로 말해, 이곳은 부엌이었다. 작은 조리대와 가스레인지, 냉장고가 줄지어 있었다. 본격적인 주방이 아니라 일반 가정의 부엌 같은 느낌이었다.

그리고 그 공간의 한가운데에 여성 한 명이 서 있었다. 짧게 자른 흑발, 상처투성이 얼굴, 그리고 근육질 몸매를 감싸고 있는 것은 역시 웨딩드레스였지만, 그 위에 앞치마와 삼각두건을 걸쳤으며, 꽃과 리본으로 장식된 식칼을 쥐고 있었다.

"슈후후후후…… 잘 왔다, 도전자들이여."

특이한 웃음을 흘린 여성은 웨딩드레스의 끝자락을 흔들며 말을 이었다.

"나는 제1층의 파수꾼, 『요리』의 후미에. 나를 쓰러뜨린다면, 다음 층으로 올라가는 걸 허락해 주지."

후미에란 여성은 그렇게 말하면서 손에 쥔 식칼을 휘둘렀다. 단련된 육체와 험상궂은 얼굴 때문에 신부라기보다 군인 같아 보였다.

"……질문. 쓰러뜨린다는 게 구체적으로 어떤 걸 뜻하죠?"

"홋. 나는 신부의 필수 스킬 중 하나인 요리 실력을 시험할 거다. 뭐든 좋으니 자신 있는 요리를 만들어 봐라. 단, 재료는 여기 있는 것만 써야 해. 한 명이라도 나를 감탄하게 만든다면 통과시켜 주지. 자, 누구부터 도전할 거지?"

그렇게 말한 후미에는 자신만만하게 웃었다. 아무래도 상대방은 험악한 겉모습과는 다르게 승부 자체는 신부수업에 입각한 방식으로 치르는 것 같았다.

그 말에 자극을 받았는지 뒤편에 있던 타마 선생님이 앞으로 나섰다.

"토비이치 양. 저 사람은 저한테 맡겨 주세요."

"……선생님? 요리를 잘하세요?"

오리가미가 약간 의외라는 듯한 표정을 지으며 묻자, 타마 선생님은 약간 긴장한 표정으로 고개를 끄덕였다.

"예. 이 선생님은 요리에는 꽤 자신이 있다고요! 하루 이틀 혼자 산 게 아니니까요! 타마의 간단요리를 선보여주겠어요!"

타마 선생님은 힘찬 목소리로 그렇게 말하더니, 자신의 발언에 대미지를 입은 듯한 반응을 보였다.

룰을 듣고 자신이 처음부터 나설 필요는 없을 거라고 판단한 오리가미는 「부탁해요」라고 짤막하게 말한 뒤 물러섰다.

"상대가 결정됐나 보군. 그럼, 시작!"

후미에가 그렇게 말한 순간, 어딘가에서 징을 울리는 소리가 들렸다. 타마 선생님은 그 소리에 화들짝 놀라면서도 이내 행동을 시작했다.

"우선 뭘 만들지 정해야겠군요……."

타마 선생님은 그렇게 말하면서 조리대 옆의 냉장고를 열었다. 그리고 내부를 살펴보더니 난처한 표정을 지었다.

"흐, 흐음…… 대부분 쓰다 남은 식재료군요. 이걸로 한 끼를 때우는 건 어려울지도 몰라요. 하지만……."

타마 선생님은 좋은 생각이 떠오른 듯 웃음을 짓고는 냉장고에서 재료를 꺼내기 시작했다.

"주시. 타마 선생님은 뭘 만들려는 걸까요."

타마 선생님을 지켜보고 있던 유즈루가 작은 목소리로 말했다. 오리가미는 타마 선생님이 고른 식재료를 살펴본 후에 입을 열었다.

"손에 쥔 재료로 볼 때, 아무래도 두부 햄버그 스테이크를 만들려는 것 같아. 쓰다 남은 다진 고기만으로는 재료가 부족하니까, 두부와 채소를 섞어서 양을 늘리려는 거지."

"감탄. 머리를 썼군요. 맛있을 것―."

"꺄아아아아아아아!"

그 순간, 갑자기 들려온 타마 선생님의 새된 비명이 유즈루의 목소리를 집어삼켰다.

비명을 지른 이유는 곧바로 알게 됐다. 재료를 고르고, 요리를 시작하려던 타마 선생님의 손 언저리에 후미에가 던진 쇠꼬챙이가 꽂히더니, 피이이이잉 하는 소리를 내며 진동하고 있었다.

"뭐, 뭐뭐뭐뭐, 뭐하는 거죠?! 위험하잖아요!"

타마 선생님이 항의하자, 후미에는 손가락 사이에 끼운 쇠꼬챙이를 혀로 핥으며 입술을 일그러뜨렸다.

"잠꼬대 같은 소리 마라. 이건 단순한 요리승부가 아니라 신부수업이야. 그러니 요리 도중에 심술궂은 시어머니에게 방해를 받는 사태 정도에는 대비를 해야지."

"그, 그래도 이건 심술궂다는 말로 넘어갈 레벨이 아니거든요?! 쇠꼬챙이를 던지는 시어머니가 있을 리가 없잖아요!"

"무슨 소리를 하는 거냐! 만약 네가 암살권 전승자 일족의 후계자와 사랑하는 사이가 되면 어떻게 할 거지?! 게다가 상대방의 어머니가 결혼에 반대하며 전력을 다해 너를 제거하려 한다는 설정이다!"

"그런 일이 일어날 리가 없다고요!"

"이곳, 혼활사에서 수행을 하지 않았다면 위험했겠지."

"설마 체험담이에요?!"

후미에가 메마른 웃음을 흘리며 얼굴에 난 흉터를 매만지자, 타마 선생님은 절규를 터뜨렸다.

"훗, 그러니— 신부는 강해야만 하는 거다!"

후미에는 자조 섞인 표정을 지으며 어깨를 으쓱한 뒤, 또다시 쇠꼬챙이를 던졌다. 카앙! 카앙! 금속 조리대에 쇠꼬챙이가 연달아 꽂혔다.

"히, 히이이이익!"

이렇게 되면 더 이상 요리를 할 때가 아니다. 타마 선생님은 바닥을 기어 조리대 앞에서 벗어나 오리가미와 유즈루의 곁으로 돌아왔다.

"흥, 근성 없는 녀석이구나. 다음 도전자, 나와라."

후미에는 그렇게 말하면서 도발하듯 손가락을 까딱거렸다. 오리가미는 눈을 가늘게 뜨고는 걸음을 내디뎠다.

"토, 토비이치 양! 안 돼요! 위험해요!"

"괜찮아요."

타마 선생님이 비명에 가까운 목소리로 외쳤지만, 오리가미는 그렇게 대꾸하며 조리대 앞에 섰다. 그 모습을 본 후미에가 씨익 웃었다.

"호오, 배짱이 좋은걸!"

그리고 그렇게 말하는 것과 동시에 쇠꼬챙이를 던졌다.

하지만 오리가미는 손을 들어 올리더니, 후미에가 던진 쇠꼬챙이를 손가락 사이에 끼워서 잡았다.

"아닛……?!"

"어어……?!"

앞에서는 후미에의, 그리고 뒤에서는 타마 선생님의 경악에 찬 목소리가 들렸다. 유즈루는 만족한 것처럼 「칭찬. 역시 마스터 오리가미예요」 하고 웃음을 흘렸다.

"나한테는 이런 게 통하지 않아."

"……재미있구나!"

이리하여, 오리가미의 요리가 시작됐다.

메뉴는 타마 선생님의 아이디어를 채용해서 두부 햄버그 스테이크를 만들기로 했다. 타마 선생님이 준비한 재료를 양푼에 투입했다.

"핫! 하앗!"

그 사이, 후미에는 몇 번이나 쇠꼬챙이를 던졌지만, 오리가미는 몸을 젖히거나, 굽히거나, 혹은 도마로 쇠꼬챙이를 막아내며 요리를 계속했다.

"재료를 양푼에 넣고 섞는다. 연근은 식감이 느껴질 정도의 크기로 써는 게 포인트."

"하……, 하하하하하! 너는 대체 뭐냐?!"

"기름을 두른 프라이팬에 뭉친 반죽을 올린 뒤 굽는다."

"즐거워! 정말 즐겁구나! 무나카타 비도류 오의, 천원살(天元殺)!"

"마지막으로 차조기 잎과 간 무를 곁들이고, 수제 폰즈를 뿌리면 완성."

후미에의 오의를 냄비 뚜껑으로 막아낸 오리가미는 그녀를 향해 접시를 내밀었다.

온몸이 땀범벅이 된 후미에는 어깨를 들썩이며 처절한 미소를 지었다.

"……하하. 설마, 진짜로 완성시킬 줄이야……. 그럼, 맛을 보도록 할까."

"식기 전에 들어."

후미에는 접시를 유심히 살펴본 뒤, 젓가락을 쥐고 두부 햄버그 스테이크를 한 입 먹었다. 그리고 몇 초 동안 맛을 음미하듯 천천히 씹은 후, 꿀꺽 삼켰다.

"……흥. 요리를 완성한 것만으로도 놀라운데, 맛도 뛰어나군. 트집을 잡을 여지가 없어. ……좋다. 올라가라."

후미에는 그렇게 말하며 뒤편에 있는 계단을 손가락으로

가리켰다. 그 판정을 들은 타마 선생님과 유즈루가 하이파이브를 하며 기뻐했다.

"대, 대단해요, 토비이치 양······!"

"절찬. 역시 마스터 오리가미예요."

오리가미는 그 말에 답하듯 고개를 끄덕인 후, 후미에의 옆을 지나 2층을 향해 나아갔다. 그러자 후미에는 눈을 내리깔며 슬며시 미소를 머금었다.

"······대단하군. 하지만 방심하지는 마라. 2층의 파수꾼은 나보다 훨씬······ 윽?!"

그 순간, 후미에가 새된 신음을 흘리더니 온몸을 떨며 무너지듯 그 자리에 주저앉았다. 오리가미의 뒤를 따르던 타마 선생님과 유즈루가 그 갑작스러운 광경을 보고 경악했다.

"가, 갑자기 왜 그러세요······?"

"동요. 어디 안 좋으신가요······?"

"하······아······ 으, 아, 으응······."

후미에는 볼을 붉히고 거친 숨을 내쉬며 오리가미를 노려보았다. 마치 온몸을 뒤덮은 쾌감을 필사적으로 참고 있는 것 같았다.

"너, 너, 대체······ 무슨 짓을······ 한 거냐······."

후미에가 공허한 눈길로 노려보자, 오리가미는 품속에서 꺼낸 조그마한 병을 보여줬다.

"마늘, 자라 피, 마카뿌리 추출물, 그리고 약효가 강한 향신료 등을 독자적으로 조합한 거야. 효능은 지금 당신이 느끼고 있는 대로지."

"어…… 어째서 그런 걸……."

"이건 신부수업이야. 반려자가 먹을 식사를 만들지. —오늘 밤은, 파티 타임."

"……윽?!"

오리가미는 자세를 낮추고 후미에의 귀에 숨결을 불어넣었다. 그러자 온몸에 경련이 일어난 후미에는 실신하고 말았다.

"……약효가 좀 강했나 봐. 조절해야겠어."

"으, 으음……."

"전율. 마스터 오리가미, 무서운 아이, 예요."

어찌된 영문인지 공포에 질린 두 사람을 대동한 오리가미는 웨딩드레스 자락을 살며시 거머쥐며 계단을 올라갔다.

"여기는……."

탑의 2층은 1층과 구조가 완전히 달랐다.

핑크색 조명이 층 전체를 비추고 있었으며, 달콤한 향기가 주위에 감돌았다. 왠지 밤에만 장사를 하는 그렇고 그런 가게를 연상하게 하는 분위기였다.

"여, 여기는 뭐하는 곳이죠……."

"의아. 음란한 분위기예요."

"안녕~, 도전자 여러분~."

그런 일행의 의문에 답하듯, 2층 안쪽에서 달콤한 목소리가 들려왔다.

그쪽을 바라보니, 노출이 심한 웨딩드레스 — 웨딩드레스 특유의 요소만 겨우겨우 남겨둔 란제리 — 차림의 여성이 있었다.

"이곳에 온 걸 보면, 후미에를 쓰러뜨렸나 보네. 대단해~. 하지만 2층의 파수꾼인 나, 『방중술』의 히토미한테도 과연 이길 수 있을까~?"

그렇게 말한 히토미가 손 키스를 날렸다. 그 키스를 받은 유즈루와 타마 선생님은 얼굴을 붉히며 입을 열었다.

"적중. 역시—."

"방중술 층이었군요……!"

"어머나, 승부를 하기도 전에 이래서 괜찮겠어~? 결혼이란 곧 파트너와의 교미야. 그러니 언제까지나 아무것도 모르는 숫처녀로 있을 수는 없거든~?"

히토미가 웃음을 흘리며 두 팔을 펼쳤다. 그러자 히토미의 등 뒤에 있던 커튼이 걷히면서 무언가가 모습을 드러냈다.

"앗……!"

"주시. 저건……."

천장이 달린 커다란 침대 두 개가 나란히 있었고, 그 위에

는 마네킹 같은 인형이 누워 있었다. 그리고 베갯머리에는
계기판 같은 것이 달려 있었다.

"후훗."

히토미는 요염한 미소를 머금으며 오른쪽 침대로 다가가
인형의 턱을 상냥히 매만졌다. 그 순간, 베갯머리에 있는 계
기판의 수치가 상승하더니 이내 원래대로 되돌아왔다.

"보다시피, 이 인형의 온몸에는 고감도 센서가 달려 있어
서 쾌감을 느끼면 계기판의 수치가 상승하게 되어 있어. 인
형을 애무해서 계기판의 수치를 한계까지 올린 쪽의 승리
지. 원래라면 진짜 인간을 이용하고 싶지만…… 이건 엄연
한 신부수업이거든☆"

히토미는 농담 투로 그렇게 말하며 윙크를 했다. 그런 그
녀의 표정에서는 여유와 확고한 자신감이 느껴졌다.

설명을 들은 타마 선생님은 볼을 붉히며 마른 침을 꿀꺽
삼켰다.

"……교육적으로 좋지 않을 듯하니, 마음 같아서는 토비이
치 양과 야마이 양은 도전하지 말았으면 하지만……."

"어머나, 기술은 갈고닦아 두면 다 쓸모가 있어. 예를 들
어 모 독재국가의 왕한테서 「짐을 만족시켜 보거라. 못하면
박제로 만들어서 영원토록 짐의 눈요기로 삼겠노라」라는 말
을 듣는다거나……."

"아니, 그런 일이 일어날 리가—."

"그때는 혼활사에서 수행하길 잘했다고 생각했다니깐~."

"그것도 체험담이에요?!"

타마 선생님이 참다못해 고함을 질렀다. 하지만 오리가미는 전혀 개의치 않으며 앞으로 나섰다.

"주의. 마스터 오리가미."

"나한테 맡겨."

오리가미는 짤막하게 대답한 뒤, 왼쪽 침대에 걸터앉았다. 그 모습을 본 히토미는 다리를 바꿔 꼬면서 즐거운 듯이 웃었다.

"우후후, 자신감이 넘치나 보네. 좋아. 그럼 바로 시작하자. 시합, 시작!"

히토미는 시합이 시작되자마자 두 팔을 활짝 펼치며 인형을 꼭 끌어안았다.

"헉! 히토미 씨가 인형을 쓰다듬기 시작했어요!"

"요염. 정말 음란한 손놀림이군요. 계기판의 수치가 쑥쑥 상승하고 있어요……!"

"크, 큰일이에요, 토비이치 양! 이대로 있다간 지고 말 거예요!"

"설명. 너무 세세하게 설명하는 건 문제가 될 테니, 실황 타마 선생님, 해설 유즈루로 전해드리겠습니다."

"야마이 양, 무슨 소리를 하는 거예요?! 그것보다, 아앗! 히토미 씨가 인형의 엉덩이에 저런 짓을……! 게다가…… 꺄앗! 뭘 입에 문 거죠?!"

"감탄. 설마 저걸 저런 식으로 쓰다니…… 한 수 배웠어요."

"그런 소리를 할 때가 아니잖아요! 토비이치 양은 대체 뭘…… 헉?! 토비이치 양의 손이 늘어났어요!"

"경악. 설마 저건……."

"야마이 양, 저게 뭔지 아나요?!"

"긍정. 들은 적이 있어요. 비권(秘拳) 천수장(千手掌). 초고속으로 손을 움직여서, 팔이 천수관음처럼 보이는 비기예요. 만화에서 봤어요."

"만화?! 아앗! 토비이치 양의 계기판 수치가 쑥쑥 상승하고 있어요!"

"잔상. 마치 인형이 천 개나 되는 손에 안긴 것처럼……! 이것이…… 열반!"

그 순간, 날카로운 경고음을 내면서 오리가미 쪽 계기판이 점멸하기 시작했다. 아무래도 결판이 난 것 같았다.

히토미는 눈을 동그랗게 뜨고 입을 벌렸다.

"마, 맙소사……. 설마 나의 글로리어스 머신건이 지다니……."

"아, 그런 기술명이었군요."

"전율. 손목의 움직임이 정말 엄청났어요……."

타마 선생님과 유즈루가 낮은 신음을 흘리면서 그렇게 말했지만, 히토미는 두 사람의 말을 듣지 못한 것 같았다. 침대 밖으로 나온 히토미는 오리가미를 바라보았다.

"그 기술…… 당신은 대체 지금까지 얼마나 많은 남자를 내버린 거야……?!"

"유감이지만 실전경험은 없어."

"뭐……? 그럼 이런 기술을 대체 어떻게……!"

"……."

아무 말 없이 침대 밖으로 나온 오리가미는 숨을 들이마시며 정신을 집중하더니, 양손을 펼치고 허공을 끌어안았다.

그 모습에 유즈루와 타마 선생님, 그리고 히토미는 눈을 치켜뜨며 경악했다.

"아, 아무것도 없는 공간에 어렴풋이 누군가가…… 존재하는 것 같아요……!"

"경악. 틀림없어요. 저 사람은…… 시도! 새도 시도예요! 오리가미에게 안긴 바람에 허둥대고 있어요!"

"마, 말도 안 돼……!"

오리가미는 숨을 내쉰 후, 천천히 손을 내렸다.

"인간은 리얼에 한없이 가까운 상상을 할 수 있어."

"하……하……."

오리가미가 눈을 똑바로 쳐다보며 그렇게 말하자, 히토미는 힘없이 웃으면서 그 자리에 무너지듯 주저앉았다.

"못 당하겠네……. 좋아. 다음 층으로 올라가. 너라면 진짜로…… 퀸 오브 브라이드를 쓰러뜨릴 수 있을지도 몰라."

"······."

오리가미는 고개를 끄덕인 후, 3층으로 이어지는 길을 나아갔다.

그 후의 전개는 일사천리로 진행됐다.

"아앗! 설마 그런 방법으로 얼룩을 지우다니······!"

"순간. 눈 깜짝할 사이에 성가신 이웃들은 제압했어요······!"

"토비이치 양이 귓속말을 한 순간, 방금까지 시끄럽게 떠들어대던 아이가 갑자기 얌전해졌어요!"

"패도. 데뷔 당일에 공원의 지배자가 되다니······."

"대체 점장의 어떤 약점을 움켜쥐고 있으면, 저렇게 가격을 후려칠 수 있는 거죠?!"

"재정. 마스터 오리가미가 가계부를 쓰기 시작한 순간, 저금해 둔 금액이 열세 배로 늘어났어요!"

그렇게 오리가미는 혼활사 최고난관이라는 탑의 각층을 차례차례 통과한 뒤— 드디어 퀸 오브 브라이드가 기다리는 최상층에 도착했다.

"여기가······ 최상층."

"드, 드디어 도착했군요······."

"확신. 마스터 오리가미라면······ 분명 이길 수 있을 거예요."

그렇게 말한 타마 선생님과 유즈루는 너덜너덜해진 웨딩

드레스의 끝자락을 흔들며 거친 숨을 내쉬었다. 승률은 낮지만, 두 사람도 오리가미와 마찬가지로 각층의 파수꾼과 싸웠다.

두 사람의 말에 답하듯 고개를 끄덕인 오리가미는 최상층의 문을 열었다. 쿠르릉…… 하는 묵직한 소리를 내며, 마지막 문이 열렸다.

"―윽."

방에 들어선 순간, 오리가미는 작게 숨을 삼켰다.

방 내부는 일본풍 탑 외관과 달리, 결혼식을 위한 예배당처럼 꾸며져 있었다. 입구부터 레드 카펫이 깔려 있었으며, 호화로운 스테인드글라스가 찬란히 빛나고 있었다.

하지만 오리가미가 전율한 것은 그 호화로운 내부 장식 때문이 아니었다.

신부복 차림의 남성이 자리한 성경대 앞에 서 있는, 순백의 신부…….

그녀가 뿜고 있는 기묘한 오라가 날카로운 비수처럼 오리가미의 피부를 자극한 것이다.

"……왔군요."

맑고 당당한 목소리가 방 안에 울려 퍼졌다. 목소리를 들었을 뿐인데 유즈루의 이마에 땀방울이 맺혔고, 타마 선생님의 다리는 후들거렸다.

"전율. 아니……."

"저, 저 사람은 대체 뭐죠……."

"―퀸 오브 브라이드."

오리가미가 그 이름을 입에 담자, 눈앞의 신부는 미소를 흘리며 얼굴을 가리고 있던 베일을 걷어 올렸다.

단정하고 새하얀 얼굴에 옅은 색 입술이 포물선을 그리고 있었다. 나이는― 알 수 없었다. 보기에 따라서는 20대처럼 보이기도 하지만, 그녀가 자아내는 노련한 분위기는 50대처럼 느껴지게 했다.

"어서 와요. 저는『신부』― 미사코. 혼활사의 모든 가르침을 터득한 여자랍니다."

그렇게 말한 미사코는 들고 있던 부케를 오리가미 쪽으로 던졌다. 일종의 부케 던지기였다. 오리가미는 포물선을 그리며 날아오는 그 부케를 양손으로 잡았다.

하지만, 그 순간―.

"큭……?!"

오리가미는 손바닥에 가해진 중량에 무심코 무릎을 꿇을 뻔했다. 유심히 보니, 미사코가 던진 부케는 꽃과 장식 하나하나가 전부 금속으로 되어 있었다.

"……이렇게 무거운 부케를 그렇게 가볍게 던지다니……."

엄청난 완력이었다. 평상시의 토카에게 버금갈 정도다.

다리와 허리에 힘을 주고 겨우겨우 자세를 바로잡았다. 그러자 미사코는 천천히 두 팔을 벌리며 입을 열었다.

"호오, 제가 던진 부케를 받아낸 건가요. 꽤 하는군요. ……보아하니, 이 탑에 오르기 전보다 오라가 훨씬 강해진 것 같네요. 각층에서의 대결을 통해 성장한 건가요. 아무래도 오랜만에 전력을 다할 수 있을지도 모르겠군요."

미사코는 조용히 미소를 머금고는 손을 말아 쥐었다.

순간, 미사코의 몸에서 뿜어져 나온 충격파에 의해 웨딩드레스 자락이 휘날렸다. 어마어마한 오라가 공기를 뒤흔들고, 탑을 진동시켰으며, 스테인드글라스에는 금이 갔다.

"큭……!"

"우와……앗?!"

"충격. 으윽……!"

오리가미는 자세를 낮추고 어찌어찌 그 충격파를 견뎌냈다. 하지만 만신창이가 된 타마 선생님과 유즈루는 그대로 벽에 내동댕이쳐졌다.

"어머나, 두 분? 그래서는 좋은 남편을 잡지 못할 거예요."

"예?! 뭐라고요?! 그게 무슨 소리죠?!"

"전율. 어마어마한 오라……!"

"……두 사람은 물러나 있어. 다른 사람을 지키면서 싸울 만한 상대가 아냐."

오리가미가 어떻게든 전투태세를 취하며 그렇게 말하자, 미사코는 즐거운 듯이 웃음을 흘렸다.

"후후, 역시 저의 상대가 될 만한 사람은 당신뿐이군요.

승부방식은…… 그래요. 결혼식답게 반지 교환이 좋겠군요. 자신의 반지를 상대방의 손가락에 먼저 끼우는 사람이 이기는 걸로 하면 어떨까요?"

온몸으로 황금색 오라를 내뿜고 있는 미사코가 왼손을 들어올리자, 그 손가락에 낀 반지가 반짝였다.

오리가미는 볼을 타고 흐르는 땀을 닦은 뒤, 미사코의 눈을 똑바로 쳐다보며 대답했다.

"……바라는 바야."

"멋진 대답이군요. 자, 그럼 귀여운 신부분. 정정당당하게 승부하죠."

미사코가 그렇게 선언한 순간, 방 안에 정적이 흘렀다.

"……."

"……."

오리가미는 당당하게 선 미사코를 노려보기만 할 뿐, 꼼짝도 하지 않았다.

그것은 미사코도 마찬가지였다. 상대의 선공 뒤에 반격을 노린다— 달인간의 대결에서는 먼저 움직인 쪽이 빈틈을 보이기 마련이다.

정적만이 감도는 이 공간 속에서 각자의 심장소리만이 크게 울렸다.

이윽고 이 긴장감이 임계점에 도달한 순간, 승부는 눈 깜짝할 사이에 갈리고 말 것이다.

하지만…….

"……어머?"

바로 그때, 미사코 쪽에서 핸드폰 벨소리가 들려오면서 긴장된 분위기가 단숨에 이완됐다.

"잠시 실례할게요."

미사코는 그렇게 말하며 웨딩드레스 안에서 핸드폰을 꺼내더니 귀에 갖다 댔다.

"여보세요. 켄지? 엄마는 오늘 일한다고 말했잖니. ……뭐? 하아, 정말……. 알았어. 금방 돌아갈게."

미사코는 전화를 끊은 뒤, 미안해하는 표정으로 오리가미를 쳐다보았다.

"저기…… 죄송해요. 작은아이가 열이 나는 것 같아서…… 승부는 다음으로 미뤄도 될까요?"

"……뭐?"

오리가미가 얼이 나간 표정을 짓자, 미사코는 두 손바닥을 맞대며 코미컬한 자세를 취했다.

"정~말 죄송해요! 다음에 다시 와주세요! 그럼 이만 실례할게요!"

미사코는 얼이 나간 오리가미 일행을 향해 다시 한 번 고개를 숙인 후, 뒤편에 있는 엘리베이터를 타고 내려갔다.

"""……"""

그렇게 방치된 세 사람은 서로의 얼굴을 쳐다본 후, 이 방에 남아 있던 신부복 차림의 남성을 향해 고개를 돌렸다.

"……어떻게 된 거야?"

"아…… 죄송합니다. 미사코 씨는 결혼을 다섯 번이나 해서 애가 여덟 명이나 있거든요. 그리고 싱글맘이라 고생이 많죠."

"경악. 결혼을 다섯 번……."

"애가 여덟 명에 싱글맘……?!"

"뭐, 신부의 여왕이니까요. 지금도 여러 남성들에게 청혼을 받고 있다는 모양이에요. 그중에 누가 이혼했을 때 위자료와 양육비를 많이 내놓을지 살펴보고 있다더군요. 아, 이쪽으로 올라가면 꼭대기에 있는 종을 칠 수 있습니다."

신부는 그 말을 남긴 후 사라졌다.

"""……"""

세 사람은 잠시 멍하니 있다가, 꼭대기에 올라가서 종을 쳤다.

목적은 달성했지만, 왠지 묘한 패배감이 가슴 속에 맴돌았다.

◇

"그럼 슬슬 저녁을…… 어라? 그러고 보니 오리가미와 유즈루가 없잖아?"

오후 일곱 시, 시도의 집. 부엌에서 거실을 쳐다본 시도는 의아하다는 듯이 고개를 갸웃거렸다.

평소 이 시간이 되면 자연스레 정령들이 이곳에 모이는데, 오리가미와 유즈루가 아직 오지 않았다.

뭐, 딱히 그러기로 정한 것은 아니고, 매일 전원이 모이지도 않는다. 실제로 미쿠와 니아, 코토리는 일 때문에 오지 못할 때가 많다. 하지만 카구야가 있는데 유즈루가 없는 건 꽤 드문 일이었다.

"카구야, 뭐 들은 게 없어?"

"진상은 어둠에 휩싸여 있노라. ……아, 그러고 보니 아침 일찍 외출한 것 같아."

"흐음? 어디 간 거지? 너무 늦을 것 같으면 〈프락시너스〉에 연락을—"

"다녀왔어."

시도가 말을 이으려던 순간, 거실의 문이 열리면서 오리가미와 유즈루가 모습을 드러냈다. 두 사람 다 피곤해 보였으며, 유즈루는 거실에 들어오자마자 소파에 다이빙했다.

"어, 어라? 두 사람 다 어디 갔다 온 거야? 꽤 피곤해 보이는데……."

"……받아."

시도가 물었지만, 오리가미는 대답하지 않았다. 그 대신 배낭 안에서 과자 상자를 꺼내 내밀었다.

"응? 이게 뭐야? ……혼활만쥬?"

"선물이야."

"어, 어…… 고마워."

"먹어."

"응? 지금? 곧 저녁을 먹을 건데……."

"먹어."

"아, 알았어."

오리가미가 계속 권하자, 시도는 상자에서 만쥬를 하나 꺼내 한 입 먹었다. 맛 자체는 평범하지만, 왠지 불가사의한 향신료 향이 나는 만쥬였다.

시도가 만쥬를 우물우물 먹자, 오리가미는 달관한 듯한 한숨을 내쉬었다.

"……결과부터 말하자면, 매우 공부가 됐어."

"응? 뭐가 말이야?"

"결국 최강은 기정사실이야."

"아니, 갑자기 무슨 소리를……."

그때, 심장이 격렬하게 뛰기 시작한 시도가 가슴을 움켜쥐었다.

"이…… 이게 뭐야? 몸이…… 뜨거워……!"

"—에잇."

그 순간, 오리가미의 눈이 반짝이더니 엄청난 속도로 두 손을 움직여 시도의 온몸을 쓰다듬었다. 그 엄청난 속도에 손이 몇 개나 되는 듯한 착각이 들었다. 그와 동시에 말로 형용할 수 없는 자극이 시도를 덮쳤다.

"잠깐…… 오리가미, 뭐하는 거야?! 안 돼, 아, 아아아앗?!"

"……윽! 경악. 저건 마스터 오리가미의 비권, 천수장이에요……!"

"뭐…… 시도에게 무슨 짓을 하려는 것이냐, 오리가미!"

거실에 있던 토카가 허둥지둥 다가와 오리가미를 뒤에서 붙잡으며 말렸다.

……이날, 오리가미가 무슨 짓을 하려고 한 것인지는 모르겠지만, 그 후로 시도는 한동안 오리가미와 유즈루에게서 평소 이상의 대시를 받게 됐다.

미쿠 스캔들

ScandalMIKU

DATE A LIVE ENCORE 9

『자, 다음 곡 갈게요~! 따라올 수 있겠어요~?』

그렇게 외친 미쿠의 눈앞에는 빛의 초원이 펼쳐져 있었다.

새된 환성에 맞춰 무수한 빛이 흔들렸다. 그것은 콘서트장을 가득 채운 무수한 형광봉의 빛이었다. 그 빛 하나하나에 팬들의 의지와 열기가 어려 있었으며, 그것은 미쿠를 더욱 높은 경지로 이끌어 주었다. 미쿠는 그 열기를 온몸으로 느끼며 하늘까지 닿을 듯이 노래를 불렀다.

그렇다. 지금 이 텐구 아레나에서는『이자요이 미쿠 메모리얼 라이브』가 성대하게 개최되었다.

총 수용인원 2만 명을 자랑하는 아레나의 관객석은 만원 상태였다. 스피커에서 흘러나오는 천사의 노랫소리, 그리고 그것을 듣고 열광한 관객들의 환성이 이 콘서트장 안의 공기를 뒤흔들고 있었다.

이곳에 있는 모든 이들은 미쿠의 노래를 인정하고, 미쿠의 노래를 갈구하며, 미쿠의 노래를 사랑했다. 그 사실이 미쿠는 너무나도 기뻤다.

『──!』

흥분과 황홀함 속에서 대표곡을 끝까지 부른 미쿠가 무대 중앙에서 포즈를 취했다.

그 순간, 찢어질 듯한 박수와 환성이 아레나 안에 울려 퍼졌다.

옛날 사람들은 큰 박수를 『우레』라고 표현했는데, 과연 틀린 말은 아니었다. 돔 형태의 천장에서 울려 퍼지고 있는 무수한 박수소리는 우레처럼 미쿠의 온몸에 쏟아지고 있었다.

몸이 저려오는 듯한 쾌감이 느껴졌다. 무대 위에서만 볼 수 있는 아름다운 광경을 보며, 미쿠는 황홀한 표정을 머금은 채 땀을 닦았다.

『자~! 다음 노래가 마지막 곡이에요~.』

미쿠가 그렇게 선언한 순간, 객석에서는 환성과 아쉬움 어린 목소리가 터져 나왔다. 미쿠는 희미하게 미소를 보이고 숨을 들이마시며 말을 이었다.

『옛날에 힘든 일이 있었을 때, 저의 버팀목이 되어 준 사람이 있어요. 그 사람이 없었다면, 저는 노래를 관뒀을지도 몰라요. 이건 그 사람에게 바치는 노래예요.』

미쿠는 그렇게 말하며 관계자석 쪽을 응시했다.

그곳에는 미쿠가 초대한 시도와 정령들이 있었다. 무대 위에서는 그들의 세세한 표정까지 보이지 않았지만, 시도라면 미쿠의 방금 말을 듣고 멋진 표정을 짓고 있으리라.

미쿠는 후훗 하고 미소 지은 뒤, 시도의 하트를 꿰뚫으려는 듯이 손가락으로 총 모양을 만들며 말을 이었다.

『들어주세요. —My Treasure.』

그리고 반주가 시작되며— 마지막 한 곡이 시작됐다.

2만 명이나 되는 사람이 모인다면, 당연히 그 안에는 다양한 가치관과 생각을 지닌 인간들이 섞이게 된다.

축하 행사에 참가한 손님 전원이 진심으로 축하를 해주고 있다고 단정할 수는 없으며, 궐기대회에 모인 이들 모두가 숭고한 이상을 품고 있지도 않다.

또한, 인기 아이돌의 라이브를 보러 온 관객 전원이 노래를 즐기기 위해 이 자리에 있다고는 단정할 수 없었다.

"훗……."

빛이 춤추고 있는 아레나의 한 구석에서, 연예부 기자인 후미즈키 하루미가 어깨 언저리까지 기른 머리카락을 흔들며 미소를 지었다.

"하바라, 방금 그 말 들었어?"

그러자 옆에 있던 후배 기자, 하바라 치카가 눈을 동그랗게 떴다.

"예? 그야 당연히 들었죠. 모처럼 미쿠땅의 라이브에 왔으니까요. 이야~, 이런 구석 자리라고는 해도 재수 좋게 숨어 들어 왔네요~."

"인마, 라이브를 즐기고 있으면 어떻게 해?!"

하루미는 형광봉을 즐겁게 흔들고 있는 치카의 머리를 때렸다. 그러자 치카가 「아얏~!」 하고 만화에서 나올 법한 리액션을 취하더니, 원망 섞인 눈길로 하루미를 쳐다보았다.

"뭐, 뭐하는 거예요?! 선배."

"그건 내가 할 소리야. 우리의 목적을 잊은 거야?"

그렇게 말한 하루미는 고양잇과 동물 같은 아몬드 모양의 눈을 가늘게 뜨며, 무대 위의 이자요이 미쿠를 응시했다.

"—내 감이 옳다면, 이자요이 미쿠한테는 분명 남자가 있어."

그렇다. 하루미가 이 라이브에 온 목적은 바로 그것이다.

이자요이 미쿠는 아이돌로서 연예계의 최정상에 당당히 군림하고 있지만, 하루미의 코는 그녀에게 감도는 남자의 냄새를 감지한 것이다.

"……정말인가요? 미쿠땅은 한때 여자애를 좋아하는 백합소녀라는 소문이 돌았는데……."

"바보야. 그런 걸 바로 백합영업이라고 하는 거야. 『저는~, 남자가 거북해서~, 여자애와 같이 있는 게 더 좋아요~』 같은 식으로 말하면 바보 같은 남자들이 홀딱 넘어가거든. 아이돌이 흔히 쓰는 수법이야. 그런 소리를 하는 애들은 하나같이 몰래 뒤로 호박씨를 까고 있을걸?"

"그, 그럴까요……. 미쿠땅은 텔레비전에서 귀여운 여자애와 같이 공연을 할 때, 아이돌이 지으면 안 되는 표정을 짓는 것 같던데……."

"연예부 기자가 연기에 속아 넘어가면 어떻게 해. 숨겨진 의도를 먼저 생각해보란 말이야. 아무튼, 지금 잘 나가는 아이돌의 스캔들을 터뜨린다면, 우리의 평가도 수직상승할 거야."

"수직상승은 고사하고, 그 정도 기삿거리를 확보하지 못했다간 다음 인사이동 때 다른 부서로 좌천될 것 같은 상황이니……."

"바른 소리만 늘어놓는 기자일수록 일찍 죽는 법이야."

하루미는 치카의 머리를 팔꿈치로 툭 때린 후, 팔짱을 끼며 말을 이었다.

"방금, 노래를 부르기 전에 『버팀목이 되어 준 사람』이라는 말을 했지? 그 사람은 남자가 틀림없어. 어쩌면 몰래 이 콘서트장에 불렀을지도 몰라."

"그, 그런 걸 어떻게 알아요?"

"이자요이 미쿠가 때때로 사랑에 빠진 소녀 같은 표정을 짓거든. 아, 봐. 방금 윙크도 남자 친구한테 보낸 게 틀림없어. 수만 명이 넘는 팬들 앞에서 애인과 눈빛을 교환하며 흥분하고 있는 거야. 틀림없어."

"으음…… 그건 지나친 생각 아닐까요? 남들도 선배처럼 1년 365일 남자 생각만 하지는 않는다고요……."

"사람을 굶주린 짐승 취급하지 말아 줄래?"

하루미는 치카의 머리에 꿀밤을 날렸다. 하지만 치카는 공격을 예상했는지 아슬아슬하게 피했다. 그 후에 지은 「홋……, 선배는 물러요」라고 말하는 듯한 표정에 짜증이 밀려온 하루미는 이번에는 도망치지 못하도록 치카의 멱살을 잡았다.

"끄악!"

"아무튼, 이자요이 미쿠를 감시하자. 반드시 특종거리를 손에 넣고 말겠어!"

하루미는 치카의 관자놀이에 꿀밤을 날리면서 자신만만한 미소를 지었다.

◇

"하암……."

라이브 다음날. 미쿠는 린도지 여학원 학생식당에서 입을 크게 벌리며 하품을 했다.

아이돌은 노력과 근성으로 이루어져 있다. 미쿠는 체력에 꽤 자신이 있지만, 전력을 다한 라이브 후라 그런지 조금 피곤했다. 게다가 한낮의 따뜻한 햇살과 포만감이 더해지자, 미쿠도 졸음이 몰려오는 것이다.

그러자, 미쿠의 맞은편에 앉아서 함께 점심을 먹던 소녀들이 깜짝 놀란 듯한 눈길로 쳐다보았다.

"언니, 많이 피곤하신가요?"

"라이브 다음날이니까요. 무리하시지 말고 학교를 쉬는 편이 좋지 않았을까요?"

린도지 여학원의 가련한 꽃들이 불안 섞인 표정을 지으며 그렇게 말했다.

미쿠는 하품을 하느라 눈가에 어린 눈물을 손으로 훔친 뒤, 미소를 머금었다.

아이돌이 팬에게 불안감을 안겨선 안 된다. 아이돌이란 말 그대로 우상(偶像)이다. 그저 노래하고 춤추기만 하는 존재가 아닌 것이다.

"괜찮아요~. 오늘은 날씨가 따뜻해서 졸린 것뿐이랍니다. 그리고 라이브 다음날이라고 학교를 쉴 수는 없어요. 그러면 여러분과 함께 하는 시간이 줄잖아요~."

"언니……."

"아아, 정말 상냥하세요……!"

미쿠의 말을 들은 소녀들이 감격한 표정을 지었다. 그중에는 감격의 눈물을 흘리거나 수첩을 꺼내 미쿠가 방금 한 말을 메모하는 이도 있었다.

"……그래도 진짜로 무리하지는 마세요, 언니."

"맞아요. 언니께서 만약 쓰러지기라도 하신다면, 저희는……."

"우후후, 고마워요. 그리고 걱정하지 마세요. 여러분이 그렇게 말해주면 기운이 쑥쑥 솟아나니까요."

미쿠는 빙긋 웃으면서 귀여운 포즈를 취했다. 그에 몇몇 소녀들은 현기증이 난 것 같았으며, 다른 소녀들은 존엄한 존재를 숭배하듯 넙죽 엎드렸다.

미쿠는「반응이 과하네요~」하고 쓴웃음을 지으며 그런 소녀들을 둘러본 후, 한숨을 내쉬었다.

"게다가…… 오늘은 하굣길에『들를』생각이니까요."

"……예? 들른……다고요?"

"어디에 말이죠……?"

그 수수께끼 같은 말을 들은 소녀들이 고개를 갸웃거렸다. 미쿠는 미소와 함께 검지를 입술에 댔다.

"기운을 얻을 수 있는 장소랍니다. 그래요……『비밀의 화원』이라고나 할까요?"

미쿠가 그렇게 말하며 윙크를 하자, 그 소악마 같은 모습에 충격을 받은 몇몇 소녀들이 심장을 움켜쥐며 테이블 위로 그대로 쓰러졌다.

"앗! 선배, 이자요이 미쿠가 왔어요!"

"……윽!"

갑작스러운 치카의 외침에 하루미는 몸을 부르르 떨었다. 눕혀둔 좌석이 흔들리더니, 컵홀더에 꽂아둔 먹다 만 캔 커피의 내용물이 약간 엎질러졌다.

하지만 그런 것을 신경 쓸 때가 아니었다. 하루미는 블라우스에 튄 갈색 액체를 대충 닦으며 좌석을 일으킨 뒤, 쌍안경을 손에 쥐고 치카의 시선이 향하는 곳을 쳐다보았다.

현재 하루미와 치카는 미쿠가 다니는 린도지 여학원의 정문 앞— 정확하게는 정문을 지키는 수위가 미심쩍어 하지 않을 만큼 멀리 떨어진 거리에 세워둔 차 안에 있었다. 허가 없이는 학교 부지 안으로 들어갈 수 없기에, 미쿠가 나타날 때까지 여기서 잠복하고 있던 것이다.

"드디어 나왔구나. 하아, 시간 낭비 한번 제대로 했네."

"……정문을 감시한 사람은 저잖아요. 선배는 잠만 퍼질러 잤으면서~."

치카가 입술을 삐죽 내밀며 그렇게 말했지만, 하루미는 들은 척도 하지 않으며 쌍안경으로 학교 쪽을 살폈다.

린도지 여학원의 호화로운 정문에서 소녀들을 거느린 미쿠가 나왔다.

미쿠는 우아하게 다른 소녀들을 향해 손을 흔든 뒤, 정문 앞에서 기다리고 있던 검은색 고급차량에 탑승했다.

"저 차를 쫓아가자. 의심받지 않도록 거리를 벌리되, 절대 놓치지 마."

"자기는 면허도 없으면서, 남한테 말도 안 되는 요구만 해 댄다니깐……."

"무슨 말 했어?"

"아뇨~. 안전벨트 매세요."

치카는 불만 섞인 표정을 지으면서 핸들을 쥐었다. 하루미는 셔터 찬스를 놓치지 않기 위해 카메라를 쥐었다. 그리고 차가 급발진을 한 바람에 시트에 머리를 찧고 만 하루미는 순순히 안전벨트를 맸다.

미쿠가 탄 차량은 규정 속도를 지키면서 동텐구 쪽으로 향했다. 수상한 움직임은 보이지 않았다. 아무래도 하루미 일행의 미행을 눈치채지는 못한 것 같았다.

그렇게 얼마나 이동했을까. 카메라를 든 하루미의 눈썹이 희미하게 흔들렸다.

"묘하네……."

"예? 뭐가요?"

"차가 향하는 방향 말이야. 이자요이 미쿠의 자택 쪽도, 사무소 쪽도 아냐. 녹음 스튜디오와는 반대 방향이지. 어쩌면…… 오늘 특종을 잡을지도 몰라."

하루미는 기대에 찬 미소를 머금었다.

바로 그때였다. 마치 짜기라도 한 것처럼 앞서 달리던 차가 멈추더니, 이자요이 미쿠가 차에서 내렸다.

그곳은 평범한 주택가였다. 맨션과 단독주택이 길을 따라 규칙적으로 존재했다.

"예, 여기면 돼요~. 돌아갈 때도 잘 부탁드릴게요."

미쿠가 손을 가볍게 흔들자, 차는 그대로 출발했다. 주차장으로 향하는 걸까— 아니면, 미쿠는 집으로 돌아갈 생각이 없는 걸까. 어느 쪽이든 간에, 미쿠의 목적지는 이곳 같았다. 하루미는 연이어 셔터를 눌렀다.

"후후후, 천하의 아이돌 님께서 무슨 일로 이런 한적한 주택가를 찾은 걸까~?"

하루미가 특종의 예감으로 마음속을 가득 채우고 있을 때, 미쿠가 움직였다.

"……앗!"

누군가를 발견했는지, 미쿠가 환한 표정을 지으며 어딘가로 뛰어가기 시작했다.

"……어!"

그런 미쿠의 표정은 사랑에 빠진 소녀 그 자체였다. 하루미는 마음속으로 「아싸~!」 하고 외치면서 미쿠를 향해 카메라의 렌즈를 들었다.

하지만…….

"나츠미 야아아아앙!"

"─윽?!"

미쿠의 시선이 향한 곳에는 조그마한 체구의 소녀가 있었다. 언짢은 듯한 눈매와 퍼석해 보이는 머리카락을 지닌 아이였다. 아무래도 미쿠의 동성 친구 같았다.

"……뭐야. 여자잖아."

여자아이들끼리 사이좋게 시시덕거리는 사진을 찍어봤자 특종과는 거리가 멀다. 하루미는 낙담한 것처럼 한숨을 내쉬며 카메라를 내리더니, 주위에 남자가 없는지 둘러보았다.

그러자, 그 순간―.

"아앗……?!"

옆자리에 앉아있던 치카가 경악에 찬 목소리를 토했다. 갑자기 치카가 귓가에서 고함을 지른 바람에 하루미는 깜짝 놀랐다.

"하, 하바라, 왜 그래? 깜짝 놀랐잖아."

"죄, 죄송해요. ……그, 그것보다 선배! 방금 찍었어요?! 이, 이자요이 미쿠가 저 여자애를 끌어안은 순간, 저 여자애는 정기를 빨려서 말라비틀어졌어요!"

"뭐……? 그게 무슨―."

의아해하면서 미쿠를 향해 다시 고개를 돌린 하루미는 눈을 치켜떴다.

치카가 방금 말한 것처럼, 방금까지 두 발로 서 있던 여자애가 마치 빈껍데기만 남은 것처럼 말라버린 채로 지면에 쓰러졌다.

아니, 그뿐만이 아니었다. 저 여자아이의 참상과 반비례

하듯, 미쿠의 피부가 매끈해졌다. 마치 진짜로 정기를 빨린 것처럼 보였다.

"대, 대체 무슨 일이……."

하루미가 당혹스러운 표정을 짓고 있는 사이, 미쿠는 그 여자아이를 상냥히 안아 들고 근처에 있는 집으로 들어갔다.

그곳은 평범한 2층 주택이었다. 현관의 문패에는 『이츠카』라는 글자가 새겨져 있었다.

"……앗! 저 집이 목적지인 거야? 아하…… 그렇게 된 거구나."

"선배, 그게 무슨 소리예요?!"

"저 애는 이자요이 미쿠가 사귀는 남자의 여동생이야! 그렇게 생각하면 앞뒤가 맞아!"

"그, 그렇군요……. 그럼 방금 에너지 드레인의 원리는……."

"그건 전혀 모르겠어!"

하루미는 딱 잘라 그렇게 말한 뒤, 차의 문손잡이를 향해 손을 뻗었다.

"어쨌든, 여기서는 아무것도 보이지 않아. 쫓아가자!"

"아, 예!"

당황한 치카를 대동하고 차에서 내린 하루미는 미쿠가 들어간 집에 다가갔다.

하지만 담 때문에 집 안이 보이지 않았다. 하루미는 쳇 하고 혀를 차더니 담을 넘으려 했다.

"어? 선배, 지금 뭐하려는 거예요?! 설마 불법 주거 침입을 하려고요?!"

"오늘 찍는 사진에 우리의 미래가 걸려 있단 말이야! 괜찮아! 들키지만 않으면 되니까 걱정하지 마……!"

린도지 여학원은 유명 사립학교라 경비가 엄중했지만, 개인주택은 방범 설비가 제대로 되어 있을 리가 없다. 게다가 딱히 뭔가를 훔치려는 것도 아니니, 여차하면 도망치면 된다.

"정말…… 잘못돼도 저는 몰라요."

하루미의 표정을 보고 말려봤자 소용이 없다는 걸 눈치챈 치카는 투덜거리며 그 뒤를 따랐다. 하루미는 만족한 듯이 고개를 끄덕인 후, 그대로 담을 넘어서 집의 뒤뜰에 들어섰다.

그리고 벽에 찰싹 붙어서 몸을 숨긴 후, 커다란 창문을 통해 거실을 들여다보았다.

그곳에는 미쿠를 포함해 여러 소녀들이 모여 있었다.

"우와…… 저 애들은 대체 뭐죠? 전부 연예인일까요……?"

하루미와 함께 거실을 들여다보던 치카가 깜짝 놀란 표정을 지었다. 그녀가 방금 말한 것처럼, 집 안에 있는 소녀들은 하나같이 미쿠와 비교해도 손색이 없을 만큼 미소녀들이었다.

하지만 저 소녀들의 얼굴은 낯이 익지 않았다. 연예부 기자인 하루미가 모르는 것을 보면 아직 연습생이거나, 막 영입된 신인이리라.

"하지만, 전부 여자네요. 역시 단순한 홈파티 아닐까요?"

"그럴 리가—."

말을 이으려던 하루미의 눈썹이 희미하게 떨렸다.

"……어쩌면 우리는 생각했던 것보다 훨씬 위험한 일에 발을 들이민 걸지도 몰라."

"선배, 그게 무슨 소리예요?"

"여기는 바로…… 하렘이야."

"하, 하렘……?"

치카가 식은땀을 흘리며 그렇게 중얼거렸다. 하루미는 고양감과 전율에 사로잡힌 채 고개를 끄덕였다.

"응. 연예기획사의 사장이나 대기업 중역, 혹은 정치가가 거금을 들여 예쁜 여자들을 이 집에 모아둔 거지."

"그, 그럴까요? 그런 것치고는 평범한 민가 같은데요……."

"위장을 한 거야. 이런 한적한 주택가에서 주지육림을 즐길 거라고는 아무도 생각하지 못하겠지. 내 예상이 옳다면, 이 집 옆에 있는 맨션이 저 여자애들의 숙소일 거야. 스폰서가 고급 맨션의 방을 사서 쟤들에게 하나씩 준 게 틀림없어."

"그렇군요…… 앗! 선배, 누군가가 거실 안으로 들어왔어요!"

납득한 표정으로 고개를 끄덕이던 치카가 갑자기 목소리를 높였다.

"왔구나……!"

하루미는 즉시 셔터를 눌렀다.

한 소년이 거실로 들어왔다. 중성적인 외모와 상냥한 눈매를 지닌 이였다. 겉모습만 봐선 저 소녀들을 농락하고 있는 스폰서 같아 보이지는 않았다.

하지만 하루미는 놓치지 않았다. 저 상냥한 눈매 깊은 곳에서 짐승 같은 음욕(淫慾)이 소용돌이 치고 있다는 사실을……

"흐음……. 저 애가 하렘의 주인이구나. 의외로 젊네. 대기업 사장이나 정치가의 아들일 것 같아. 저렇게 어린 나이에 계집질에 빠져 살다니, 정말 문란하기 짝이 없네."

하루미는 히죽거리면서 셔터를 연이어 눌렀다. 소녀들, 소년, 그리고 소년과 이자요이 미쿠의 투샷을 찍자, 그 미소는 더욱 진해졌다.

"훗, 후후후……. 해냈어. 이건 특종이야! 이제 저 소년의 본성만 알아내면 완벽……."

하지만— 하루미는 말을 끝까지 잇지 못했다.

갑자기 목에서 차가운 무언가의 감촉이 느껴지더니…….

"움직이지 마."

그런 차가운 목소리가, 등 뒤에서 들려온 것이다.

"히익……!"

갑작스러운 사태에 하루미는 그대로 굳어 버렸다. 다음 순간, 자신의 목에 닿은 것이 나이프의 날이라는 사실을 눈치챘다.

—전율. 하루미는 식은땀을 흘리면서 저항할 의지가 없다

는 것을 드러내기 위해 두 손을 들어올렸다.

　시야 구석에 습격자의 모습이 비쳤다. 색소가 옅은 머리카락이 인상적인 아름다운 소녀였다. 하지만 그 소녀의 얼굴에는 표정이 어려 있지 않았으며, 인간이라기보다 인형, 혹은 기계 같아 보였다.

　"저, 저기, 나는, 수상한 사람이……."

　하루미는 자신이 수상해 보인다는 것을 알고 있지만, 그렇게 말할 수밖에 없었다. 그녀는 이를 덜덜 떨며, 더듬더듬 말을 이었다.

　"……."

　소녀는 하루미의 말에도, 얼이 나간 치카에게도 흥미를 보이지 않았다. 그저 하루미가 들고 있던 카메라를 빼앗더니, 한 손으로 사진 파일을 확인했다.

　"……흐음."

　그리고 방금 하루미가 찍은 사진을 체크한 후, 낮은 신음을 흘리며 차가운 시선으로 그녀를 쳐다보았다.

　"시도가 매력적인 건 알지만, 남의 집에 불법으로 침입해서 사진을 찍는 건 용납할 수 없어."

　"아, 예……."

　"같은 시도 마니아로서, 신고는 하지 않겠어. 하지만 이 데이터는 압수할 거야. 이의 없지?"

　"어, 없슴다……."

소녀의 말이 이해가 되지 않았지만, 하루미는 그렇게 대답할 수밖에 없었다.

카메라에서 SD카드를 꺼낸 소녀는 카메라 본체를 조작한 후에 하루미에게 돌려주고 나서야 나이프를 거뒀다.

"푸핫……."

아무래도 극도의 긴장 상태에 처한 바람에 무의식적으로 숨을 멈추고 있었나 보다. 하루미는 비틀거리며 손으로 지면을 짚은 뒤, 어깨를 들썩이며 거칠게 숨을 쉬었다.

"서, 선배, 괜찮아요?"

"으, 응……. 괜찮아……."

하루미가 목을 매만지며 치카에게 대답하자, 소녀는 무기질적인 시선으로 두 사람을 쳐다보며 조용히 말했다.

"이번에는 눈감아 주겠어. 하지만 다음에는 봐주지 않을 거야."

"……아, 알겠습니다……."

얼굴이 진땀으로 범벅이 된 하루미는 고개를 끄덕이며 서둘러 이 자리를 벗어나려 했다. 하지만…….

"멈춰."

다음 순간, 입을 연 소녀가 한 걸음 내딛더니, 하루미의 가슴 호주머니에서 펜을 뽑았다.

"아……."

하루미는 무심코 신음을 흘렸다. 왜냐하면 그것은 평범한 펜이 아니라, 뚜껑 부분에 소형 카메라가 내장되어 있는 것이었다. 바로 여차할 때에 대비한 몰카였다.

"어, 어떻게 알았지……?"

"펜의 디자인이 눈에 익어. 기성품을 그대로 쓰는 건 좋지 않아. 분해를 해서 카메라를 다른 펜에 이식하는 걸 추천할게. 겉모양을 화려하게 해서 렌즈를 숨기는 것도 괜찮아. 아무튼, 이것도 압수하겠어."

"크윽…… 맘대로 해!"

하루미는 분통을 터뜨리듯 그렇게 말한 뒤, 치카와 함께 그 자리를 벗어났다.

"—『인간은 빵만 먹고는 살 수 없다』는 말이 있어요. 물질적인 욕구를 충족하게 되면 기분이 좋겠죠. 하지만 포만감을 얻더라도, 마음이 만족되지 않는다면 인간은 살 수가 없어요. 그럼 마음을 만족시키는 것은 바로 무엇일까요? 이제 알겠죠? 그래요, 나츠미 양의 머리 향기예요."

"……일단 네가 무슨 소리를 하는 건지 모르겠다는 건 알겠어."

코토리는 도끼눈을 뜨며 한숨을 내쉬었다.

미쿠가 말라비틀어진 나츠미를 안아 들고 집에 들어오자, 코토리는 뭐가 어떻게 된 건지 물어보았다. 그러자 미쿠는 기도를 올리듯 깍지를 끼더니, 눈을 반짝이며 그렇게 말한 것이다. ……그 모습은 경건한 신도처럼 보였지만, 미쿠가 모시는 건 아마 사악한 신일 것이다.

코토리가 어이없다는 표정으로 어깨를 으쓱하자, 미쿠는 온화한 미소를 머금으며 말을 이었다.

"그리고 코토리 양, 이런 말도 있어요."

"뭐?"

"『고기를 연이어 먹다 보면 생선도 먹고 싶어지기 마련이다』."

미쿠는 그 말을 입에 담자마자 그대로 코토리를 꼭 끌어안으려 했다. 하지만 코토리는 두 손을 펼치고 미쿠의 손을 움켜잡았다.

"자, 잠깐만, 미쿠?!"

"아앙~, 괜찮잖아요~. 요즘 코토린이 부족해서 피부가 거칠어진 것 같은 느낌이 들어요~!"

"멋대로 영양소를 만들지 말아 줄래?! 그리고 아까 이야기와 모순되거든?!"

코토리와 미쿠가 그렇게 공방전을 펼치고 있을 때였다. 마치 짜기라도 한 듯한 타이밍에 현관 쪽에서 소리가 들리더니, 새로운 손님이 모습을 드러냈다. ―오리가미였다.

"앗, 오리가미 양~!"

"윽! 빈틈 발견!"

코토리는 오리가미에게 정신이 팔린 미쿠의 손을 쳐내고

는 후방으로 이탈했다. 그러자 균형을 잃은 미쿠가 그대로 바닥에 엎어졌다.

"아앙~. 너무해요, 코토리 양~."

"하아, 정말…… 어, 어라? 오리가미? 들고 있는 건 뭐야?"

코토리가 오리가미 쪽을 쳐다보며 고개를 갸웃거렸다. 어찌된 건지 오리가미는 펜과 SD카드를 손에 들고 있었다.

"뜻밖의 횡재를 했어."

"……응? 그, 그래?"

잘은 모르겠지만, 좋은 일이 있었던 것 같았다. 만족한 표정을 짓고 있는 오리가미를 본 코토리는 대충 흘려 넘기며 본론에 들어갔다.

"……뭐, 좋아. 이제 다들 모였지? 전에도 말했다시피, 오늘은 정기검진 날이야. 〈프락시너스〉의 기자재가 점검 중이니까, 오늘은 지하시설 쪽으로 이동할 거야."

코토리가 그렇게 말하자, 거실에 모인 정령들이 한 목소리로 『오~!』 하고 힘차게 대답했다. 소파에 누워 있던 나츠미 역시 말은 하지 않았지만, 어찌어찌 손을 들어 보였다.

◇

"바, 방금 그 애는 대체 뭘까요……."

"……분명 저 하렘의 주인, 혹은 이자요이 미쿠의 보디가

드일 거야. 겉보기에는 귀여운 여자애지만, 눈빛은 범상치 않았어……."

문제의 집에서 겨우겨우 빠져나온 하루미는 여전히 차가운 감촉이 남아 있는 목덜미를 매만지며 전율에 찬 목소리로 그렇게 말했다.

등 뒤로 다가올 때까지 기척을 숨기는 기술, 냉철하면서도 정확한 관찰안, 그리고 필요하다면 주저 없이 하루미의 목을 나이프로 찢었을 냉혹함— 전부 다 일반인과는 거리가 멀었다. 예전에 거물 배우의 마약 소지 의혹을 취재했을 때, 건장한 오라버니들에게 둘러싸인 경험이 있는 하루미조차도 무심코 오줌을 지릴 뻔했을 정도다.

"아마 어릴 적에 타고 있던 비행기가 추락한 바람에 남미의 특수부대에서 길러진 군인 같은 걸 거야. 호적상으로는 사망으로 처리되어 있기 때문에 『조직』의 더러운 일을 처리하는 데 적합한 거겠지."

"조, 『조직』이 뭐죠?!"

"대충 입에서 나오는 대로 중얼거렸을 뿐이야."

하루미는 흥 하고 코웃음을 쳤다.

하지만 이자요이 미쿠가 반사회적 세력과 접점이 있는 것은 틀림없어 보였다. 아마 하렘의 주인인 저 소년의 부모가 거물이리라. 그렇지 않다면, 저런 피도 눈물도 없는 살인 머신을 고용할 수 있을 리가 없다.

"……저, 저기, 선배. 물어볼 게 하나 있는데요."

그때, 치카가 머뭇거리며 입을 열었다. 하루미는 「뭔데?」하고 짤막하게 물었다.

"아니, 저희가 지금 뭘 하고 있는 건가 싶어서요……."

"뭘 하냐니……."

하루미는 눈썹을 찌푸리면서 치카를 쳐다보았다.

"집 근처에 있다간 또 발각 당할지도 모르니까, 멀리서 특종을 잡기 위해 근처 빌딩에 침입해서 옥상으로 향하고 있는 거잖아."

"그건 알고 있어요! 제가 하고 싶은 말은 그게 아니라고요!"

하루미가 태연한 어조로 대답하자, 치카는 비명에 가까운 목소리로 외쳤다.

"경고 받았죠?! 충고도 받았죠?! 그런데 왜 의욕을 불태우는 건데요?! 이제 그만 회사로 돌아가자고요!"

"무슨 소리를 하는 거야? 기자의 피가 끓지 않아? 이건 틀림없이 어마어마하게 큰 건수야. 그리고 이대로 꼬리를 말고 도망쳐서, 정년 때까지 종이상자나 접는 부서에서 썩고 싶은 거야?"

"죽는 것보다는 나아요! 종이상자를 깨끗하게 접을 수 있도록 노력할게요! 그리고 부서 안의 마돈나가 되어서, 제가 접은 종이상자를 보고 감동한 스물여덟 살 가량의 영업부 에이스와 결혼해서 행복한 가정을 꾸릴래요!"

"……너, 보기보다 뻔뻔하구나."

치카를 흘겨보며 그렇게 말한 하루미는 비상계단을 성큼성큼 올라가더니, 이윽고 빌딩 옥상에 도착했다. 치카는 푸념을 늘어놓으면서도 하루미의 뒤를 따랐다.

"좋아. 시야는 양호해. 여기에서라면 찍을 수 있겠어. 이제 저 보디가드가 커튼을 치지만 않는다면……."

주위를 둘러보던 하루미는 갑자기 입을 다물었다.

옥상에, 먼저 온 손님이 있었던 것이다.

"……."

서른 살 가량으로 보이는 여성이 옥상 가장자리에 발을 걸친 채, 쌍안경으로 어딘가를 바라보고 있었다. 목덜미 언저리에서 머리카락을 하나로 모아 묶었고, 딱히 인상에 남지 않는 외모를 지녔다. 모자를 깊이 눌러썼으며, 움직이기 쉬운 스포츠웨어를 걸치고 있었다.

"……응?"

하루미의 눈썹 끝이 희미하게 떨렸다.

왜냐하면 그녀의 시선이 아까 하루미와 치카가 침입했던 집 쪽을 향하고 있던 것이다.

그러자 하루미의 시선에서 무언가를 느꼈는지, 여성이 쌍안경에서 눈을 떼고 하루미를 향해 고개를 돌렸다.

"누구죠?"

여성은 미심쩍다는 듯이 미간을 찌푸리며 그렇게 말했다.

그 목소리에서는 날카로운 가시 같은 경계심이 느껴졌다.

"……아하."

그녀의 행동, 그리고 그 날카로운 안광과 범상치 않은 분위기를 보고 그녀의 정체를 눈치챈 하루미는 납득했다는 듯이 고개를 끄덕였다.

"……동업자야."

"……."

하루미가 그렇게 대답하자, 여성은 눈을 가늘게 떴다.

DEM인더스트리 제1집행부 첩보원, 쥬디 블러드베리는 옥상에 나타난 2인조 여성의 움직임에 세심한 주의를 기울였다.

그럴 만도 했다. 정령의 감시 임무 중에 느닷없이 나타난 것도 모자라, 동업자를 자처한 것이다. 경계하지 않는 게 오히려 이상했다.

"……."

아무 말 없이 두 사람의 외모를 관찰했다. 키가 큰 여성과, 체구가 조그마한 여성이었다.

낯이 익다 싶더니, 아까 감시 대상인 이츠카 시도의 집에 침입했다가 정령 중 한 명에게 격퇴 당했던 2인조였다.

동업자— 그렇다면 위저드인 걸까. 추가 요원을 보낸다는 이야기는 듣지 못했지만, 쥬디는 곧 생각을 바꿨다. 저들이

제2집행부의 위저드라면 못 알아보는 것도 무리는 아니다.

아이작 웨스트코트 직할인 제2집행부는 다른 부서의 사정을 전혀 고려하지 않으며 힘을 휘두를 수 있는 폭군이자 어리광쟁이였다. 그 거만하고 불손한 집행부장, 엘렌 메이저스라면 제1집행부의 공적을 채가려 해도 이상할 것이 없다. 쥬디의 경계심에 미세한 혐오감이 어렸다.

쥬디의 시선이 변했다는 것을 눈치챘는지, 2인조 여성이 입을 열었다.

"아, 자기소개가 늦었어. 『웬즈데이』의 후미즈키 하루미야."

"하바라 치카예요."

"……티오리쿠스 넘버, 쥬디 블러드베리예요."

쥬디는 경계심을 풀지 않은 채, 일단 그렇게 대답했다.

어차피 그녀들이 방금 밝힌 이름도 본명일 리가 없다. 첩보원에게 있어 이름이란, 잠시 쓰다 버리는 기호에 지나지 않는다. 게다가 그녀들 또한 쥬디와 마찬가지로 리얼라이저를 이용해 얼굴을 바꿨을 것이다. 『웬즈데이』라는 저들의 소속처 또한 들어본 적이 없다. 새로운 부대— 혹은 암호일까.

"……무슨 일이죠? 저의 일을 방해하려는 거라면 용서하지 않겠어요."

"자, 잠깐만, 그렇게 무서운 표정 짓지 마. 딱히 방해하려는 건 아냐. 그저, 저 건수를 노리는 게 당신만이 아니라는 걸 알려주려는 거야. 당신이야말로 우리 일을 방해하려는

미쿠 스캔들 259

건 아니겠지?"

자신을 하루미라고 밝힌 키가 큰 여성이 도발적인 어조로 그렇게 말했다. 그러자 쥬디는 흥 하고 코웃음을 치며 대꾸했다.

"아까 타깃의 집에 함부로 침입했을 뿐만 아니라 들켜서 쫓겨난 사람치고는 태도가 참 거만하군요."

"아, 봤나 보네요……."

치카가 볼을 붉히며 그렇게 말했다. 그러자 하루미는 「쉿!」하고 그녀의 입을 막았다.

"돌격 취재라는 거야. 사지에 들어서야 얻을 수 있는 정보도 있거든."

"호오, 그럼 아까 전의 돌격으로 타깃이 경계심을 품게 된 것 이외에 어떤 이득을 얻었는지 알려주실까요?"

"어이쿠, 그 수에는 넘어가지 않아. 우리에게 정보란 생명줄이거든. 공짜로 알려달라는 건 너무 뻔뻔한 소리 아냐?"

"……."

하루미의 말에 쥬디는 미간을 찌푸렸다. 또한, 이 여자들의 목적을 알 수가 없었다.

우선 아까부터 옥상을 임의영역으로 감쌌는데도 전혀 반응을 보이지 않는 것이 믿기지 않았다. 딱히 상대에게 압박을 가하고 있진 않지만, 위저드에게 있어 상대방의 테리터리에 갇힌다는 것은 목에 나이프가 닿은 것이나 다름없었다.

보통은 상대의 테리터리를 감지하자마자 자신도 테리터리를 전개하는 것이다.

─혹시 리얼라이저를 휴대하고 있지 않은 건가. 쥬디의 뇌리에 그런 생각이 떠올랐다.

그러고 보니 아까 그녀들은 정령과 접촉했다. 그때 리얼라이저를 휴대하고 있었다면, DEM의 위저드라는 사실을 들켰을 가능성이 있다. 그렇다면 그녀들은 일부러 리얼라이저를 휴대하지 않고, 일반인을 가장한 채 정령과 접촉하는 임무를 맡은 에이전트인가? 하지만, 대체 왜? 그녀들은 아까 정령과 어떤 대화를 나눴을까⋯⋯?

수많은 의문이 쥬디의 머릿속을 뒤덮었다. 첩보원의 직감에 따르면, 그녀들은 어떤 정보를 확보했다. 쥬디는 상대방을 흔들기 위해 약간 도발적인 어조로 입을 열었다.

"─혀 한번 참 잘 돌아가는군요. 역시 그 부장의 부하다워요. 그 기술을 살릴 거라면, 당신들도 당신네 부장과 마찬가지로 사장의 잠자리 시중이나 들지 그래요?"

쥬디는 그렇게 말하면서 옥상을 뒤덮은 테리터리를 조작했다. 그녀들이 화를 내며 달려들면 대응할 수 있도록 말이다.

제2집행부의 위저드들은 DEM 안에서도 특히 열광적으로 웨스트코트와 엘렌을 신봉하는 자들이었다. 이런 노골적인 모욕을 듣는다면 말실수를 할지도 모른다.

"뭐⋯⋯?"

"부…… 부장님이 말인가요?"

하지만 그녀들은 쥬디의 예상과 다른 반응을 보였다. 분노를 터뜨리는 것이 아니라 당혹스러운 표정을 지으며, 둘이서 소곤거리기 시작했다.

하루미는 당혹스러웠다.

그러는 것도 당연했다. 잠복 현장에서 동업자(티오리쿠스 뭐시기는 처음 듣는 잡지 이름이다. 외국의 미디어 매체인 걸까?)와 마주쳤는데, 그 기자가 하루미네 회사의 스캔들을 폭로한 것이다.

게다가 그 내용이 심각했다. 부장(곤다 히데오, 52세)가 사장(우에모토 카즈나리, 60세)의 잠자리 시중을 든다는 것이다. 게다가 두 사람 다 남자다.

"어? 잠깐, 부장님과 사장님이……? 그런 거야? 아, 아니, 뭐, 취향은 사람마다 다르니까 참견할 생각은 없지만, 양쪽 다 아내와 자식이 있지 않아……?"

"예……. 하지만 부장님과 사장님, 둘 다 권태기라 각방을 쓰고 있다는 이야기는 들었어요……."

"날이 갈수록 쌓이는 쓸쓸함, 농익은 육체의 욕구……."

"이윽고 두 사람은 서로의 마음에 생긴 틈새를 메우듯 금단의 관계가……."

하루미와 치카는 소곤거리면서 대화를 나눈 후, 누가 먼저랄 것도 없이 「우웩……!」 하고 질색하는 듯한 표정을 지었다.

그런 두 사람의 반응을 본 쥬디란 이름의 기자가 미심쩍은 표정을 지었다.

"……당신들, 화 안 내요?"

"아니, 그게, 화가 나는 건 고사하고 너무 의외라서……."

"설마 우리 회사가 그렇게 문란한 환경이었다니……. 그것보다 이렇게 엄청난 사실을 몰랐다는 게 좀 부끄러워요."

"맞아……. 우리가 움켜쥔 부장의 약점이라고 해봤자 요즘 들어 요실금에 걸린 것과, 뻔히 티가 나는 가발을 쓰고 다니는 것뿐인데……."

"뭐?!"

하루미가 별것 아니라는 투로 한 말에 쥬디가 경악했다.

"자, 잠깐만요. 정말인가요? 그 부장이 말인가요?!"

"어? 그게 그렇게 놀랄 일이야? 우리 업계에서는 꽤 알려진 일이잖아. 요실금은 나이를 먹을 만큼 먹었으니 어쩔 수 없다 쳐도, 가발 쪽은 신경 좀 써줬으면 좋겠어. 그런 꼴로 화내봤자 웃기기만 하거든."

"……당신들, 그런 소리를 해도 괜찮겠어요? 그 부장이 죽이려고 들걸요?"

쥬디가 걱정스러운 어조로 그렇게 말했다. ……그녀가 더 충격적인 건수를 알고 있는 것 같은데 말이다.

바로 그때—.

"—앗!"

식은땀을 삐질삐질 흘리며 당황한 반응을 보이던 쥬디의 눈썹이 떨리더니, 그녀는 곧바로 이츠카 가를 향해 고개를 돌렸다.

방금까지 당혹스러운 표정을 짓고 있던 쥬디는 침착한 표정으로 이츠카 가를 관찰했다. 그 재빠른 반응은 스파이 영화에 나오는 프로 에이전트를 연상케 했다.

"······움직였어."

혼잣말을 중얼거린 쥬디는 발치에 놓인 배낭을 어깨에 걸치더니, 하루미와 치카의 옆을 지나치며 비상계단으로 내려갔다.

"어? 갑자기 왜 저러는 거죠?"

"······으음, 잘 모르겠지만 이자요이 미쿠에게 움직임이 있는 것 같아. 대박 건수를 빼앗길 수야 없지. 우리도 쫓아가자!"

"아, 예······!"

하루미와 치카는 엄청난 속도로 계단을 내려가는 쥬디를 쫓아갔다.

◇

"······흐음."

뒷골목에 몸을 숨긴 쥬디는 날카로운 눈빛으로 길 건너편에 있는 주상복합빌딩을 응시했다.

이츠카 가를 나선 정령들은 아까 저 빌딩에 들어갔다. 언뜻 보면 평범한 빌딩 같지만, 아마 〈라타토스크〉가 소유한 건물일 것이다.

마음 같아서는 어떤 시설인지 조사하고 싶지만, 저 건물에 잠입하는 건 위험하다. 일단 오늘은 장소를 파악한 것으로 만족하자고 판단한 쥬디는 휴대형 단말에 시설의 위치정보를 기록하려 했다.

하지만…….

"선배, 선배! 방금 저 빌딩에 들어갔죠?"

"응……. 딱 봐도 수상하네. 어쩌면 비밀 카지노나 회원제 데이트 클럽일지도 몰라……. 현장 사진을 찍어야겠어."

그런 목소리가 들려오자, 쥬디는 움직임을 멈췄다. 쥬디를 따라온 듯한 하루미와 치카가 저 빌딩에 들어가려고 한 것이다.

"멈춰요."

쥬디는 그 두 사람의 목덜미를 움켜쥐고, 그대로 뒷골목으로 끌고 갔다.

"꺄앗!"

"잠깐만, 뭐하는 거야?!"

"……그건 제가 할 말이에요. 죽고 싶나요?"

쥬디가 도끼눈을 뜨며 그렇게 말하자, 하루미는 훗 하고 자신만만한 미소를 흘렸다.

"호랑이를 잡으려면 호랑이굴에 들어가야지. 위험을 감수하지 않고 성과를 얻을 수 있을 것 같아?"

"으음, 저는 가능하면 죽고 싶지 않은데……."

치카가 인상을 찡그리며 그렇게 말했다. 하루미는 「폼 안 나니까 입 좀 다물고 있어!」 하고 치카의 머리에 꿀밤을 날렸다.

"쥬디라고 했지? 내키지 않으면 당신은 여기서 기다려. 내 활약상이나 구경하면서 말이야."

"큭……."

하루미가 도발하듯 그렇게 말하자, 쥬디는 이를 악물었다.

이 상황에서 적의 시설에 침입하는 건 위험하다. 하지만 이대로 물러났다간, 제2집행부에게 모든 공적을 빼앗길지도 모른다.

순식간에 거기까지 생각이 미친 쥬디는 작게 혀를 찼다.

"……어쩔 수 없군요. 저도 동행하죠."

"휘유~. 결단 한번 빨리 내리네. 라이벌이지만 대단한걸."

하루미가 감탄한 것처럼 휘파람을 불었다. 쥬디는 가늘게 숨을 내쉰 후, 리얼라이저를 조작했다.

"―테리터리로 입구의 감시카메라 작동을 일시적으로 막겠어요. 리얼라이저는 휴대하고 있지 않죠? 가능하면 저한테서 떨어지지 마세요."

"······선배. 이 사람, 갑자기 무슨 소리를 하는 걸까요?"

"······그냥 못 들은 척해. 큰일을 앞두고 텐션을 올리려고 저러는 거야."

치카와 하루미는 낮은 목소리로 소곤거렸다. 쥬디는 「가죠」 하고 짤막하게 말한 뒤, 빌딩 입구를 향해 걸어갔다. 두 사람은 살금살금 그 뒤를 쫓아갔다.

예상대로 빌딩 입구에는 감시카메라가 설치되어 있었다. 쥬디는 테리터리로 일시적으로 작동을 방해한 후, 문의 전자락(lock)을 해제하려 했다.

하지만 테리터리 안에서 전자락에 간섭을 하려 하자, 저 기기에도 리얼라이저가 쓰였다는 사실을 알 수 있었다. 억지로 해제하려고 했다간 경보가 울릴 것이다. 하지만 인증코드를 알아낼 시간이 없다. 역시 일단 물러나는 편이—.

"우왓, 잠겨 있네. 어떻게 하면 열릴까?"

"대충 숫자를 눌러보죠. 참고로 저의 오늘 행운의 숫자는 13이었어요."

"좋아. 해봐."

쥬디가 그런 생각을 하고 있는 사이, 하루미와 치카가 멋대로 패널을 조작하기 시작했다. 그러자 쥬디는 입에 거품을 물며 두 사람의 머리에 꿀밤을 날렸다.

"꺄앗!"

"아얏! 뭐하는 거예요?"

"그건 제가 할 말이에요! 제가 어떻게든 할 테니까, 멋대로 행동하지―"

바로 그때, 쥬디는 눈을 치켜떴다.

하루미와 치카가 만지작거리던 패널에서 삐삣 하는 소리가 나더니, 자동문이 열린 것이다.

"어……?"

"우왓, 열렸네."

"와아, 운이 좋았네요."

두 사람은 가벼운 어조로 그렇게 말하며 빌딩 안으로 들어갔다. 쥬디는 마른 침을 삼키며 두 사람의 등을 응시했다.

―설마 인증코드를 알아낸 걸까? 리얼라이저를 쓰지 않고, 이 단시간에……?

어떻게 한 건지는 모르겠지만, 제2집행부의 위저드는 역시 대단한 것 같았다. 쥬디는 긴장과 함께 경계심을 느끼고, 주먹을 말아 쥐며 두 사람을 뒤쫓았다.

빌딩 내부에는 조그마한 엘리베이터와 여러 개의 문이 있었다. 눈을 가늘게 뜨고 테리터리로 주위를 스캔한 쥬디는 문 너머가 평범한 빈방이며, 위층에도 별다른 설비가 없다는 사실을 확인했다.

"……그래요. 주요 시설은 지하에 있는 거군요."

짤막하게 대답한 쥬디는 아까와 마찬가지로 감시카메라를 속이며 엘리베이터를 탄 후, 패널을 조작했다. 그렇게 쥬디

일행은 낮은 구동음과 함께 지하층에 도착했다.

엘리베이터에서 내리자, 널찍한 복도가 눈에 들어왔다. 어렴풋한 빛이 흰색 벽과 천장, 바닥을 비추고 있었으며, 전방과 좌우, 이렇게 세 방향으로 길이 뻗어 있었다.

쥬디는 재빨리 테리터리를 조작해서 주위를 살폈다. 운 좋게도 기관원은 없는 것 같았다.

그때, 하루미와 치카가 쥬디의 옆을 지나치며 걸음을 옮겼다.

"우와…… 예상했던 것과 전혀 다른데…… 비밀 카지노라기보단 SF 같지 않아……?"

"맞아요……. 옛날 애니메이션에 나온 비밀기지 같네요. 텐구시의 지하에 이런 곳이 있다니……."

두 사람은 그런 이야기를 나누면서 손에 쥔 카메라로 주위의 사진을 찍었다. 그 무방비하기 그지없는 모습을 본 쥬디는 짜증을 내듯 시선을 날카롭게 만들었다.

"두 사람 다 부주의한 행동을 취하지 마세요. 여기가 적의 시설이라는 걸 잊지 마세요. 위저드와 정령에게 들키기라도 하면 어쩔 거죠?"

쥬디가 굳은 어조로 그렇게 묻자, 하루미와 치카는 「……어?」하고 신음을 흘리며 영문을 모르겠다는 표정을 지었다.

"위저드? 정령?"

"그게 뭐죠? 은어 같은 건가요?"

"……예?"

두 사람의 반응에, 이번에는 쥬디가 눈을 동그랗게 떴다.

"……혹시나 해서 확인 삼아 묻는 건데……."

몇 초간의 침묵과 생각을 거친 후…….

쥬디는 하루미와 치카의 얼굴을 번갈아 쳐다보며 말을 이었다.

"여기가 〈라타토스크〉의 시설이라는 건 알고 있죠?"

"〈라타토스크〉……?"

하루미는 귀에 익지 않은 단어에 고개를 갸웃거리더니, 이내 손뼉을 쳤다.

"아, 혹시 이 시설의 이름이야? 클럽 〈라타토스크〉구나. 아하, 돈 엄청 긁어모으겠네. 이곳의 고객만 파악해도 특종이 될 것 같아."

"……."

하루미가 수첩에 펜을 놀리며 그렇게 말하자, 쥬디의 볼에 경련이 일어났다.

"……모르나 보군요. 그럼 당신들은 DEM 제2집행부의 위저드가 아닌 거죠?"

"아니, 그러니까 위저드가 대체 뭐야? 아, 혹시 해외에서는 기자를 그렇게 불러? 그들은 마법을 쓴 것처럼 하늘을 가르며, 오만에 빠진 이들의 비밀을 폭로한다! 그 모습은 그야말로 현대의 위저드— 같은 느낌?"

"이야~, 멋지네요~."

"……기, 자……."

쥬디의 볼에 일어난 경련이 한층 더 강해졌다. 이윽고 그
녀는 고개를 숙이더니, 모자를 쓴 머리를 쥐어뜯었다.

"그래요……. 이상하다고 생각하기는 했어요. 그렇군요. 그
렇게 된 건가요……."

그리고 혼잣말을 중얼거리기 시작했다. 그 범상치 않은 모
습에 하루미는 식은땀을 흘리며 쥬디의 얼굴을 들여다보려
했다.

"저기…… 괜찮아? 몸이 안 좋으면 돌아가는 게—."

그 순간, 하루미는 말을 멈췄다.

아니, 정확하게는 반쯤 강제적으로 멈추게 됐다.

보이지 않는 손에 잡힌 것처럼, 꼼짝도 못하게 된 것이다.

"어…… 뭐, 뭐야……. 가위에라도 눌린 것 같네?!"

"꼬, 꼼짝도 할 수가 없어요, 선배……!"

하루미와 치카가 비명에 가까운 목소리로 그렇게 말하자,
쥬디는 천천히 고개를 들었다.

"……제 생각에는 말이죠? 이런 사태가 벌어진 것은 제2집
행부가 평소에 횡포를 부려댔기 때문이라고 생각해요. 결코
제 잘못이 아니에요. 이 모든 건 메이저스 집행부장 탓이에
요. 당신들도 그렇게 생각하죠?"

쥬디는 공허한 눈길로 저주를 읊조리듯 그렇게 중얼거렸다. 솔직히 말해 무슨 소리를 하는 건지 모르겠지만, 그래도 하루미는 부정을 할 배짱이 없었다. 하루미는 울먹거리며 필사적으로 고개를 끄덕였다.

"도, 동감이야! 하, 하바라도 그렇게 생각하지?!"

"그, 그래요! 전부 그 메이저스 씨 탓이에요!"

"예, 그렇고말고요. 하지만 여기까지 온 이상, 당신들을 순순히 돌려보낼 수는 없군요. 해당 지역에 관한 기억을 지우겠어요. 전용 리얼라이저가 없으니 꽤 거친 시술이 되겠지만, 아마 죽지는 않겠죠. 최악의 경우, 자기 이름도 모르게 되는 정도로 끝날 거예요."

쥬디는 그런 불온한 말을 내뱉으며 천천히 하루미의 머리를 향해 손을 뻗었다. 하루미는 어떻게든 벗어나려 했지만, 그녀의 몸은 꼼짝도 하지 않았다.

"끄아~! 이익~! 안 돼애애애!"

"서, 선배애애애애애!"

하지만 쥬디의 손이 하루미에게 닿으려던 순간—

"〈파군가희(破軍歌姬)〉—【원무곡】!"

어딘가에서 그런 목소리가 들려오더니, 아름다운 악기 연주 소리가 들려오면서—

쥬디의 몸이, 보이지 않는 충격에 의해 왼편의 벽에 내동댕이쳐졌다.

"커억······!"

쥬디는 짤막한 신음을 토한 뒤, 그대로 무너지듯 쓰러졌다. 그 순간, 하루미와 치카를 옭아매고 있던 눈에 보이지 않는 힘이 사라지면서 두 사람의 몸은 자유를 되찾았다.

"우왓······!"

"선배! 괜찮아요, 선배?!"

"으, 응. 무사해······. 하지만, 방금 그건······."

그렇게 말하며 고개를 들어 올린 순간― 하루미는 눈치챘다.

자신들을 구원한 목소리의 정체를······.

"이, 이자요이······ 미쿠?"

그렇다. 두 사람의 눈앞에는 그들이 쫓던 아이돌, 이자요이 미쿠 본인이 서 있었다.

아니, 그뿐만이 아니었다. 미쿠는 현재 빛을 뭉쳐서 만든 듯한 아름다운 드레스를 걸쳤으며, 눈부시게 빛나는 건반이 그녀의 곁에 있었다. 무대의상이라는 말로도 설명이 안 될 것 같은 비현실적인 모습이었다. 마치 마법이라도 쓴 것 같았다.

"어머~, 저를 아시나요? 그나저나 위험했네요. 이상한 목소리가 들려서 와보기를 잘했어요~."

미쿠가 귀여운 동작으로 그렇게 말했을 때, 그녀의 뒤편에서 여러 소녀들이 이곳으로 뛰어왔다.

"미쿠!"

"아, 코토리 양."

선두에 서 있던 조그마한 체구의 소녀— 코토리는 하루미 일행과 기절한 쥬디를 번갈아 쳐다보더니, 미심쩍은 표정을 지으며 팔짱을 꼈다.

"대체 무슨 일이야? 그리고 이 사람들은 누군데?"

"저기 쓰러져 있는 사람은 아마 DEM의 위저드일 거예요. 리얼라이저를 쓰는 것 같았으니까 아마 틀림없어요. 그리고 이 두 사람은…… 모르겠네요~."

미쿠는 손가락 하나를 턱에 대면서 고개를 갸웃거렸다. 그런 별것 아닌 동작 하나에서도 언제 어느 때나 아름다워야 한다는 아이돌의 마음가짐이 느껴졌다.

"역시 DEM의 위저드구나. 누군가가 우리를 캐고 다니는 것 같기는 했지만, 이렇게 뻔한 함정에 걸려들 줄은 몰랐어. 뭐, 아무튼 저 위저드의 신병은 우리가 맡겠어. 물어볼 게 꽤 있거든."

코토리는 한숨을 내쉬며 그렇게 말한 후, 하루미 일행을 향해 고개를 돌렸다.

"그런데, 당신들은 누구야? 저 위저드와 어떤 관계지? 어떤 목적으로 이 시설에 숨어든 거야? 거짓말과 묵비권 행사는 권하지 않아. 그럴 경우, 당신들의 몸에 직접 물어볼 수밖에 없거든."

겉모습만 보면 중학생 같아 보였지만, 소녀의 시선에 어린 묘한 박력을 느낀 하루미와 치카는 무심코 몸을 움츠렸다.

"그, 그게, 우리는……."

하루미가 어떻게든 이 상황에서 벗어나기 위해 필사적으로 머리를 굴리고 있는 사이, 치카가 울먹거리며 입을 열었다.

"죄, 죄송해요! 저희는 잡지기자예요! 이자요이 미쿠의 특종을 노렸을 뿐이에요! 아무한테도 말 안 할 테니까 목숨만 살려주세요……!"

"앗, 하바라!"

허둥지둥 치카의 입을 막았지만, 이미 늦었다. 중요한 정보는 대부분 전달된 것이다.

치카가 너무 순순히 이실직고를 했기 때문일까, 코토리는 미심쩍은 표정을 지으며 미쿠를 힐끔 쳐다보았다.

"……어떻게 생각해?"

"음~, 목소리에 어린 감정으로 볼 때, 거짓말을 하는 것 같지는 않네요~. 그건 그렇고, 제 특종을……. 으음, 커리어 우먼 느낌의 언니들이 24시간 저를 관찰했다고 생각하니, 좀 흥분돼요~."

미쿠가 볼을 붉히며 몸을 배배 꼬았다. 그러자 코토리는 「여전하네……」 하고 중얼거리며 한숨을 내쉬었다.

"그건 그렇고 잡지기자……. 뭐, 미쿠도 일단은 아이돌이니 있을 수 있는 일이긴 하네."

"에이~. 일단은, 이란 말은 너무하잖아요~."

코토리의 말을 들은 미쿠가 삐친 것처럼 볼을 부풀렸다. 하지만 코토리는 딱히 개의치 않으며 말을 이었다.

"하지만 이런 곳까지 숨어든 건 문제야. 미안하지만, 〈라타토스크〉에 대해 알았으니 그냥 돌려보낼 수는 없어. 이 일에 관한 기억을 전부 지우겠어."

"끄아~! 결국 아까와 같은 패턴이잖아!"

"서, 선배애애애애애!"

하루미와 치카는 비명을 지르며 서로를 꼭 끌어안았다. 그러자 코토리는 어깨를 으쓱하며 입을 열었다.

"안심해. 해당 기억 말고는 영향이 없을 거야. 자, 시술을 할 거니까 이쪽으로—"

코토리가 말을 이으려던 순간, 미쿠가 그녀의 어깨를 두드렸다. ……어찌된 영문인지, 눈을 반짝이면서 말이다.

"저기, 코토리 양. 그 역할 말인데, 저한테 맡겨주지 않겠어요~?"

"뭐?"

"저의 〈가브리엘〉로 암시를 걸면, 리얼라이저로 시술하는 것보다 뇌에 부담이 적잖아요~. 그리고 기자분들이 저의 어떤 비밀을 알아낸 건지 좀 궁금해요~."

"으음……."

코토리는 잠시 생각에 잠겼다가, 연민에 찬 눈길로 하루미 일행을 응시했다.

"……뭐, 좋아. 그래도 마지막에 암시가 제대로 걸렸는지 체크하겠어."

"아! 예! 물론이죠!"

미쿠는 진심으로 기뻐하더니, 리드미컬한 스텝을 밟는 듯한 발걸음으로 하루미와 치카의 등 뒤로 이동했다.

그리고 두 사람의 목덜미를 움켜쥐고는 그대로 질질 끌고 갔다.

"자~! 이쪽으로 오세요, 기자 여러분~! 어차피 잊어버릴 거니까, 암시 전에 이야기라도 좀 나누죠! 여기에는 맛난 차도 있어요~!"

"뭐? 어, 잠깐…… 힘이 엄청 세네요……."

"잠깐만! 어? 왜 다들 그렇게 안쓰러운 눈길로 우리를 쳐다보는 거야? 왜 합장을 하는 건데? 잠깐…… 우왓, 꺄아아아아아아앗!"

하루미의 비명과 함께, 시설의 문이 닫혔다.

◇

"……아……."

다음날 아침. 하루미는 욱신거리는 머리를 손으로 짚으면서 『주간 웬즈데이』 편집부의 복도를 터벅터벅 걸었다.

왠지 몸이 무거웠다. 아마 어젯밤에 술을 너무 많이 마셨기 때문이리라. ……『아마』라는 말이 붙은 건, 술을 마신 기억 자체가 없기 때문이지만, 지금 몸 상태를 보면 아마 틀림없을 것이다.

그도 그럴 것이, 어제 하루 동안의 기억이 머릿속에 전혀 남아 있지 않은 것이다. 오늘 아침에 일어났을 때, 스마트폰에 표시된 날짜를 몇 번이나 확인했을 정도다.

"노곤해……. 기억이 안 날 정도로 술을 마신 건 대체 얼마만이지……."

혼잣말을 중얼거리면서 걸음을 옮기던 하루미는 편집부 앞에서 치카와 마주쳤다.

치카도 하루미와 비슷한 표정을 지은 채, 무거운 발을 억지로 옮기며 걷고 있었다. 아무래도 그녀 또한 어제 과음을 한 것 같았다.

"아…… 선배, 좋은 아침이에요."

"좋은 아침…… 어? 하바라. 그건 뭐야?"

나른한 목소리로 마주 인사를 한 하루미는 눈을 가늘게 떴다.

치카의 목덜미에 조그마한 울혈 흔적— 즉, 키스 마크가 있었던 것이다.

"사생활에 간섭하려는 건 아니지만, 그런 건 좀 숨기고 다녀……."

"예? 어라? 언제……."

치카는 그 말을 듣고 눈치챈 것처럼 목덜미를 감추더니, 이내 눈을 동그랗게 떴다.

"어? 그러는 선배도 마찬가지잖아요."

"뭐……?"

하루미는 그 말을 듣고 콤팩트의 거울로 자신의 목덜미를 살펴보았다. 치카가 방금 말한 것처럼, 자신에게도 키스 마크가 뚜렷하게 남아 있었다.

"우와, 맙소사……. 나, 대체 어제 무슨 짓을 하고 다닌 거야……."

"……어? 기억 안 나세요? 설마 선배가 저한테 이런 자국을 낸 건 아니죠?"

"그럴 리가 없……다고 생각하고 싶긴 한데……."

하루미와 치카가 미묘한 분위기를 형성하고 있을 때, 두 사람을 발견한 편집장이 편집부 안쪽에서 두 사람을 불렀다.

"후미즈키, 하바라. 이쪽으로 와봐."

"아…… 예~."

늘어지는 목소리로 대답한 하루미는 치카와 함께 편집장의 자리로 걸어갔다. 편집장은 노곤해 보이는 두 사람을 보더니, 미심쩍다는 듯이 미간을 찌푸렸다.

"……둘 다 왜 그래? 몸이라도 안 좋은 거야?"

"아, 아뇨……. 그런 건 아닌데……."

하루미가 쓴웃음을 지으며 그렇게 말하자, 편집장은 작게 한숨을 내쉰 뒤에 말을 이었다.

"뭐, 좋아. 그것보다, 예의 그 건은 어떻게 됐지?"

"……예의 그 건?"

"이자요이 미쿠 말이야. 스캔들을 터뜨리겠다며 의욕을 불태웠잖아? 그 후에 어떻게 됐지?"

그 순간―

하루미와 치카의 손가락 끝이 부들부들 떨리기 시작했다.

"어…… 왜, 왜 그래?!"

"아, 그게…… 왠지…… 그 이름을 들은 순간, 갑자기 오한이……."

"펴펴펴펴, 편집장님, 죄송한데 담당을 바꿔주시면 안 될까요……?"

두 사람이 이가 맞부딪칠 정도로 떨면서 간청하자, 편집장은 그 정체불명의 기백에 압도당한 것처럼 「그, 그래……」 하고 대답했다.

그 후, 업계에서는 이자요이 미쿠의 배후에 위험한 조직이 있으니 그녀에 대해 캐고 다니는 건 위험하다는 소문이 돌았지만― 그것은 또 다른 이야기다.

정령 크루징

CruisingSPIRIT

DATE A LIVE ENCORE 9

기나긴 뱃고동이 부두의 공기를 뒤흔들었다.

그 소리에 맞춘 것처럼, 근처에 앉아있던 바닷새들이 귀여운 울음소리를 내며 하늘로 날아올랐다.

그런 새들이 그리는 궤적을 눈으로 좇고 있을 때, 시야 안에 거대한 건조물이 들어왔다. 측면에는 수많은 창문이 달려 있고, 꼭대기에는 굴뚝이 여러 개 있는, 고상하면서도 유려한 느낌이 물씬 풍기는 새하얀 성이었다.

하지만 그것을 올려다본 이들은 이내 눈치를 챌 것이다. 그 성이 세워진 곳은 견고한 지면이 아니라, 쉴 새 없이 흔들리고 있는 파도 위라는 사실을 말이다.

"오오……! 이것이 배란 것이냐?!"

야토가미 토카는 거대한 선체를 올려다보며 경악에 찬 목소리로 그렇게 말했다. 수정처럼 아름다운 두 눈은 휘둥그

레졌고, 칠흑빛 장발은 그녀의 심경을 대표하듯 바닷바람에 흩날리고 있었다.

하지만 그것도 무리는 아니었다. 그만큼, 눈앞에 존재하는 배의 박력이 어마어마한 것이다. 시도 또한 토카와 마찬가지로 눈을 동그랗게 뜨며 거대한 선체를 응시했다.

『마리 세이렌호』. 세이렌 크루즈 라인사(社)가 자랑하는 대형 여객선이자, 이츠카 시도 일행이 탈 배였다.

그렇다. 시도와 정령들은 2박3일 일정의 크루즈 여행을 위해, 트렁크 케이스를 끌고 항구에 도착했다.

"아아…… 끝내주네. 마치 빌딩이 바다 위에 떠 있는 것 같아."

시도가 탄성을 터뜨리자, 뒤편에서 유쾌한 웃음소리가 들려왔다.

"냐하하! 끝내주는 리액션이네. 데려온 보람이 있어. 좀 더 감동해줘도 되거든~?"

빨간색 안경을 쓴 여성이 팔짱을 끼고 즐겁게 웃고 있었다.

혼죠 니아. 토카와 마찬가지로 〈라타토스크〉의 보호를 받고 있는 정령이자, 인기 만화가다. 그리고— 이번 여행을 추진한 인물이기도 했다.

그렇다. 시도 일행이 지금 호화 여객선이 정박한 이 부두에 온 이유는 바로 출판사 파티에서 열린 추첨 행사에서 니아가 호화 여객선 크루즈 여행 티켓을 뽑았기 때문이다.

뭐, 정확하게는…….

"뻔뻔한 소리 하지 말아 줄래?"

"아얏!"

꿀밤을 때리는 기분 좋은 소리가 들리더니, 니아의 몸이 흔들렸다.

그런 니아의 뒤에서, 검은색 리본으로 머리카락을 둘로 나눠묶은 조그마한 소녀가 모습을 드러냈다. 시도의 여동생이자 〈라타토스크〉의 사령관인 이츠카 코토리였다.

"2인 티켓을 뽑았다고 다른 사람 몰래 시도와 단둘이 크루즈 여행을 즐기려고 했던 게 어디 사는 누구더라? 다른 사람들의 여행비용은 〈라타토스크〉가 부담했거든?"

"에이~, 그런 멋대가리 없는 소리는 하지 마, 여동생 양~. 결과만 좋으면 만사 오케이잖아~. 다 같이 크루즈 여행을 즐기자~!"

니아는 그렇게 말하며 몸을 배배 꼬았다. 그런 니아의 뻔뻔한 태도에 코토리와 다른 정령들은 한숨을 푹 내쉬었다.

"뭐…… 좋아. 이유는 어찌 되었든 간에 기왕 크루즈 여행을 하게 됐으니 안 즐기면 손해라는 점에는 동의해. 자, 다들 가자."

"""오~!"""

코토리의 말에 한목소리로 힘차게 대답한 정령들은 『마리세이렌호』의 탑승구를 향해 걸어갔다.

◇

"─여기는 키티1. 계획은 어떻게 됐나?"

『키티2. 순조롭다.』

『키티3. 문제없다.』

『키티4. 여기도 마찬가지.』

"좋다. 금일 16시, 결행한다. 방심하지 마라."

『알고 있다.』

『뭐, 이만큼 철저하게 준비했으니 실패할 리가 없지. 배 안에 군인 출신 요리사라도 있지 않다면 말이지.』

『하하! 맞는 말이야.』

"방심하지 말라고 했을 텐데? 이건 숭고한 사명이다.

이 모든 것은 우리의 여신을 위하여…… 키히히히히!"

『키히히히히!』

『키히히히히!』

『키히히히히!』

◇

"─자, 그럼……."

승선 수속을 마치고 각자의 객실에 짐을 가져다 둔 시도 일행은 배의 입구 홀에 모였다.

높은 천장에는 찬란한 샹들리에가 매달려 있었으며, 벽에는 아름다운 그림이 걸려 있었다. 각 층의 난간은 아름답게 꾸며져 있었고, 발치의 두꺼운 융단은 고급 호텔을 연상케 했다. 차분한 페이스로 배를 기울이고 있는 파도의 흔들림이 느껴지지 않는다면, 이곳이 바다 위라는 것을 잊어버릴 것 같았다.

시도 일행의 선실도 예외는 아니었다.

선실은 총 여섯 개의 등급으로 나뉘는데, 시도 일행의 방은 전부 스위트급이라 호화롭게 꾸며져 있었다.

참고로 각 방은 토카와 무쿠로, 코토리와 오리가미, 요시노와 나츠미, 카구야와 유즈루, 미쿠와 니아가 함께 쓰며, 시도만 혼자서 방을 쓰게 됐다.

뭐, 처음에는 니아가 「에이~, 소년은 내 티켓으로 초대된 거니까 나와 같은 방을 써야지~! 에헤헤. 소년, 오늘 밤에는 한숨도 못 잘 줄 알아~」 같은 소리를 했지만, 다른 정령들의 날카로운 시선에 겁먹었는지 방 배정에 동의했다.

"짐도 방에 두고 왔으니까, 저녁 식사 때까지는 자유행동이나 할까?"

"응. 그러자. ……다들 아까부터 배 안을 탐험하고 싶어 하는 것 같거든."

시도의 말에 답한 코토리는 어깨를 으쓱했다.

확실히 그녀가 말한 것처럼, 토카와 야마이 자매를 비롯한 정령들의 눈은 아까부터 찬란히 빛나고 있었다.

"밤에는 드레스코드를 지켜야 하는 것 같으니까, 오후 다섯 시에는 방으로 돌아가서 옷을 갈아입도록 해. 알았지?"

"음!"

"알았느니라!"

"수긍. 파악했어요."

코토리가 그렇게 말하자, 토카 일행은 힘차게 고개를 끄덕였다. 그 힘찬 동의는 마치 눈앞에 있는 맛있는 먹이를 보며 주인의 허락을 기다리고 있는 개를 연상케 했다.

그 모습을 본 코토리는 쓴웃음을 흘리며 시도를 쳐다보았다. 시도는 코토리와 비슷한 표정을 지은 후, 다른 이들을 향해 힘찬 목소리로 말했다.

"좋아. 그럼— 일시 해산!"

""""오~!""""

시도가 그렇게 말한 순간, 토카 일행은 일제히 흩어졌다.

시도는 그들의 뒷모습을 쳐다보며 「위험하니까 뛰지 마~」라고 외쳤다. 그러자 토카 일행은 어깨를 부르르 떨더니, 뜀박질에 한없이 가까운 빠른 걸음으로 이동하기 시작했다.

"자~, 그럼 나도 시설을 둘러봐야지. 그러고 보니 여기에는 카지노도 있지? 한 번쯤은 선상 카지노를 이용해 보고 싶었어. 희망의 배에 탄 느낌이 물씬 나지 않아?"

"앗, 온수 풀장도 있나요~?! 나츠미 양, 같이 가요~!"

"엑…… 싫어……."

다른 정령들도 그런 말을 하면서 흩어졌다.

홀에 남아서 정령들을 배웅한 코토리는 시도를 돌아보았다.

"자, 그럼 우리도 돌아보자."

"응, 좋아. 우선……."

시도는 그렇게 말하면서 손에 쥔 선내 지도를 살펴보았다.

"관심이 가는 곳이 꽤 있지만, 우선 라운지에 가보자."

"좋아. 그럼 가자. 아, 잠시만 기다려 줄래?"

"응? 왜 그래?"

갑자기 코토리가 그렇게 말하면서 호주머니를 뒤지기 시작했다. 시도는 영문을 모르겠다는 듯이 고개를 갸웃거렸다.

하지만 그 의문은 곧 풀렸다. 코토리가 호주머니에서 흰색 리본을 꺼내더니, 눈에 보이지 않는 속도로 머리카락을 묶은 리본을 바꿔 묶은 것이다.

"좋아! 그럼 가자, 오빠~!"

코토리는 그렇게 말하면서 시도의 손을 움켜잡았다. 그 표정과 말투는 아까까지의 코토리와 동일인물이 아닌 것 같을 정도로 온화했다.

그렇다. 코토리는 머리카락을 묶은 리본의 색깔에 따라, 자기 자신에게 강력한 마인드 세팅을 건다. 검은색 리본으로 머리카락을 묶었을 때는 믿음직한 사령관이지만, 지금처럼 흰색 리본으로 묶었을 때는 나이에 걸맞은 귀여운 여동생이다.

그리고 호화 여객선 안을 산책할 때 어느 쪽이 더 나을지는 생각해 볼 필요도 없었다.

"그래, 가자!"

"응!"

시도는 힘차게 고개를 끄덕인 후, 코토리와 함께 배 안을 걷기 시작했다.

◇

"두 눈 크게 뜨고 잘 보거라! 이것이 필살, 열풍대선진(烈風大旋陣)이니라!"

힘찬 외침과 함께 거창한 동작을 취한 카구야는 슬롯머신의 버튼을 눌렀다.

첫 번째, 두 번째, 세 번째 드럼이 차례차례 정지되면서 코인 마크가 일직선으로 표시되자, 슬롯머신이 경쾌한 효과음을 내면서 빛났다.

『오, 카구야, 꽤 하네~.』

왼편에 앉아있던 요시노— 정확히는 왼손에 낀 토끼 모양 퍼핏인형『요시농』이 그 모습을 보고 박수를 쳤다.

카구야 일행은 현재 선박 안에 있는 카지노에 와 있었다.

슬롯머신 말고도 블랙잭과 포커를 하는 테이블, 룰렛 테이블이 있었으며, 각 테이블마다 딜러가 있었다. 시끌벅적한 이 선박 안에서도 독특한 긴장감과 고양감으로 가득 찬 공간이었다.

"카구야 씨…… 대단하세요."

『요시농』의 뒤를 이어 요시노가 눈을 반짝이며 그렇게 말했다. 그러자 카구야는 가슴을 펴고 의기양양한 목소리로 말했다.

"훗, 이 몸에게 이 정도는 식은 죽 먹기지. 요시노도 정진하거—."

카구야가 말을 잇고 있는 사이, 요시노가 돌리던 슬롯에서 잭팟이 터지면서 카구야 때보다 훨씬 큰 효과음이 흘러나왔다.

"꺄아……, 땄어요……!"

『우햐~! 화끈하네~!』

"……."

카구야는 요시노의 머신과 자신의 머신을 번갈아 쳐다보더니, 분한 것처럼 주먹을 말아 쥐었다.

……뭐, 그래도 밑천이 늘어나고 있으니 그나마 다행이리라. 카구야는 오른편을 힐끔 쳐다보았다.

그곳에는…….

"……이상해……. 진짜 이상하잖아……. 아, 아하하하

하…… 돈이…… 내 머니 님이 전부 사라져 버렸어……."

공허한 눈빛을 띤 채 슬롯을 돌리고 있는 니아가 있었다.

십여 분 전, 「응? 카구야와 욧시~는 카지노에 처음 와보는 거야? 어쩔 수 없네~! 그럼 경험이 풍부한 이 언니가 가·르·쳐·줄·게!」라고 말했던 사람과 동일인물이라는 게 믿기지 않는 참상이었다.

카구야가 우와…… 하고 말하고 싶은 듯한 표정을 지으며 그 광경을 쳐다보자, 니아는 이윽고 앞으로 널브러지며 슬롯머신에 기댔다.

"니, 니아……?"

"크아~!"

카구야가 걱정스레 말을 건 순간, 니아가 용수철처럼 벌떡 상체를 일으켰다.

"역시 기계는 아무 짝에도 쓸모없네! 너 말이야, 너, 로봇 아가씨! 갬블의 진수는 딜러와의 대결! 룰렛하러 가자, 룰렛!"

그렇게 말하며 칩을 구입한 니아는 룰렛 테이블에 앉았다. 카구야와 요시노는 서로를 쳐다본 뒤, 니아가 앉은 테이블에 앉았다.

"자, 슬롯머신은 어디까지나 장난이야. 이제부터가 진정한 승부거든~? 룰렛이야말로 카지노의 꽃이야. 딜러와 손님의 진검승부 그 자체지. 운만이 아니라 경험과 감도 뛰어나야 이길 수 있는 처절한 세계야. 훗훗훗…… 카구양과 욧시~

는 과연 이 세계에서 살아남을 수 있을까……?"

그렇게 말한 니아는 두 사람을 응시하며 자신만만한 웃음을 흘렸다.

그리고, 잠시 후…….

"블랙의 15입니다."

"아…… 맞췄어요."

"우와, 정말? 이 몸은 색깔만 맞췄느니라."

"어쮀써어어어어어어어어어어어어?!"

니아의 알아듣지 못할 절규가 카지노에서 울려 퍼졌다.

요시노의 곁에는 아까 전과 비교도 안 될 만큼 많은 칩이 쌓여 있었다.

카구야의 곁에는 아까와 비슷한 양의 칩이 쌓여 있었으며…….

니아의 곁에는, 칩이 한 개도 남아 있지 않았다.

"어쮀써…… 어쮀써 이르케……."

"……그야 니아는 아까부터 번호 하나에만 돈을 걸었잖아. 게다가 한 번에 거는 금액이 어마어마하게 많으니까……."

"한 방 역전이야말로 도박의 묘미잖아~?! 번호 하나에 돈을 왕창 거는 게 뭐가 나쁘다는 거야~?!"

"아니, 경험이니 감 같은 건 어디다 팔아먹은 거야?!"

카구야가 참다못해 고함을 지르자, 니아는 흐느적거리며 자리에서 일어나더니 요시노의 뒤편에 섰다.

"이야~, 주머니가 참 두둑해 보이네요, 욧시~ 아니, 요시노 님……."

"요, 요시노 님……?"

『휘유~, 니아는 체면 같은 건 다 던져버렸나 보네~.』

요시노가 당혹스러워하자, 『요시농』은 어이없다는 듯이 그렇게 대꾸했다. 하지만 니아는 전혀 개의치 않는다는 듯이 비굴한 미소를 지으며 요시노의 어깨를 주물렀다.

"저기~, 괜찮다면 이 불쌍한 빈민에게 쬐끔만, 쬐~끔만 적선을 해주시지 않겠사옵니까……? 아, 다음에는 분명 딸 거야! 밑천만 있으면 이길 수 있어! 곱절로 갚을게! 응? 나는 꿈이 있거든. 그래서 투자가 필요하다고나 할까……."

"마지막 말은 기둥서방이나 할 소리잖아! 속으면 안 돼, 요시노! 이 녀석은 이미 갈 데까지 갔어!"

"아, 저기…… 저는 이렇게 많이는 필요 없어요. 괜찮다면 쓰세요."

"정말?! 이야~, 진짜로 사랑해! 나는 역시 요시노가 없으면 안 되나 봐……."

"요시노오오오오오!"

카구야가 비통에 찬 고함을 질렀지만, 요시노에게는 닿지 않았다. 니아는 콧김을 씩씩 뿜으면서 요시노의 칩을 갈취했다.

"—자, 딜러! 다시 승부하자! 내 칩을 돌려받고 말겠어!"

그리고 아까 전에 탈탈 털리고도 교훈을 얻지 못한 건지, 방금 요시노에게서 갈취한 돈을 블랙의 22에 전부 걸었다. 그러자 딜러도 복잡한 표정을 지었다.

"정말 괜찮으시겠습니까?"

"당연하지~! 주인공은 궁지에 몰렸을 때 찬란히 빛나는 법이거든! 나는 이 우정의 칩을 믿어!"

니아는 자신만만한 어조로 그렇게 말하며 주먹을 말아 쥐었다. 그런 니아의 눈에는 소년만화의 주인공처럼 불꽃이 타오르고 있었다(그런 것처럼 보였다). ……뭐랄까, 말이라는 건 하기 나름이다. 요시노는 쓴웃음을 머금었고, 카구야는 식은땀을 삐질삐질 흘렸다.

"그, 그러신가요. 그럼 시작하겠습니다."

그리고 딜러가 공을 던지자―

"…………꼴까닥."

니아는 재가 되고 말았다.

아니나 다를까, 공은 니아가 건 칸 근처에도 가지 않았다.

"하아…… 정말……."

"니, 니아 씨, 괜찮으세요?"

하지만 그런 결과가 발생했음에도, 카지노 안의 분위기는 술렁거리고 있었다.

이유는 단순했다. 요시노 역시 겸사겸사 니아와 마찬가지로 번호 하나에 칩을 걸었고, 딜러가 던진 공이 그 번호의

칸에 들어가면서 배팅한 칩이 서른여섯 배로 불어난 것이다.

룰렛을 시작하고 10연승을 이뤘다. 그야말로 천문학적인 행운이었다.

"……소, 손님. 죄송하지만, 손님의 소지품을 살펴봐도 괜찮을까요?"

비정상적인 사태라고 판단한 건지, 테이블 너머에 있던 여성 딜러가 요시노에게 말을 걸었다.

뭐, 요시노가 부정행위를 할 아이가 아니라는 것은 한눈에 알 수 있지만, 딜러로서 확인을 해볼 수밖에 없는 것이리라.

『뭐~? 혹시 우리가 속임수를 썼다고 의심하는 거야? 정말~, 너무하네~. 뭐, 좋아. 그만큼 요시노의 행운 수치가 높은 거잖아~? 빨리 결백을 증명하자~.』

"으, 응……."

『요시농』의 말에 요시노는 고개를 끄덕였다. 딜러는 그 불가사의한 대화를 들으며 고개를 갸웃거렸지만, 이내 조심스레 요시노를 향해 손을 내밀었다.

"그럼 실례하겠습니다……."

딜러는 그렇게 말한 뒤, 요시노의 손에서 『요시농』을 벗기고 내부를 살펴보기 시작했다.

"아."

"아."

그 광경을 본 카구야와 니아는 동시에 눈을 치켜떴다.

아니, 딜러의 생각도 이해는 됐다. 열 번이나 연속으로 룰렛에서 승리한 소녀가 한 손에 퍼펫인형을 끼고 있으니 확실히 의심스러울 것이다.

하지만 요시노의 손에서 『요시농』을 뺀다는 것은—.

"흑……."

요시노의 눈에 눈물이 맺혔다. 그 모습을 본 카구야와 니아는 허둥지둥 『요시농』을 되찾기 위해 몸을 날렸다.

◇

"오오!"

묵직한 문이 열린 순간, 눈을 찌르는 듯한 햇살과 바닷바람이 토카를 맞이했다.

토카는 거대한 선박의 메인 갑판에 와 있었다. 넓은 바다를 나아가고 있는 배의 앞에는 끝없는 수평선이 펼쳐져 있었으며, 햇살을 받은 해수면이 찬란히 빛나고 있었다.

난간에서 몸을 내밀고 아래를 바라보니, 바닷물이 물보라를 일으키며 뒤편으로 흘러가는 광경이 눈에 들어왔다. 배 안에서는 느껴지지 않지만, 아무래도 상당한 속도로 나아가고 있는 것 같았다.

"경탄. 절경이군요."

"흠. 확실히 멋진 경치구나."

토카가 갑판 위에서 주위를 둘러보고 있을 때, 뒤편에서 그런 목소리가 들렸다.

　고개를 돌려보니, 졸린 듯한 눈빛을 띤 소녀, 그리고 단정하게 땋은 긴 머리카락을 어깨에 걸친 소녀가 눈에 들어왔다.

　야마이 유즈루와 호시미야 무쿠로— 두 사람 다 토카와 마찬가지로 정령이었다. 아무래도 그녀들 또한 주위의 경치를 보기 위해 이 메인 갑판에 온 것 같았다.

　"오오, 유즈루, 무쿠로! 너희도 온 것이냐!"

　"긍정. 기왕이면 경치가 좋은 곳을 배경 삼아 기념사진이라도 찍을까 해서요. 괜찮다면 두 분도 저와 같이 찍지 않으실래요?"

　"음, 좋은 생각이니라. 같이 찍자꾸나."

　"음! 나도 찬성이다!"

　무쿠로와 토카가 고개를 끄덕이자, 유즈루는 힘차게 고개를 끄덕이며 손에 쥔 파우치에서 스마트폰과 막대 같은 것을 꺼냈다.

　"음? 유즈루, 그 막대는 무엇이냐?"

　"주목. 이것이 바로 기념촬영용 비밀병기— 셀카봉이라고 하는 거예요."

　"셀카봉…… 생긴 게 꼭 막대과자 같구나."

　토카가 팔짱을 끼고 고개를 갸웃거렸다. 유즈루가 들고 있는 것은 초콜릿으로 코팅한 길쭉한 과자 같이 생겼다.

"의아. 토카가 무슨 말을 하는 건지 잘 모르겠지만…… 아무튼, 잘 보세요."

유즈루는 손에 쥔 막대의 끝에 스마트폰을 설치하더니, 그 막대를 쭉쭉 늘렸다.

"시범. 손잡이의 버튼을 누르면 사진이 찍혀요. 이게 있으면 다른 사람에게 부탁하지 않고도 자신과 배경이 예쁘게 담긴 사진을 찍을 수 있죠."

"오오, 이렇게 사진을 찍는 게냐. 편리한 물건이구나."

"음……."

잘은 모르겠지만, 편리한 물건 같았다. 토카는 놀란 것처럼 눈을 동그랗게 떴다.

"정렬. 자, 수평선을 배경 삼아 사진을 찍죠."

"좋다!"

"그러자꾸나."

토카와 무쿠로는 유즈루의 옆에 서서 스마트폰 쪽을 쳐다보며 V사인을 날렸다.

"촬영. 그럼 찍겠어요. 자, 치즈."

유즈루가 그렇게 말한 순간, 찰칵 하며 스마트폰이 사진을 찍었다. 유즈루는 막대를 원래 길이로 되돌린 뒤, 스마트폰의 화면을 조작해서 방금 찍은 사진을 확인했다.

"만족. 잘 찍혔군요. 나중에 토카와 무쿠로의 핸드폰에도 사진을—."

말을 잇던 유즈루가 불현듯 뒤편을 쳐다보며 말을 멈췄다.

"음? 유즈루, 왜 그러느냐?"

"……의아. 방금, 뒤편에서 귀에 익은 웃음소리가 들린 듯한 느낌이 들어요……."

유즈루는 그렇게 말하며 주위를 살폈다. 토카도 덩달아 주위를 둘러보았지만, 갑판에는 그녀들 이외에 손님이 없었다.

"으음, 어떤 웃음소리였지?"

"고민. 분명……『키히히히히』하고 들렸던 것 같아요."

"화, 확실히 어디선가 들어본 적이 있는 듯한 웃음소리구나……."

"한숨. 뭐, 좋아요. 기분 탓이 아니면 저희가 즐겁게 놀고 있는 걸 눈치챈 카구야의 생령(生靈) 같은 거겠죠."

유즈루는 「그것보다」라고 말하며 스마트폰을 막대에서 분리시키더니, 토카와 무쿠로를 향해 렌즈를 들었다.

"제안. 모처럼 멋진 장소에 왔으니 꼭 찍고 싶은 사진이 있어요. 두 분도 협력해 주시지 않겠어요?"

"찍고 싶은 사진……? 어떤 것이지?"

"설명. 우선 두 분이 갑판 끝부분에 서 주세요. 실은 뱃머리에서 찍고 싶지만, 안전문제로 출입을 못하게 되어 있으니 여기로 만족해야겠네요."

"음…… 이러면 되겠느냐?"

무쿠로는 유즈루의 지시에 따라 갑판 끝부분에 섰다. 토카도 무쿠로의 뒤편에 섰다.

"지시. 거기서 무쿠로가 두 손을 옆으로 벌리고, 토카가 그 뒤에서 꼭 안아 주세요."

"양손을…… 이러면 되는 게지?"

"그리고, 내가 무쿠로를 뒤에서…… 이러면 되느냐?"

"감탄. 멋져요."

두 사람이 지시에 따라 포즈를 취하자, 유즈루는 흥분한 표정으로 연이어 셔터를 눌렀다.

그 순간, 마치 짜기라도 한 것처럼 강한 바람이 불어오더니, 무쿠로가 어깨로 늘어뜨린 머리카락, 그리고 토키의 칠흑빛 머리카락이 바람에 휘날렸다. 그 순간, 유즈루의 셔터음이 왠지 빨리진 듯한 느낌이 들었다.

"흐음…… 유즈루, 결국 이건 어떤 자세인 거지? 뭔가 특별한 의미가 있는 게냐?"

무쿠로의 물음에 유즈루는 몸을 앞으로 기울이며 말을 이었다.

"해설. 옛날 영화의 한 장면이에요. 예전에 카구야와 같이 봤는데, 이 장면이 특히 인상적이었어요."

"흠, 그랬구나. 그런데, 어떤 영화였지?"

"대답. 거대한 배가 침몰하는 영화였어요."

""……윽?!""

유즈루의 말을 들은 토카와 무쿠로는 무심코 포즈를 풀

었다.

"재, 재수 없는 포즈를 시키지 말거라!"

"그, 그렇다! 이 배가 가라앉기라도 하면 어쩔 거냐!"

두 사람이 새파랗게 질린 얼굴로 그렇게 말하자, 유즈루는 재밌다는 듯이 웃음을 흘렸다.

"해명. 걱정하지 마세요. 이 포즈는 재난을 부르는 주술적인 의미를 지닌 게 아니에요. 게다가 그 영화의 배는 거대한 빙산에 부딪쳐서 가라앉은 거예요. 이 근처의 바다에는 그런 게 있을 리가 없잖아요. 누가 요시노를 울리기라도 하지 않는 한—."

유즈루가 그렇게 말한 순간, 갑자기 주위의 기온이 내려가더니 배의 전방에 쩌저저적 하는 소리와 함께 거대한 얼음이 **생겨났다.**

"아닛……?! 저, 저건……!"

"동요. 설마, 빙산?!"

"비, 빙산이란 것은 저렇게 갑자기 생겨나는 것인 게냐?!"

갑작스러운 사태에 직면한 토카 일행은 갑판 난간에서 몸을 쑥 내밀며 고함을 질렀다.

배의 조타수는 눈치를 챘을지— 아니, 설령 눈치를 챘더라도 피하는 것은 무리다. 토카는 순식간에 상황을 판단하고 다시 입을 열었다.

"무쿠로! 유즈루!"

"음……!"

"호응. 저희들이 어떻게 하는 수밖에 없겠어요."

토카의 말에 대답한 무쿠로와 유즈루의 몸에서 영력이 샘솟았다.

◇

"……어쩌다, 이렇게 된 거지……."

수영복 차림으로 주저앉아 무릎을 꼭 끌어안은 나츠미가 절망적인 심정으로 중얼거렸다.

현재 나츠미는 선박 최상층에 위치한 온수 풀장에 와 있었다. 유리로 된 천장에서는 겨울인데도 눈부신 햇살이 쏟아져 들어와 찰랑거리는 풀장의 수면을 비추고 있었다. 주위에는 수영복으로 갈아입은 승객들이 풀장에서 놀거나 해변용 접이식 침대에 누워서 우아한 시간을 보내고 있었다.

물론 나츠미는 좋아서 이런 곳에 온 것이 아니었다. 사람들에게는 각자 자기에게 걸맞은 환경이 있다. 이곳은 형형색색의 꽃이 흐드러지게 핀 꽃밭이다. 방구석과 어둑어둑한 장소를 선호하는 버섯 타입 여자아이가 올 곳이 아니었다.

그런 나츠미가 이곳에 있는 이유는 단순했다. 그것은 바로―.

"―꺄아아아아아아아아아아!"

나츠미가 최대한 자신의 존재감을 지우며 벽과 융합되려 하고 있을 때, 풀장 건너편에서 그런 새된 목소리가 들려왔다.

풀장에 있던 승객들이 무슨 일인가 싶어 그쪽을 쳐다보았다.

그러자 그곳에는 눈부신 꽃들 사이에서도 한층 더 가련한 한 송이 꽃이 피어 있었다.

그렇다. 대담한 수영복을 입은 미쿠가 나츠미를 응시하며 눈을 반짝이고 있었다.

"나츠미 야아아아아아앙~! 그 수영복— 가바보고부보바푸와! 엄청 어울려요오오오오오오오오! 어?! 요정인가요?! 천사인가요?! 저는 언제 천국에 오고 만 거죠오오오오오?!"

미쿠는 주위의 시선을 전혀 개의치 않으며 나츠미를 향해 뛰어왔다. 참고로 중간의 「가바보고부보바푸와!」는 그녀가 풀장에 뛰어들었을 때 난 소리다. 아마 자신과 나츠미 사이에 풀장이 있기에 최단거리를 가로질러서 온 것이리라. 미쿠는 수영을 잘 못한다고 말했지만, 마치 날치처럼 잽싸게 풀장을 가로질렀다.

"우왓……! 뭐, 뭐야……. 고함 좀 지르지 마! 유명인이 이러면 안 되잖아……."

"예~? 저는 딱히 신경 안 쓰는데요~?"

"내가 신경 쓰여……! 네가 주목을 받으면 나까지 주목을 받는단 말이야! 좀 떨어져 주지 않을래……?"

"아앙~. 너무해요, 나츠미 양~."

미쿠가 그렇게 말하며 나츠미의 팔뚝을 손가락으로 톡톡

두드렸다. 나츠미는 우울한 표정으로 땅이 꺼져라 한숨을 내쉬었다.

그렇다. 나츠미는 미쿠에 의해 반강제적으로 이 풀장에 끌려온 것이다. 물론 저항을 했지만, 결국은 미쿠가 자신을 수영복으로 갈아입힐 것 같았기에 어쩔 수 없이 직접 갈아입는 길을 선택했다.

바로 그때, 미쿠가 무언가를 떠올린 것처럼 손뼉을 치더니 파우치에서 조그마한 병 같은 것을 꺼냈다.

"아, 맞다. 나츠미 양! 자외선 차단 크림을 발라 주시지 않겠어요~?"

"어…… 왜?"

"그야, 햇빛은 피부의 적이니까요! 여름이 아니라고 방심하면 안 돼요~. 흐린 날일수록 자외선이 더 강하다는 말도 있으니까요~."

"아니, 그게 아니라 왜 내가 발라 줘야 하는 거냐고 물은 건데…… 직접 바르면 되잖아."

"제 손이 닿지 않는 곳이 있거든요~. 괜찮잖아요~."

나츠미가 도끼눈을 뜨며 묻자, 미쿠는 몸을 과장스럽게 배배 꼬며 그렇게 대답했다.

그 순간, 좋은 생각이 난 것처럼 미쿠의 표정이 환해졌다.

"앗! 그럼 이렇게 하죠. 제가 시범 삼아 나츠미 양의 몸에 크림을 발라 드릴게요! 그러면 어떻게 발라 줘야 하는지 알 수 있겠죠? 완전 나이스 아이디어네요! 노벨 이자요이상 수상감이에요~!"

"……뭐?"

미쿠의 말에 나츠미가 입을 쩍 벌렸다. 미쿠가 한 말을 바로 이해하지 못했거나, 혹은 뇌가 이해하는 것을 거부한 걸지도 모른다.

하지만 미쿠는 개의치 않으며 자외선 차단 크림을 손에 묻히더니, 그것을 양손으로 비빈 후에 방그으으으으으읏! 하고 미소 지었다.

"자, 나츠미 양. 여기 누워 보세요~."

"끄아아아아!"

그제야 상황을 파악한 나츠미는 비명을 지르며 도망쳤다.

"아앗, 나츠미 양! 풀장 사이드에서 뛰면 안 돼요!"

미쿠가 그렇게 입으로는 지당한 말을 하면서도 손가락을 꼼지락거리며 나츠미를 쫓아갔다. 그러자 나츠미는 숨을 헐떡이며 필사적으로 도망쳤다.

하지만 그곳은 바닥이 물 범벅인 풀장 사이드였다. 한동안 도망 다니던 나츠미는 갑자기 미끄러지면서 몸의 균형을 잃었다.

"우왓, 와아앗!"

"꺄아, 위험해요!"

허둥지둥 손을 벌리며 균형을 잡으려 했지만, 이미 늦었다. 나츠미는 앞으로 엎어지듯 넘어지고 말았다.

하지만— 예상과 달리 고통이 느껴지지는 않았다. 우연히 그곳에 서 있던 인물의 품에 다이빙하고 만 것이다.

"……괜찮아?"

"아야야…… 어, 오리가미?"

이마를 문지르며 고개를 든 나츠미가 거기에 있던 인물의 이름을 입에 담았다. 그렇다. 나츠미를 부축해 준 사람은 바로 정령, 토비이치 오리가미였다. 아무래도 그녀 역시 나츠미 일행과 마찬가지로 풀장에 온 것 같았다.

"고, 고마워……. 덕분에 살았어."

"괜찮아. 그것보다 무슨 일이야? 많이 당황한 것 같은데……."

"……윽! 마, 맞아! 살려줘, 오리가미! 저 변태 좀 어떻게 해봐아아앗!"

나츠미가 고함을 지르며 미쿠를 손가락으로 가리켰다. 그러자 미쿠는 불만을 표시하듯 볼을 부풀렸다.

"정말, 너무해요~. 저는 그저 나츠미 양의 온몸을 조물조물…… 아니, 자외선 차단 크림을 발라 드리고 싶을 뿐이에요."

"방금 본심이 들렸거든?!"

나츠미가 비통한 목소리로 그렇게 외치자, 오리가미는 고개를 끄덕였다.

"상황은 얼추 이해했어. ……나츠미."

"응……? 왜, 왜 그래?"

"미쿠를 처리해 주는 대가로, 시도의 모습으로 변신해서 나한테 자외선 차단 크림을 발라 줬으면 해."

"아앙! 너무해요~! 다 같이 사이좋게 서로에게 크림을 발라 주자고요~!"

"왜 이렇게 문제 많은 녀석들만 내 주변에 몰려드는 건데?!"

그렇게 나츠미가 무심코 고함을 지른 바로 그때였다.

고오오오오…… 하고 땅이 울리는 듯한 소리가 들리더니, 선체가 크게 기울었다.

"……윽!"

"꺄아아아앗! 대체 무슨 일이죠?!"

갑작스러운 사태에 오리가미는 주위를 경계하며 자세를 낮췄고, 미쿠는 비명을 질렀다. 나츠미는 또 바닥에 주저앉으며 머리를 감싸 쥐었다.

한순간 지진이 일어났다고 생각했지만, 생각해보니 이곳은 바다 위였다. 그럼 대체 무슨 일이 일어난 것일까. 다른 배와 충돌했나? 해저 화산이 분화했나? 해적선의 공격을 받았나? 아니면 빙산과 충돌— 아무리 그래도 그것은 말이 안 된다.

다양한 가능성이 머릿속이 떠올랐다 사라졌다. 하지만, 답은 찾을 수가 없었다.

그러는 사이에도 배는 계속 흔들리더니, 점점 심하게 기울어졌다.

풀장에 있던 승객들이 쓰러지며 그대로 벽에 부딪칠 뻔했다. 유리 천장이 깨지면서 파편이 사방에 쏟아졌다.

"꺄앗!"

"우와아아아아앗!"

"큭……!"

그 모습을 본 나츠미가 무심코 손을 내밀었다. —눈에 보이지 않는 경로^{파이프}를 통해, 봉인되어 있던 영력이 몸으로 역류하는 감각이 느껴졌다. 다음 순간, 풀장이 빛에 휩싸였다.

"어……? 아프지…… 않아?"

"어라……? 이 벽은 뭐지? 푹신푹신하네……."

"유리도…… 고무로 된 것처럼 아프지 않아……. 신소재인가?"

풀장에 있던 승객들이 의아한 표정으로 벽을 만져보거나, 유리 파편을 손으로 눌러봤다.

"하아……."

아무래도 늦지 않게 손을 쓴 것 같았다. 나츠미는 안도의 한숨을 내쉬었다.

그렇다. 나츠미는 즉시 거울의 천사 〈하니엘〉의 권능을 발동시켜 이 주위에 있는 것들을 전부 부드러운 소재로 『변신』시킨 것이다.

주위의 반응을 보고 오리가미와 미쿠도 나츠미가 뭘 한 건지 눈치챈 것 같았다. 그녀들은 잘했다는 듯이 엄지를 치켜세우거나, 손 키스를 날렸다.

"……."

나츠미는 대충 손을 흔든 후, 또 한 번 한숨을 내쉬었다.

이윽고 배가 흔들리지 않게 되자, 주위에 있던 승객들도 진정하기 시작했다. 일단 일단락……된 거라고 생각해도 될까. 무슨 일이 벌어진 건지는 아직 모르겠지만, 곧 이 배의 선장이 상황을 알려줄 것이다.

하지만 바로 그때, 나츠미가 미심쩍다는 듯이 눈썹을 찌푸렸다.

풀장의 입구 쪽에서 철퍽철퍽하는 발소리, 그리고 새된 비명이 들려왔기 때문이다.

◇

"코, 코토리, 괜찮아? 배가 엄청 흔들렸는데……."

배 안의 라운지에서 한숨 돌린 시도는 쏟아질까 싶어 손에 들고 있었던 잔과 잔 받침을 테이블에 내려놓으면서 맞은편에 앉아있는 코토리를 쳐다보았다.

"응…… 괜찮아. 그런데 대체 무슨 일일까? ……혹시, 테러리스트?"

시도와 마찬가지로 식기를 들고 있던 코토리가 당혹스러운 표정을 지으며 고개를 갸웃거렸다. 시도는 그 말을 듣고 아하하 하고 쓴웃음을 흘렸다.

"그렇지는 않을 것 같은데…… 아, 홍차가 쏟아졌네."

시도는 얼룩이 생긴 테이블보를 보면서 한숨을 내쉬었다. 자기 탓이 아니라는 건 알고 있지만, 비싸 보이는 홍차와 테이블보인 만큼 유감스러운 기분이 들었다.

하지만 식기가 깨지지 않은 것만으로도 다행일지도 모른다. 곧 마음이 진정된 시도는 주위의 승객과 승무원들을 돌아본 후, 다시 코토리를 향해 고개를 돌렸다.

"라운지가 이 정도로 흔들린 걸 보면, 위층은 엄청 흔들렸을 거야. 풀장에 간 애들은 괜찮을까?"

"으음, 아마 괜찮겠지만…… 혹시 모르니 보러 가볼까?"

시도와 코토리는 고개를 끄덕인 후, 동시에 자리에서 일어났다.

그런데 그때—.

"……어?"

라운지를 감싼 위화감을 느낀 시도가 무심코 눈썹을 찌푸렸다.

겨우 진정되기 시작한 라운지 내부로 열 명가량의 남자들이 들어오면서 또다시 술렁거림과 비명이 이 공간을 채우기 시작한 것이다.

"뭐, 뭐가 어떻게 된 거야……."

라운지에 들어온 이들을 본 시도는 당혹스럽다는 듯이 인상을 찡그렸다.

하지만 그러는 것도 무리는 아니었다. 그 정도로— 그 남자들은 기묘한 모습을 하고 있었던 것이다.

자동소총을 휴대했고, 얼굴 전체를 가리는 방한모를 썼으며, 복장을 검은색으로 통일한 일행이었다. 거기까지는 괜찮았다. ……아니, 하나도 괜찮지는 않지만 그들의 의도는 추측할 수 있었다.

하지만 그들은 왼쪽 눈에 시계 모양 안대를, 머리에는 고양이 귀 헤어밴드까지 착용하고 있어 뭐가 뭔지 알 수가 없었다.

"으음……."

이 느닷없는 사태에 시도가 얼이 나가 있는 사이, 리더로 보이는 남자가 한 걸음 앞으로 나서며 당당한 목소리로 선언했다.

"움직이지 마라! 이 배는 우리 〈클락 캣〉이 제압했다! 우리의 지시에 따르지 않을 경우, 목숨을 보장하지 않겠다! 키히히히히!"

"키히히히히!"

"키히히히히!"

남자의 말에 호응하듯, 부하들도 인상적인 소리를 냈다. 왠지 귀에 익은 그 소리에 시도는 더욱 당황했다.

라운지에 있던 손님들은 남자의 말을 듣고 당황했다.

"꺄아아아아아아아! 저 귀는 뭐야?!"

"이, 이게 뭐야? 이벤트인가? 하지만 저 귀는 대체 뭐지……?"

"이럴 수가…… 말도 안 돼. 영화도 아니고……! 그리고 저 귀는…… 대체 뭐야?"

"……."

리더인 남자는 당황한 승객들을 둘러보더니, 천장을 향해 자동소총을 들면서 방아쇠를 당겼다. 두두두두두두! 어마어마한 소리와 함께 샹들리에의 파편이 바닥으로 쏟아졌다.

"허락 없이 입을 여는 것도 용납하지 않겠다. 조용히 하도록. 여신에게 바쳐질 제물들아."

""""……윽.""""

남자가 그렇게 말하자, 승객들은 입을 다물었다. 그는 라운지를 다시 둘러보고는 만족한 것처럼 고개를 끄덕이며 말을 이었다.

"다시 말하겠다. 우리는 〈클락 캣〉. 검은 여신을 숭배하는 기사단이다! 또한 〈클락 캣〉이란, 시계와 검은 고양이를 조합한 이중적 의미의 명칭이다![2] 키히히히히!"

"키히히히히!"

"키히히히히!"

#2 시계와 검은 고양이를 조합한 이중적 의미의 명칭이다! 시계를 뜻하는 「clock」과 일본어로 검은색을 가리키는 「黒(くろ), 쿠로」의 발음이 비슷하다는 점을 이용한 언어유희.

남자들은 또다시 소리 높여 호응했다.

"……아…… 혹시나 했는데, 역시……."

그들의 외침에 코토리가 난처한 표정을 지으며 미간을 찌푸렸다. ……유심히 보니, 어느새 그녀의 머리카락을 묶은 리본이 흰색에서 검은색으로 바뀌어 있었다.

"코토리, 뭔가 아는 거라도 있어?"

시도가 남자들에게 들리지 않도록 낮은 목소리로 묻자, 코토리는 식은땀을 흘리며 고개를 끄덕였다.

"아마…… 정령신앙자들일 거야."

"정령……신앙자?"

시도가 그 낯선 단어에 고개를 갸웃거리자, 코토리는 「응」하고 대답했다.

"알다시피, 공간진의 원인인 정령이란 존재는 은닉되고 있어. ……하지만, 요즘 같은 세상에 완벽하게 정보를 통제하는 건 불가능해. 입이 가벼운 정부 고관이나 군관계자도 있고, 우연히 정령을 목격한 사람도 있거든. 물론 공식적인 발표는 안 되니까, 그 존재는 도시괴담이나 미확인 생물 취급이지만…… 초현실적인 존재가 실존한다는 걸 안 자들이 정령을 신이나 악마와 동일시하는 것도 충분히 있을 수 있는 일이잖아? 결과적으로 컬트 교단 같은 것이 생겨나는 것도 시간문제야. 신앙의 대상이 실존하는 만큼, 더 질이 나쁜 거지."

거기까지 말한 코토리는 어깨를 으쓱했다.

"초현실적인 존재가 실제로 존재한다는 것을 알아서 위험한 사상에 빠져든 건지, 혹은 원래부터 문제가 있던 녀석들이 초현실적인 존재를 자기들의 활동에 대한 이유로 삼은 건지는 알 수 없어."

"그, 그렇구나······. 그럼 저 복장은······."

시도는 남자들을 힐끔 쳐다보았다. 그에 코토리는 인상을 찡그리며 고개를 끄덕였다.

"······아마 맞을 거야. **그 애**는 개체수가 많은 데다, 공간진 경보가 울리지 않아도 마을에 출몰하기 때문에 목격 사례가 많잖아······."

"아······."

시도는 코토리와 비슷한 표정을 지으며 손으로 이마를 짚었다. ······확실히 『본인』에게는 보여주고 싶지 않은 광경이다.

시도와 코토리가 소곤거리고 있는 사이에도, 〈클락 캣〉의 리더는 힘찬 목소리로 말을 이어갔다.

"······즉! 이것은 죽음이 아니다! 새로운 삶이자, 구원이다! 축복하라! 환희하라! 제군들은 오늘 밤, 구원받는다! 여신의 일부가 되는 것이다! 순교자는 내세에 고양이로 태어나, 여신에게 귀여움을 받을 수 있다! 귀여움 받고 싶다! 고양이가 되고 싶다! 인간으로 사는 데 지쳤다!"

"지쳤다!"

"지쳤다!"

왠지 후반부는 단순한 희망사항 같지만, 총에 겨눠진 승객들의 얼굴에는 긴장감이 어렸다. ……뭐, 확실히 총을 쥔 남자들이 영문 모를 소리를 늘어놓는다면 아무리 웃긴 상황이더라도 두려움에 사로잡히는 게 정상일 것이다.

"아…… 한 마디만 해도 돼?"

그런 와중에, 코토리가 남자의 말을 끊으며 손을 들었다.

리더인 남자의 옆에 있던 빼빼 마른 남자가 짜증 섞인 시선으로 코토리를 쳐다보았다.

"단장님의 말을 못 들었어? 허락 없이 입을 여는 건 용납하지 않겠다."

"들었어. 그러니 이렇게 허락을 구하는 거잖아."

"이 자식……!"

"잠깐. 괜찮다. 규율을 따르는 자세는 높이 사도록 하지. 그리고 저 애는 고양이를 닮았군. 여신께서는 고양이에게 관용적이시지."

"아하……."

"고양이 귀가 어울릴 것 같아……."

단장이라 불린 남자가 동료의 말을 막고 코토리를 향해 돌아섰다. 한편, 코토리의 볼을 타고 땀방울이 흘러내렸다.

"그런데 무슨 일이지? 귀여운 새끼 고양이 아가씨."

"……아, 그게 말이야. 혹시나 싶어 확인하는 건데, 이건 선박 측에서 준비한 레크리에이션이나 방재훈련은 아니지?"

"물론이다."

"즉, 이건…… 선박 납치네?"

"우리 행동에 그런 표현을 붙이는 건 본의가 아니지만, 알기 쉽게 설명하자면 그렇다고 할 수 있지."

"아……."

코토리는 남자의 대답을 듣고 얼굴을 찡그리며 팔짱을 꼈다. 미간을 찌푸린 그녀의 볼을 타고 땀 한 방울이 흘러내렸다.

"그래……. 그렇구나. 하필이면, **우리가 탄 배를……**."

보기에 따라서는 갑작스럽게 위협을 당해 경악한 것처럼 보이겠지만— 시도의 눈에는 당혹감과 연민이 뒤섞인 표정 같아 보였다.

코토리는 땅이 꺼져라 한숨을 내쉰 뒤, 불쌍하다는 듯이 남자를 바라보았다.

"……내 말 잘 들어. 다치기 전에 무기를 버리고 투항하는 편이 너희 신상에 좋을 거야."

"뭐?"

코토리가 도발로 받아들일 수 있을 법한 말을 하자, 온화하던 남자의 표정이 일그러졌다.

"그게 무슨 소리지? 누가 우리를 다치게 한다는 거지?"

"누구……? 으음, 글쎄. 너희 식으로 말하자면— 여신님?"

"……뭐?"

코토리가 그렇게 말하자, 단장은 미심쩍다는 듯이 눈썹을 모았다.

하지만 다음 순간, 단장의 어깻죽지에 달려 있던 통신기에서 소리가 흘러나왔다.

"……뭐냐. 무슨 일이 벌어진 거냐?"

단장이 통신기를 손에 쥐고 입가에 대면서 상황을 물었다.

그러자 통신기 너머에서 엄청난 총격음과 비명이 들려왔다.

『—응답바람! 응답바람! B조 전멸! 전멸!』

"뭐……?"

단장이 의아하다는 듯이 미간을 찌푸리자, 마치 이때를 기다린 것처럼 다른 남자들의 통신기에서도 비명이 흘러나왔다.

『여기는 C조! 지원을 요청한다! 총이 안 통해! 이 녀석들은 대체 뭐야아아아!』

『총이! 내 총이 바게트 빵으로 변했어! 마녀야! 이 배에는 마녀가 있어! 헛소리 마! 나는 마약을 한 적이 없다고!』

『추워…… 춥다고……. 손발이 움직이지 않아……. 왠지…… 졸려…….』

『여어, 동지. 이제 여신 따위는 아무래도 상관없지 않아? 그것보다 같이 노래를 부르자. 이번 겨울에 가장 히트한 이자요이 미쿠의 뉴 싱글 「Beautiful Moon」, 절찬발매중이야.』

……이렇게, 고함과 비명과 정체불명의 홍보성 멘트가 무

질서하게 통신기에서 쏟아져 나왔다. 남자들은 방한모로 얼굴을 완전히 숨기고 있는데도 알 수 있을 만큼, 당혹스러운 표정을 짓고 있었다.

"뭐…… 뭐야?! 대체 무슨 일이 일어난 거냐?!"

그 모습을 본 코토리는 하아 하고 땅이 꺼져라 한숨을 내쉬었다.

"이렇게 될 줄 알았다니깐……."

"아……."

통신 내용을 듣고 대략적인 상황을 파악한 시도 또한 코토리와 비슷한 표정을 지으며 볼을 긁적였다.

"큭……!"

코토리의 반응에 뭔가를 눈치챘는지, 리더인 남자가 날카로운 시선으로 그녀를 쳐다보았다.

"뭐가 어떻게 된 거지?! 이 배 안에 대체 뭐가 있는 거냐! 대답해라! 안 그러면―."

남자가 자동소총으로 코토리를 겨누려고 한 순간, 쾅! 하는 소리와 함께 라운지 입구의 문이 활짝 열렸다.

그리고 토카와 유즈루, 무쿠로가 축 늘어진 복면 남자들을 질질 끌면서 성큼성큼 라운지 안으로 들어왔다.

"""아닛……?!"""

그 모습을 본 남자들은 경악했다. 하지만 토카 일행은 태연하게 시도와 코토리를 향해 손을 흔들었다.

"오오! 시도, 코토리. 여기 있었구나. 이 녀석들은 뭐냐? 사람에게 총을 겨누기에 따끔한 맛을 보여줬다만……."

"저질. 모처럼 배 여행 중인데 이 사람들이 분위기를 깼어요."

"음…… 일단 전부 기절을 시켰느니라."

"아하하……."

시도는 그녀들을 향해 손을 흔들며 쓴웃음을 흘렸다.

어찌 보면 이렇게 되는 것이 당연했다. 지금 이 배에는 정령이 열 명이나 타고 있으며— 그녀들이 총을 든 악한들을 가만둘 리가 없는 것이다.

"아…… 아니……."

남자들이 아연실색하고 있을 때, 다른 입구가 열리면서 카구야, 요시노, 니아, 세 사람이 남자 몇 명을 질질 끌며 나타났다. 복면이 벗겨진 그들은 입이 카지노 칩으로 가득차 있거나, 손발이 얼어붙어 있었다.

"크크큭. 우리 앞에서 행패를 부리려 하다니, 어리석기 짝이 없구나."

"으음, 저기…… 로프 같은 건 없나요? 계속 얼려두면 추울 것 같은데……."

"크으~! 선박 납치를 당할 줄은 몰랐네~! 룰렛을 계속 했으면 이 니아 님께서 대역전극을 펼쳤을 텐데 말이야~! 오늘은 무승부인 걸로 치고 넘어가 줄까~!"

니아는 왠지 기쁜 듯한 어조로 그렇게 말하더니, 손바닥으로 자신의 이마를 찰싹 소리가 나게 때렸다.

바로 그때, 또다른 입구가 열리더니 고양이 귀를 착용한 남자들이 들어왔다.

언뜻 보기에는 라운지를 점령한 〈클락 캣〉의 동료들 같았지만…… 어딘가 이상했다.

그들은 질서정연하게 줄을 서서 행진을 하더니, 라운지에 들어오자마자 좌우로 흩어지며 절도 있게 경례를 한 것이다.

그 직후, 그들에게 영접을 받듯이 수영복 차림의 미쿠가 손을 흔들며, 오리가미가 조용히, 나츠미가 살금살금 걸어왔다.

"앗, 달링! 무사해서 다행이에요~. 저기, 여러분도 그렇게 생각하죠?"

"""예! 미쿠 양!"""

남자들은 한목소리로 미쿠의 말에 대답했다. 아무래도 미쿠의 천사 〈가브리엘〉에 조종당하고 있는 것 같았다.

라운지에 있던 선박 납치 일당은 그 기묘한 광경에 경악했다.

"뭐, 뭐가 어떻게 된 거지……? 대체 무슨 일이 벌어진 거냐고!"

단장이 당황할 대로 당황한 목소리로 그렇게 외쳤다.

하지만 그것도 무리는 아니었다. 배를 점거했다고 생각했는데, 어느새 배 안에 있던 동료들이 제압당하거나 세뇌당한 것이다. 이런 어마어마한 짓을 저지른 자들이니 동정의 여지는 없지만, 그래도 조금 안 됐다는 생각이 들었다.

하지만 그런 참상을 보고도 단장은 항복할 생각이 없는 것 같았다. 그는 품속에서 리모컨 같은 것을 꺼내더니, 고함을 질렀다.

"큭……! 이 폭탄을 쓰게 될 줄이야. 마법진과 제단이 완성되지 않았지만…… 어쩔 수 없지. 여신은 관대하시다. 이 정도 인원을 제물로 바친다면 분명 기뻐해 주실 거다!"

"뭐……?"

"포, 폭탄?!"

"다들 엎드려!"

시도 일행은 단장의 말을 듣고 경악했다.

그렇다. 방심해선 안 됐다. 그들의 목적은 승객을 인질 삼아서 정부와 교섭하는 것도, 몸값을 받아내는 것도 아니라, 수많은 인간들을 여신에게 제물로 바치는 것이었다. 자신의 목숨을 도외시하는 자들이라면 이런 짓을 벌일 가능성도 충분히 있었다.

"그럼 다 같이 가자, 제군! 다음에 만날 때는 다들 새끼 고양이겠구나! 키히히히히!"

단장은 웃음을 터뜨리면서 주저 없이 리모컨의 스위치를 눌렀다.

하지만…….

"……어?"

아무리 기다려도 폭발은 일어나지 않았다. 단장은 리모컨의 스위치를 몇 번이나 눌러보더니, 곁에 있던 부하를 쳐다보았다.

"……어이. 폭탄은 제대로 설치했겠지?"

"아, 예. 기관부의 바로 위에 위치한 풀장에……."

"……엇."

바로 그때, 나츠미가 낮은 신음을 흘렸다. 그녀는 겸연쩍은 표정을 지으며 퉁명스레 말했다.

"아, 내가 그 폭탄을 쿠션 소재로 만들어 버린 것 같아……."

"그게 무슨 소리냐?!"

나츠미의 말에 단장이 절규를 토했다. ……솔직히 말해 시도도 나츠미가 무슨 말을 하는 건지 이해하지 못했다.

아무튼, 나츠미 덕분에 그들의 계획은 실패한 것 같았다. 단장은 리모컨을 바닥에 던져 버리고 시도 일행을 손가락으로 가리켰다.

"도, 동지들이여! 저 꼬맹이들을—"

하지만 단장이 지시를 내리려던 순간, 카구야, 유즈루, 오리가미가 세 방향에서 몸을 날려 고양이 귀 남자들을 손쉽게 제압했다.

"커억……?!"

"이, 이게 뭐지……?!"

"바람에 휘감겼— 커헉?!"

남자들은 고통에 찬 신음을 흘리며 그대로 꼼짝도 못하게 됐다. 홀로 남겨진 단장은 패닉 상태에 빠진 표정으로 절규를 토했다.

　"비…… 빌어먹을! 이렇게…… 이렇게 끝낼 수는 없어어어어어!"

　단장은 눈을 치켜뜨며 코토리를 향해 총구를 겨눴다.

　"쳇……!"

　"앗! 코토리!"

　시도가 반사적으로 바닥을 박차며 코토리의 앞으로 자신의 몸을 던졌다.

　다음 순간, 방아쇠가 당겨진 자동소총에서 두두두두! 하는 소리와 함께 쏟아져 나온 총탄이 시도의 몸에 박혔다.

　"컥……!"

　"시도?!"

　"앗, 시도!"

　주위에서 정령들의 비통한 외침이 들렸다.

　하지만— 시도는 몸이 타들어가는 통증 속에서도 발에 힘을 주며 쓰러지지 않았다.

　그리고 〈카마엘〉의 불꽃이 총상을 입은 부위를 휘감은 가운데, 단장을 바라보았다.

　"이 자식…… 코토리가 총에 맞기라도 했으면 어쩌려고……!"

　"히익……!"

단장은 불꽃에 휩싸인 시도를 보고 비명을 지르더니, 그 대로 라운지의 창문을 총으로 쏴서 밖으로 도망쳤다.

"큭……!"

"바보, 뭐하는 거야?! 무모한 짓 좀 하지 마……!"

　시도가 가슴을 움켜쥐며 신음을 흘리자, 코토리는 걱정 섞인 목소리로 그렇게 말하며 그를 부축했다. 다른 정령들 도 시도의 곁으로 모여들었다.

　하지만 시도는 목소리를 쥐어짜내며 고개를 들었다.

"나는 괜찮아……! 그것보다, 저 녀석을 쫓자!"

◇

"히…… 히익……!"

─저건 뭐야, 저건 뭐야, 저건 뭐야……!

　〈클락 캣〉의 단장은 식은땀으로 얼굴이 범벅이 된 채, 배 의 후미를 향해 뛰어갔다.

　손발이 저렸다. 폐가 아팠다. 심장이 폭음을 내며 목에서 뛰어나올 것만 같았다.

　영문을 모르겠다. 영문을 모르겠다. 영문을 모르겠다.

　준비는 완벽했다. 인원도 충분했고, 장비도 충분했다. 평 화에 찌든 크루즈 여행객과 약해빠진 경비원밖에 없는 배 를 제압하는 건 식은 죽 먹기여야 정상이었다. 2천 명이나 되는 제물과 함께 나 자신을 바친다면, 여신께서 자신을 맞이해줄 것이다. 하지만—.

"대체 뭐가 어떻게 된 거야⋯⋯?!"

말을 할 여유가 없음에도 단장은 무심코 고함을 질렀다.

바로 그때, 뒤에서 목소리가 들렸다.

"저쪽이다!"

"이익~! 달링에게 총을 쏘다니, 절대 용서 못 해요~!"

"바람의 야마이에게 술래잡기로 도전하다니, 배짱 한번 좋구나!"

"히이익⋯⋯!"

마녀들의 목소리가 점점 가까워지자, 단장은 한심한 비명을 지르며 한계에 도달한 발을 더욱 빠르게 놀렸다.

이대로는 안 된다. 이대로 혼자 죽는다면, 여신의 곁에 갈 수 없다. 여신께서는 제물을 원하신다. 수많은 인간들을 여신의 곁으로 보내야만 한다. 그러니 지금은 도망을 쳐야⋯⋯!

하지만 다음 순간, 단장은 불쑥 모습을 드러낸 누군가와 부딪치고 말았다.

"우왓⋯⋯!"

"꺄아~."

부딪친 상대는 소녀였다. 긴 흑발에 프릴이 달린 드레스를 입은 소녀는 왠지 고귀한 분위기가 감도는, 상류층 아가씨 같은 여자아이였다.

"큭……!"

단장은 무심코 독설을 내뱉을 뻔했지만, 이내 생각을 바꿨다. 어차피 이대로 도망쳐 봤자 곧 따라잡히고 만다. 그렇다면, 이 상황을 벗어날 유일한 방법은……!

"이리 와!"

그는 소녀의 손을 움켜잡더니 그대로 잡아당겼다. 그리고 그녀의 관자놀이에 총을 댔다.

"꺄앗! 이게 무슨 짓인가요?"

"시끄럽다! 죽고 싶지 않으면 얌전히 있어!"

"저기 있다!"

단장이 소녀를 움켜잡았을 때, 아까 전에 본 마녀들의 목소리가 뒤쪽에서 들려왔다.

"……아! 찾았어!"

정령들과 함께 〈클락 캣〉의 단장을 쫓던 시도는 배의 후미에서 뒤돌아 서 있는 남자를 발견했다.

"이제 도망칠 수 없어! 순순히 잡히라고!"

시도의 외침에 맞춰 정령들이 좌우로 흩어지며 단장을 놓치지 않기 위해 포위했다.

단장의 앞에는 난간과 바다뿐이다. 도망칠 곳이 없다는 것은 한눈에 알 수 있었다. 만에 하나 바다에 뛰어들더라도, 육지까지 헤엄치는 건 불가능하리라.

하지만 단장은 얼굴이 땀으로 범벅이 된 채 히죽거리더니, 시도 일행을 향해 돌아섰다.

"움직이지 마라! 시키는 대로 안 하면 이 여자의 얼굴이 산산조각날 거다!"

그리고 그렇게 외치면서 한 손으로 움켜잡고 있던 소녀의 관자놀이에 총구를 댔다.

"""앗……?!"""

시도와 정령들은 경악했다. 아무래도 그는 도주 중에 승객을 잡아서 인질로 삼은 것 같았다.

그들의 반응을 본 단장은 히죽거리며 말을 이었다.

"조, 좋아. 착하군. 이 애의 귀여운 얼굴이 으깨진 토마토 꼴이 되는 걸 보고 싶지 않다면, 비상용 구명보트를 준비해라!"

"헛소리 하지 마! 그럴 수는—."

"빨리 해!"

그는 고함을 지르면서 인질이 된 소녀의 관자놀이에 다시 한 번 총구를 댔다. 그러자 소녀는 몸을 배배 꼬며 비명을 질렀다.

"꺄아, 무서워라~! 정말 무서워요. 제발 살려 주세요~."

"…………어?"

바로 그때…….

시도는 무심코 눈을 동그랗게 떴다.

아니, 시도뿐만이 아니었다. 남자와 소녀를 포위한 정령들 또한 시도와 비슷한 표정을 지었다.

"음?"

"아……."

"어머~."

다들, 눈치챈 것 같았다.

소녀의 목소리가, 비명이라기에는 너무나도 환하다는 것을…….

소녀의 어깨가, 마치 웃음을 참고 있는 것처럼 떨리고 있다는 것을…….

소녀의 얼굴이— 낯익다는 것을…….

"너, 너……."

"—어머, 어머. 벌써 눈치채셨나요? 비극의 히로인을 좀 더 연기하고 싶었는데 말이죠."

시도가 얼이 나간 투로 입을 열자, 소녀는 웃음을 흘리며 그렇게 대꾸했다.

그렇다. 선박 납치범이 인질로 삼은 이는…….

최악의 정령이자, 그들의 『여신』— 토키사키 쿠루미였던 것이다.

"쿠, 쿠루미?! 네, 네가 왜 여기 있는 거야……?"

"우후후. 안녕하세요, 시도 씨. 이런 곳에서 다 보는군요."

그때, 그런 두 사람을 보고 조바심이 났는지 단장이 언성

을 높였다.

"무슨 헛소리를 지껄이는 거냐! 잔말 말고 빨리—."

"당신, 좀 시끄럽군요."

쿠루미가 그렇게 말하며 단장을 힐끔 쳐다보았다.

그 순간, 단장은 눈을 치켜떴다.

아마 그도 눈치를 챈 것이리라.

—자신이 잡은 소녀의 왼쪽 눈이, 금색 시계 문자판으로 되어 있다는 것을……

"아, 아아아아아— 당신은…… 설마……?!"

"그 꼬락서니는 뭐죠? 꼴사나운 데도 정도라는 게 있는 법이랍니다."

그 순간, 쿠루미가 손가락을 튕기자, 그녀의 발치에 응어리져 있던 그림자 안에서 수많은 새하얀 손이 나오더니 남자의 발을 움켜잡았다.

"히익……?! 여, 여신이여! 들어주시옵소서! 고양이고양이 냐옹냐옹! 고양이냐옹냐옹!"

"……그게 뭐죠?"

"으음, 이 주문을 읊조리면 여신께서 상대를 고양이로 인식해서 예뻐해 주신다고……."

"……."

"크, 아아아아아아아아……?!"

그런 비명을 남기며, 그는 그림자 안으로 끌려들어 갔다.

쿠루미는 질렸다는 듯이 한숨을 내쉰 후, 가볍게 어깨를 털며 시도 일행을 향해 돌아섰다.

"―『저희들』에게서, 저희의 이름을 더럽히는 자가 있다는 말을 듣고 살펴보러 왔는데…… 생각했던 것보다 더 추악한 자군요."

"쿠, 쿠루미, 너……."

"안심하세요. 죽이지는 않겠어요. 선박 납치 일당의 주범이 없으면 사후 처리가 귀찮아질 테고……."

게다가, 하고 말을 이은 쿠루미는 어깨를 으쓱했다.

"저도 사람을 골라가며 『잡아먹는답니다』."

그렇게 말한 쿠루미는 혀로 입술을 핥았다.

……본인은 농담 삼아 한 말일지도 모르지만, 툭하면 쿠루미의 표적이 되는 입장인 시도로서는 도저히 웃을 수가 없었다.

◇

소동이 일어나고 몇 시간 후……. 컬트 교단의 선박 납치라는 큰 사건이 일어났는데도 불구하고 배는 금세 정상적인 운행을 시작했다.

이유는 지극히 단순했다. 코토리가 〈라타토스크〉를 통해 손을 써서, 이 일을 선상 이벤트의 일환으로 처리해 달라고 선박 측에 요청한 것이다.

물론 선박 납치범들을 위해 그런 것은 아니다. 실제로 그들은 해상보안청에 넘겨졌으며, 지은 죄에 걸맞은 형벌을 받게 될 것이다.

그렇다면 왜 이렇게 성가신 짓을 한 것이냐면— 정령들이 이 사건을 해결했기 때문이다.

카지노, 갑판, 풀장, 라운지에서 결코 적지 않은 이들이 정령들의 활약을 목격하고 말았다. 다행히 영장이나 천사를 현현시키지는 않았지만, 하선한 후에 그녀들이 선박 납치범을 퇴치한 영웅으로 추앙되는 사태가 벌어지는 것을 〈라타토스크〉 측은 피하고 싶었다.

두 눈으로 선박 납치범을 본 승객들은 약간 석연치 않은 듯한 반응을 보이면서도 일단 납득했다. 뭐, 자신들이 진짜로 선박 납치 사건에 휘말렸다고는 생각하지 않을 테고, 범인이란 작자들이 그런 어이없는 차림를 하고 있다는 것도 믿기지 않으리라. 그 점에 있어서는 그들의 고양이 귀에 감사했다.

물론 손님들이 다칠 수도 있는 난폭한 이벤트를 벌였다는 이유로 나중에 선박 운영회사에 클레임이 들어올 가능성도 있지만, 〈라타토스크〉 측에서 그것을 감수하고도 남을 만큼의 뇌물을 운영회사 측에 쥐어준 것 같았다. ……여전히 말도 안 되는 일을 저지르는 조직이다.

덕분에 이번 사건을 해결한 정령들은 선박 측에서 준비한 출연진으로 주목을 받기는 했지만, 영웅으로 추앙되지는 않고 비교적 느긋하게 지낼 수 있었다.

"하지만 선박 납치를 당할 줄은 꿈에도 몰랐다. 그런 일이 흔히 일어나는 것이냐?"

배의 8층에 있는 댄스홀에서 포도주스를 베이스로 만든 무알코올 칵테일을 마시던 토카가 가볍게 숨을 토하며 그렇게 말했다.

그녀는 기품 어린 디자인의 보라색 드레스를 입고 있었다. 크루즈 여행의 기간에 따라 달라지지만, 한밤중의 선상은 신사숙녀들의 사교장이기 때문에 승객 전원은 정장과 드레스의 착용이 의무화되어 있었다. 때문에 토카 이외의 정령들도 드레스를 차려 입었다. 그 모습은 궁전에서의 무도회를 연상하게 했다.

뭐, 무도회라고는 해도 정령들 중에서 춤을 추고 있는 건 아까부터 홀의 중앙에서 격렬한 스텝을 밟고 있는 야마이 자매뿐이지만 말이다. 무쿠로와 몇몇 정령들은 춤을 춘다는 말을 듣고 흥분을 감추지 못했지만, 댄스홀에서 추는 춤이 일본의 전통축제에서 추는 춤이 아니라 정통 무도회 댄스라는 말을 듣고 풀이 죽었다. 그 모습을 본 시도는 나중에 여름 축제에라도 데려가 줘야겠다고 굳게 마음먹었다.

"그럴 리가 없잖아. 치안이 나쁜 나라라면 몰라도, 여기서는 그런 일이 흔하지 않아. ……하아, 괜히 소란만 일어났네. 지금 생각해보니, 아까 배가 흔들린 것도 그 녀석들 짓일지도 몰라."

"""……"""

코토리가 그렇게 말하자, 몇몇 정령들이 켕기는 구석이 있는 듯한 표정을 지었다.

"……어? 다들 왜 그래?"

"아, 아무것도 아냐~. 그것보다 정령신앙자라고 했지? 그런 사람들도 있구나."

뭔가를 얼버무리듯 그렇게 말한 이는 대담하게 등이 드러난 이브닝드레스 차림의 니아였다.

"응. 뭐, 그들은 『정령』이란 명칭조차 몰랐던 것 같지만 말이야. 정령의 존재가 은닉되고 있는 건, 저런 녀석들이 생기는 걸 방지하기 위해서일지도 몰라."

"아하~. ……어? 그럼 우리를 신봉하는 사람들도 있는 거야?"

"으음…… 거기까지는 모르겠지만, 카구야와 유즈루는 봉인 전에 목격 정보가 꽤 많았으니까 있을지도 몰라."

"추측. 설마 전원이 은으로 만든 액세서리를 착용하고, 팔에 붕대를 감은 걸로 모자라, 스스로를 권속이라 자칭하는 건가요? 무시무시한 집단이군요."

"잠깐만, 왜 내 흉내만 낼 거라고 생각하는 건데?!"

아무래도 대화를 듣고 있었는지 야마이 자매가 춤을 추며 그렇게 말했다. 그 모습을 본 다른 이들은 웃음을 터뜨렸다.

"그건 그렇고, 쿠루미도 안 됐네. 자기가 알지도 못하는 사람들에게 추앙되고 있는 거잖아."

"응……."

시도는 고개를 끄덕이며 코토리의 말에 답했다.

결국 쿠루미는 기절한 〈클락 캣〉 단장을 시도 일행에게 넘겨준 후, 그림자 속으로 사라졌다.

"결국 고맙다는 말도 못했네."

"시도, 무슨 소리를 하는 거야. 쿠루미가 네 목숨을 노린다는 걸 잊은 거야?"

"아, 그건 그렇지만…… 만약 그때 그 자리에 있었던 사람이 쿠루미가 아니라 평범한 승객이었다면, 더 위험했을지도 모르잖아."

"으음…… 그건 그럴지도 모르지만……."

코토리는 납득은 하지만 불만이 있다는 듯이 볼을 부풀렸다.

바로 그때였다.

"—어머, 어머. 저를 부르셨나요?"

그런 목소리가 들리더니, 뜻밖의 인물이 시도 일행에게 다가왔다.

"아! 쿠루미!"

시도가 이름을 부르자, 쿠루미는 입고 있던 가련한 느낌의 드레스 끝자락을 살며시 들어 올리며 우아하게 인사를 했다.

"키히히, 안녕하세요, 시도 씨. 다른 분들도 계셨군요."

쿠루미는 그렇게 말하며 시도와 정령들의 얼굴을 핥는 듯한 시선으로 바라보았다. 그러자 정령들의 주위에 긴장된 분위기가 감돌았다.

"어머, 쿠루미. 목적은 달성한 거 아니었어? 무슨 일로 또 나타난 거야?"

코토리가 말 속의 가시를 숨기지 않으며 물었다. 그러자 쿠루미는 입가에 손을 대며 웃음을 흘렸다.

"여러분과 마찬가지로, 크루즈 여행을 즐기고 있을 뿐이랍니다. 뭔가 문제라도 있나요?"

쿠루미가 고개를 갸웃거리며 그렇게 대꾸했다. 그러자 코토리는 흥 하고 코웃음을 치며 그 말의 진의를 파악하려는 듯이 눈을 가늘게 떴다.

하지만 쿠루미는 개의치 않으며 시도를 향해 고개를 돌렸다.

"그것보다 시도 씨? 저한테 무슨 볼일이라도 있으신가요? 방금, 제 이름을 입에 담지 않으셨나요?"

"아…… 네 덕분에 살았다는 이야기를 했어."

"어머, 어머, 그러셨군요. 우후후, 그럼 상을 주시지 않겠어요?"

"상……?"

그 말을 들은 정령들의 얼굴에 경계심이 어렸다.

하지만 그것도 당연했다. 쿠루미는 시도를 『잡아먹어서』, 그가 지닌 영력을 차지하려 하는 정령이었다. 위험천만한 요구를 할지도 모르는 것이다.

하지만 쿠루미는 빙그레 미소 짓더니, 시도를 향해 손을 내밀며 뜻밖의 말을 했다.

"저와 한 곡, 추시지 않겠어요?"

"뭐……?"

시도가 어리둥절한 표정으로 눈을 동그랗게 뜨자, 쿠루미는 재밌다는 듯이 웃음을 흘렸다.

"어머나, 제가 이상한 말이라도 했나요? 이곳은 댄스홀이 잖아요? 혹시 범인 체포에 대한 답례라 할지라도, 저와 춤추고 싶지 않으신 건가요?"

"아, 그런 건 아닌데……."

"그럼……."

쿠루미는 손을 앞으로 내밀었다. 시도는 반쯤 분위기에 휩쓸리듯이 그 손을 잡으려 했다.

하지만—.

"그렇게는 안 돼애애애애애!"

다음 순간, 시도가 쿠루미의 손을 잡는 것을 방해하려는 듯이 코토리가 몸을 벌떡 일으켰다.

아니, 코토리뿐만이 아니었다. 드레스 차림의 다른 정령들도 발끈했다.

"무슨 소리를 하는 것이냐, 쿠루미! 그렇게 치면 우리에게도 시도와 춤을 출 권리가 있다!"

"그래. 점수를 매기면 내가 더 많아."

"맞아요~! 달링과 춤추고 싶으면 우선 저와 먼저 춤추세요!"

"……아니, 그게 왜 그렇게 되는데?"

정령들이 앞다퉈 입을 열었다. 쿠루미는 그 모습에 재미있다는 듯이 입가에 미소를 머금었다.

"어머, 어머. 큰일이군요. 그럼 시도 씨에게 누구와 춤을 출지 정해달라고 할까요?"

"""……!"""

쿠루미의 말에 정령들은 그대로 시도를 주시했다.

"으, 으음……."

그 무수한 시선에 꿰뚫린 시도는 쓴웃음을 짓더니, 「……그럼 너희 모두와 차례대로 출게」 하고 손을 내밀었다.

매번 신세 많이 지고 있습니다. 타치바나 코우시입니다. 『데이트 어 라이브 앙코르 9』를 여러분께 전해드립니다. 어떠셨는지요. 재미있으셨기를 바랍니다.

단편 시리즈 『앙코르』도 벌써 9권입니다. 두 자릿수를 목전에 두고 있군요. 그리고 표지를 장식한 인물은 인기 만화가이자 정령계의 재주꾼, 혼죠 니아 여사입니다. 자, 이 고급스러운 완성도를 봐주십시오. 게다가 표지와 속표지가 다른 호화 사양입니다. 혼죠, 왜 그딴 꼬락서니를 하고 있는 것이냐······.

자, 이번에도 역시 예의 각화 해설을 하려 합니다. 스포일러가 가득 들어 있으니, 본편을 읽지 않으신 분께서는 주의해 주십시오.

○이츠카 페어런츠

해외에 있는 시도의 부모님이 돌아오는 이야기입니다. 사실 이 단편은 꽤 예전에 발표된 것으로, 아마 2015년 5월호 드래곤매거진에 수록되었을 겁니다. 약 4년 전 이야기군요. 이야~, 벌써 시간이 그렇게 흘렀나요. 최근에 드래곤매거진에 재수록되었기에, 적당한 타이밍 같아서 이번 『앙코르』에 수록했습니다. 『앙코르 9』가 두꺼워진 건 바로 이 이야기 때문이죠.

4년 전의 단편집이라 니아와 무쿠로는 나오지 않습니다. 실은 자초지종을 모르는 니아와 무쿠로가 이츠카 부부와 마주치는 『NEW 이츠카 페어런츠』를 쓸까 했습니다만, 그러면 분량이 너무 늘어날 것 같아 관둘 수밖에 없었습니다. 기회가 된다면 써보고 싶군요.

○니아 하우스

실은 툭하면 술이나 퍼마시는 게으름뱅이가 아니었던 니아가 이상적인 집을 찾는 이야기입니다. 애니메이션 회의를 마친 후에 문장이 아니라 구두로 플롯을 짠 이야기였던 걸로 기억합니다.

니아는 정말 다루기 쉽다고나 할까, 다른 캐릭터이 하지 않을 말을 입에 담을 수 있어서 그녀에 관해 쓸 때는 즐겁습니다. 시도 또한 니아를 허물없는 친구처럼 편하게 대하죠. 인간 말종이기는 하지만, 의외로 시도와 궁합이 맞는 걸지도 모릅니다. 괜찮아? 결혼할래? 같은 소리를 할 정도로 말이죠.

텐구 하우징의 아오키 씨는 글로 표현하다 보니 점점 개성이 강해지는 캐릭터였습니다. 의도적으로 그런 것은 아닙니다만, 이번에 수록된 단편에는 정령 이외의 엑스트라 캐릭터가 꽤 많이 나온 것 같군요.

○나츠미 챌린지

낫층의 숨겨진 재능이 꽃피는 이야기입니다. 개인적으로는 꽤 마음에 든 단편이었죠. 저도 나츠미처럼 재능이 많았으면 좋겠습니다.

드래곤매거진 게재 때의 삽화는 만화 원고를 가지고 편집부에 찾아간 『나츠코』, 즉, 어른 버전 나츠미뿐이었습니다만, 책 발매 준비를 하면서 초반부의 삽화가 추가됐습니다. 대단하군요. 뭐가 대단한지는 말하지 않겠습니다만, 아무튼 대단해요~.

나츠미와 요시노의 친구인 카논과 노리코는 일회성 캐릭터로 만들었는데도 의외로 자주 출연하고 있습니다. 첫 등장이 『앙코르 7』의 『요시노 익스페리언스』였죠. 그 단편도 제가 꽤 좋아하는 이야기입니다. ……혹시 나츠미가 메인인 단편을 좋아하는 것뿐일까요?

○오리가미 트레이닝

오리가미가 신부수업을 하는 이야기는 어떤가요? 라는 안이한 한마디에서 비롯된 단편입니다. 어쩌다 이렇게 된 걸까요. 확실히 처음에는 착실하게 신부수업 교실에 다니는 이야기를 쓸 생각이었습니다만, 어느새 신부『수행』이 되었습니다. 저도 제가 무슨 소리를 하는 건지 모르겠군요.

오리가미 혼자만으로는 태클 역할이 부족할 것 같아서, 유즈루와 타마 선생님이 동행하게 했습니다. 타마 선생님과 『교제 상대』의 이야기를 쓸 기회는 과연 찾아올까요. 가능하다면 쓰고 싶습니다.

그리고 이건 여담입니다만, 『신부』 미사코는 『데이트 어 라이브』 1권에서도 이름만 등장했습니다.

○미쿠 스캔들

이자요이 미쿠의 스캔들을 폭로하라! 2인조 연예부 기자가 미쿠의 뒤를 캐는 이야기입니다. 주인공들에 대해 모르는 엑스트라 시점에서의 이야기를 저는 꽤 좋아하죠. 그리고 겸사겸사 DEM 제1집행부 위저드도 등장합니다. 의외로 엘렌은 같은 회사 사람들에게 미움받고 있는 것 같군요.

처음에는 정령들이 일으킨 초현실적인 현상을 목격한 기자들이 그것을 기사로 쓰려고 하자, 편집장이 환한 표정으로 두 사람의 어깨를 두드려 준다는 패턴이었습니다. 그 후, 두 사람은 초현실적 현상을 다루는 잡지 파트로 옮겨가서 도시괴담 헌터로 이름을 날리게 됩니다만, 그것은 또 다른 이야기입니다.

○정령 크루징

제목대로, 정령들이 호화 여객선을 타고 크루즈 여행을 즐기는 이야기입니다. 제 버킷리스트 달성 삼아 커다란 배를 타봤다는 이야기를 담당 편집자님에게 했더니 「어, 그럼 그걸 가지고 글을 쓰면 되겠군요」라는 말을 들었고, 그대로 이번 단편으로 이어졌습니다. 참고로 제가 탄 것은 일본 국적의 배라서 카지노가 있어도 환전을 할 수 없었습니다. 물론 선박 납치도 당하지 않았죠.

초벌 원고 단계에서는 평범한 테러리스트였습니다만, 캐릭터성이 약해서 지금 같은 형태로 변경했습니다. 키히히히히히. 복장도 고스로리 스타일로 할까 했습니다만, 그건 그림으로 표현했을 때 여러모로 충격일 것 같아 지금 같은 형태가 되었습니다.

참고로 이번 권의 컬러 삽화 쇼트 스토리도 이 이야기에 맞춰 『데이트 어 크루즈 2nd Day』가 됐습니다. 이미지적으로는 첫날에 선박 납치범들을 퇴치한 후, 이튿날에 크루즈 여행을 순수하게 즐기고 있는 상황입니다.

세 번째 에피소드에 마리아가 참전하면서 이야기가 좀 복잡해졌습니다만, 마리아의 귀중한 수영복 일러스트 앞에서는 사소한 일입니다. 『앙코르』에서의 신규 컬러 일러스트는 처음이기 때문에, 평소와는 취지가 다른 일러스트를 넣고 싶었습니다. 무쿠로의 수영복 디자인도 정말 귀엽군요.

참고로 이 세 장의 컬러 일러스트에서의 캐릭터 구성은 지금까지의 수영복 일러스트에서 다뤄지지 않았던 조합입니다. 쿠루미는 꽤 자주 수영복 차림을 선보인 듯한 이미지입니다만, 뜻밖에도 츠나코 씨의 일러스트로는 아직 다뤄진 적이 없었죠.

그럼 마지막으로 이번 권의 발매를 위해 힘써주신 분들께 감사 인사를 드릴까 합니다.

일러스트를 맡아 주신 츠나코 씨, 매번 멋진 일러스트를 그려 주셔서 감사합니다. 담당 편집자님, 디자이너이신 쿠사노 씨, 편집, 출판, 유통, 소매에 관여해 주신 여러분, 그리고 이 책을 읽어 주신 여러분께 진심으로 감사드립니다.

단편 연재가 시작되었을 즈음, 막연하게 「만약 『앙코르』가 10권까지 간다면, 본편 정령 전원을 표지에 등장시켜야지」라고 생각했습니다만, 그 꿈은 이뤄질 듯합니다.

예고를 하자면, 『앙코르 10』의 표지는 무쿠로입니다. 어떤 사복을 선보일지, 벌써부터 기대됩니다.

그럼 다음 권을 통해 독자 여러분을 다시 만나는 날을 고대하고 있겠습니다.

2019년 6월 타치바나 코우시

최초 수록

DATE A LIVE
ENCORE 9

■역자 후기

안녕하십니까. 근로청년 번역가 이승원입니다.

『데이트 어 라이브 앙코르 9』를 구매해 주셔서 진심으로 감사드립니다.

2019년도 어느새 11월에 접어들었습니다.

독자 여러분께서는 잘 지내고 계신지요.

저는 올해 여러모로 힘들었지만, 여름에 나온다는 데어라 게임 3탄만 기다리며 버렸습니다. 하지만…… 발매가 화끈하게 연기되고 말았습니다.ㅜㅜ 그래도 언젠가는 나올 거라 믿으며 열심히 살아가고 있습니다. 발매가 확정되면 또 한정판 구매한 후, 타치바나 코우시 작가님과 츠나코 일러스트레이터 님의 사인을 받기 위해 두 분 사인회를 쫓아다닐 생각입니다.^^

그날을 위해 오늘도 열심히 살고 또 살 생각입니다!

그럼 『데이트 어 라이브 앙코르 9』에 대해 이야기를 좀 해볼까 합니다.

스포일러가 포함되어 있을 수도 있으니 본편을 안 읽으신 분은 유의해주시길!

이번 앙코르는 여러 조연들이 대활약을 펼치고 있습니다. 가장 먼저 나온 사람은 시도와 코토리의 부모님인 이츠카 타츠오와 이츠카 하루코입니다. 사실 이 캐릭터들은 본편의 회상 부분에서도 등장했습니다. 마나의 베프인 하루코, 그리고 신지의 친구인 타츠오……. 미오와 마나, 그리고 신지의 과거를 다루는 부분에서 언급된 그들은 이렇게 앙코르에서도 나오고 있습니다. 그들이 본편에서 등장하는 모습을 꼭 보고 싶습니다.

그리고 니아에게 문제 많은 매물을 팔아먹으려고 한 아오키 씨, 나츠미를 학교로 데려가려고 나타난 카논과 노리코, 오리가미의 신부 『수행』 최후의 난관이 될 뻔한 모 비밀조직 에이전트의 전 부인 미사코, 미쿠의 스캔들을 캐려다 도리어 미쿠의 산제물이 되고 만 하루미와 치카, 그리고 정령신앙이라는 괴상망측한 것에 빠져 선박 납치를 계획한 고양이 귀 테러리스트……. 참 많은 엑스트라들이 등장해서 맛깔나는 활약을 선보였습니다.

이런 면이 데어라 단편집의 매력이 아닐까 싶습니다.

특히 이번 컬러 일러스트는 정말……. 드레스→바니걸→수영복 콤보는 너무 강렬했습니다.ㅠㅜ

그럼 이만 줄이겠습니다.

L노벨 편집부 여러분, 언제나 재미있는 작품을 맡겨 주셔서 감사합니다. 앞으로도 최선을 다하겠습니다.

함께 로또 명당에 복권을 사러 간 지인이여. 만약 당첨되면 소고기 한번 거하게 사주고 잠적해~.

마지막으로 언제나 제게 버팀목이 되어주시는 어머니와 『데이트 어 라이브』를 읽어 주신 모든 분들에게 진심으로 감사드립니다.

십중팔구 무쿠로가 표지를 장식할 『데이트 어 라이브 앙코르 10』 역자 후기 코너에서 다시 뵙겠습니다!

2019년 11월 중순
역자 이승원 올림

데이트 어 라이브 앙코르 9

1판 1쇄 발행 2019년 12월 10일
1판 3쇄 발행 2023년 1월 16일

지은이_ Koushi Tachibana
일러스트_ Tsunako
옮긴이_ 이승원

발행인_ 신현호
편집장_ 김승신
편집진행_ 권세라 · 최혁수 · 김경민 · 최정민
편집디자인_ 양우연
관리 · 영업_ 김민원

펴낸곳_ (주)디앤씨미디어
등록_ 2002년 4월 25일 제20-260호
주소_ 서울시 구로구 디지털로 26길 111 JnK디지털타워 503호
전화_ 02-333-2513(대표)
팩시밀리_ 02-333-2514
이메일_ lnovellove@naver.com
ㄴ노벨 공식 카페_ http://cafe.naver.com/lnovel11

DATE A LIVE ENCORE Vol. 9
© Koushi Tachibana, Tsunako 2019
First published in Japan in 2019 by KADOKAWA CORPORATION, Tokyo.
Korean translation rights arranged with KADOKAWA CORPORATION, Tokyo.

ISBN 979-11-278-5357-0 04830
ISBN 979-11-278-4271-0 (세트)

값 7,200원

L NOVEL 발매작

L노벨은 매월 10일 전국 서점에 배포됩니다!
http://cafe.naver.com/lnovel11

"너희는 누구니?"
시도가 집을 비운 사이, 정령들과 시도의 부모님이 만났다?!
"슬슬 장래를 생각해서, 우리를 위한 사랑의 보금자리를 마련할까 해."
만화가인 니아의 마이 홈 구입 계획?!
"……구인정보지와 취업 사이트를 살펴봤는데,
왜 하나같이 커뮤니케이션 능력을 요구하는 건데?"
학교에 가기 싫은 나츠미가 취업 활동?!
"―「탑」에 도전하고 싶어."
장래에 시도의 반려자(자칭)가 될 오리가미의 신부수업?!
변하려 하는 정령들.
"오오……! 이것이 배란 것이냐?!"
그런 정령들과 시도가 탄 호화여객선에서 아무 일도 일어나지 않을 리가 없는데?!

자, 변함없이 시끌벅적한 일상을 즐기자.

2019. 12. 10 발행

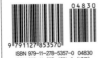

04830

9 791127 853570

ISBN 979-11-278-5357-0 04830
ISBN 979-11-278-4271-0 (세트)

정가 7,200원

변찮은 마술강사와   히츠지 타로 지음
상일지   The author: Taro Hitsuji
—메모리 레코드—

7

미시마 쿠로네 일러스트
Kurone Mishima

records of bastard magic instructor

최승원 옮김

글렌 레이더스 결혼 합니다?!

부인은 설마했던 세 명 모두?!

_지은이/ 히츠지 타로

작가에겐 저작물을 세상에 내놓을 때마다 헌본(獻本)이라고 해서 본인이 쓴 책을 공짜로 받는 관행이 있습니다. 대충한 권당 열 권쯤요. 전 지금까지 약 서른 권 가량을 세상에 내놨죠. 그리고 다행히도 만화판의 전개도 순조로워서 현재 열세 권…… 즉, 총 430권 가량의 책을 받은 셈이니…… 으어어어어엇?! 어째 벽장이 아주 꽉꽉 찼다 싶더니만?! 이걸 대체 어쩌면 좋지?! 내가 쓴 귀여운 자식 같은 책들이라 버릴 수도 없는데! 누가 좀 도와줘요!

_옮긴이/ 최승원

……작가님도 같은 고충을 안고 계셨군요. 저도 슬슬 책장이 넘칠 지경인데 이걸 어쩌면 좋을지, 흑흑.